LIES OF THE EARTH
大地的谎言

小僧 ◎ 著

NO.01
[阴谋]

世纪文睿
Century Literature

世纪出版集团 上海人民出版社

序

　　小僧是我见过的最有才华的悬疑作者,《大地的谎言》完全是一眼惊艳。

　　这部书中包含了太多的含义,那座永远无法逃出的监狱,就像是我们灵魂无法逃逸的躯壳,也可以说是精神纠结的困境,甚至可以将之看作我们这个世界的缩影。

　　然而一切的类比和联想,都是读者作出的,一个优秀的作者不需要解释自己的作品,他甚至不需要说出自己作品的含义,读者自然会找到自己想要的东西——

　　世界上什么最恐怖?最恐怖的是你永远无法从那种恐惧中脱身而出,它如蛆附骨,你以为逃脱了,却发现那其实只不过是某个空间所制造的一个谎言。在这里,人被空间嘲弄,被时间嘲弄,被同伴嘲弄,被自己嘲弄,我们每个人都是那个无助的主人公。

大袖遮天

Contents 目录

那是灯油,这是刚才吴仲达抛下灯油为我们引领出路的地方,这是我们出发的地方!这是我第一次被侯风殴打的地方,这是我第一次迷路并看到可怕的影子的地方,这是我第一次知道鹊山监狱有鬼的地方!我又回到了起点,我是被那只在空中牵引着我的手带回到原来的地方!

每一次有新工作的时候,他都试着去挖开就近的老坑,看看伍世员是不是在里面。睡着了的尸体,会不会又变成人呢?凌超操起铁锹,朝墙角的方向铲去。

壹 曾通

　　老头抬起被铐在一起的手,举起右手食指,朝站在一旁让路的曾通点了点,接着又回手指了指自己,用食指和中指直插向自己的眼睛,然后又将手掌平放在喉头上来回磨,来回磨……在忽然之间,曾通有一种不寒而栗的感觉,一股从冥冥中来的恐惧贯穿了他的心。

曾通进鹊山监狱的时候,有幸见到了传说中的风云人物老舜。

当然,事实上那时候曾通并不认识老舜,所以即使见了也不自知。

曾通记得很清楚,那天下着雨,两个鹊山监狱的看守一前一后把他夹在中间,一个带路,一个在后面监视他。在去鹊山监狱的路上,雨水在泥浆中毫无规律地聚成一摊又一摊的可以看见的小池塘和不可以看见的沼泽,以至于让曾通和两个押送他的看守不得不一步一跳,期望能避过让人心烦意乱的陷阱。但事实上这样的方式并不奏效,所以在这条通往鹊山监狱的羊肠小道上,三人都是走得拖泥带水。其实这已经是最好的情况,两个看守都熟悉面前这片无边无际的荒凉恐怖。如果只是曾通一个人,早就被活埋在大陷坑里了。

大陷坑,当地人叫做莽扑。它们像一群群冬眠的怪兽,蛰伏在大地深处。小的莽扑可以让一个人的腿陷进去,大的则可以一口气吞掉一个车队。最令人恐惧的是,这种陷坑仿佛有生命一样,可以四处缓慢游走,时时刻刻准备着择人而噬。而且奇异的是,每个莽扑都有一个特殊的着力点,不走到那块地上,什么事也没有,可是一旦走上去,那就只好听天由命。如果是小的莽扑,只会吞陷一只脚,这时候最好的办法是把自己的脚锯了爬出去,反正有的是时间。莽扑吞人看心情,如果心情好,也许慢慢吞陷上三五个小时还不过腰,就算心情不好,也得半个小时。但是万万不能做的事情,是看见同伴陷了伸手去拉。天知道这个莽扑有多大,一使劲,兴许方圆几十米都会开始往下陷。到那时候就不要锯腿,直接锯头锯喉还方便些。

到底是什么原因让莽扑这种东西存在,这个有待地质学家来考证。但是很明显的是,押送曾通的两个看守都没有什么心情去研究讨论的。两个看守看似骂骂咧咧,其实都是小心翼翼警觉万分,沿着一条前辈走下来的路慢慢地走,而且不时停下来辨别方向。就算没有莽扑,迷路也是要命的事情。走之前曾通就被告之:"娘的! 跟着老子脚印走! 明白不? 傻球?! 踩老子踩过的脚印!"所以每次曾通胡乱走了,都会被背后押送的看守猛抓一把,骂一句"傻球""娘逼"之类,然后前面带路的那个会回头给他脑袋上来记猛的,好让他头昏眼花,走得更歪,歪了再敲,以此循环。

雨越下越大,两个看守越发不耐烦,后面的骂声越来越恶,前面的敲打越来越狠,让曾通越来越昏。如果说天气会对人的心情造成一定的影响,那么这天的天气对暴露在荒山背后泥泞中的三人造成了伤害也是说得过去的。当然,程度因人而异。事情往往就是这样,对某些人有某种效果的东西,旁人看来可能无动于衷,甚至不屑一顾。可以肯定的是,在这个天气的话题里面,曾通正好是不受影响的一类,而一前一后两个看守正好是另一类人。头被敲晕当然是一回事,但是如果你正好明白什么叫无期徒刑的话,你就能更加彻底地了解这个问题了。

三人不乘车,并不是因为没有车,而是因为根本就没有路可以开。鹊山监狱在一片一望无际的大戈壁中央。戈壁由退化的大草原形成。传说很多年前,这里曾经水丰草美,牛肥羊壮,是一个草原英雄的王国,是一个伟大可汗的后宫。但是那已经是历史。现在历史留下的现实是无尽的泥浆,灰色阴沉的天空,不时出现的划破整个天际的闪电,可以把一个车队都埋葬的陷坑,以及在不可预测的危险中努力挣扎的三个人影。

之后曾通也不记得走了多久多远,也不记得被两个看守轮番敲打了多少回,反正就在他第四次想撒泡尿、准备开口请两位押送他的看守稍事休息等他马上解决的时候,他就看见了老舜。

那是监狱的大门口,长满倒刺的锈红铁丝网在雨水中闪闪发亮,整整一队看守押着一个满脸皱纹但是没有任何表情的老头正往外面走。老头穿着的囚衣要比曾通的破旧许多,污渍满身。他的下巴圆圆的,没有一点胡渣,让人看不出年龄。老头身上瞧不出什么特殊的东西,他站在一群人当中,没有人会注意、至少没有人会最先注意到他。

但是曾通还是看见他了,因为他一出现,前后两个看守马上戒备起来,并且和曾通一起停下让到一边。曾通明显地感到两个看守在紧张,和押送他的时候一路骂骂咧咧是两回事。所以曾通看着那个老头走出来。一看,就再也收不住。因为他发现老头也在看他。走出大门时,本来耷拉着脑袋的老头忽然抬起眼皮,看着曾通咧嘴笑了一下,让曾通心里老大不舒服。一股无法说出缘由的不舒服，如同早已湿透全身的雨水带来的寒意，附上曾通的皮肤，让他起了一身鸡皮疙瘩。可能如果有人看见莽扑咧嘴笑的话，就会理解曾通的感觉了。

然后老头抬起被铐在一起的手，举起右手食指，朝站在一旁让路的曾通点了点，接着又回手指了指自己，用食指和中指直插向自己的眼睛，然后又将手掌平放在喉头上来回磨，来回磨……在忽然之间，曾通有一种不寒而栗的感觉，一股从冥冥中来的恐惧贯穿了他的心。这是什么意思？曾通当时想不通，他也无从思考，当他后来想通的时候，想不想通、知不知道这个手势的意思已经没有了任何的意义。

"是他？"站在自己后面的看守开口小声说道，没有人知道他是问前面的看守，还是在自言自语。

前面的看守回头看了看，又瞟了曾通一眼，没有说话。

曾通忍不住问了一个必然没有人会回答的问题："谁？"

如果这时候曾通知道老舜在鹊山的大名，如果他知道这个人对自己会有什么样的影响，他就不会问这个愚蠢问题了。但是他还不知道，他甚至不知道自己看到的是老舜，也不知道自己再也无缘看到这个毫不起眼的老头。

对于监狱的外面，曾通并没有时间留下足够深刻的印象。如果硬要他回忆的话，他会记得生锈的铁丝网，以及挂在晒衣架上随风飘荡的看守制服，如同招魂的幡。风雨中，这场景多少有些怪异。走进一处建筑，鹊山监狱的内部面貌第一次呈现在曾通面前。如果以一个字来形容这个监狱的话，相信绝大多数人都会选择"黑"字，但是曾通的第一印象却是"老"。土木结构的房子，天知道用过多少朝代的木镣铐，还有布满灰尘和裂缝的木质地板，以及让曾通最惊异的，每个墙角和走廊旁边时常出现的油灯。也许这里经常停电吧，曾通这样想到，但是很快他就否定了自己这个想法，因为他没有看到一盏电灯，也没有哪怕一米电线。验收的门卫很快就让在其他地方繁琐的程序简单化了。一个看守领着曾通打开一扇门，一扇后来曾通拼死拼活都想看到的门，然后带着曾通走了进去。

一走进去，曾通就彻底推翻自己对鹊山监狱的第一印象。简陋只是外表，只是外面那个作为装饰或者门面用的大木房子。出现在曾通面前的，是一个似乎从山里挖出来的山洞，一条不知道通到哪里的甬道。

继续往前走,暗长的甬道,在黑暗中盘延,似乎永无尽头。甬道并不平直,而是或上或下,下多上少。看守无声地带着曾通在黑暗中默默潜行,每隔十来米出现一个趴在墙角的油灯。油灯将两个人的影子照得飘飘忽忽,黑暗的甬道将他们拉得老长。于是远远望去,仿佛是两个足不沾地的魔鬼跟在后面。

曾通为自己的这个想法吓了一跳。别乱想!他偏偏脑袋提醒自己,于是将注意力集中在利用仅有的微弱光线观察四周上,但是他很快就发现越看越让自己心惊。并不是因为有什么可怕的东西随时出现,事实上,如果单单就表面来看的话,根本就没有什么值得称道的玩意儿。甬道根本就是粗粗打造成的,墙壁、天花板很多地方都不平整,唯有脚下还过得去,除了少许尘土以外,倒也没什么坑坑洼洼,那也许是因为走的人多了的缘故。黑暗的甬道上不时出现的油灯,看年代起码应该追溯到半个世纪以前,如果拿出去卖的话兴许也会骗些自诩风流、其实饭桶之徒。黑暗中弥漫着一种异于潮湿的阴冷,以及一种异于寻常的诡异,除此之外,别无他物。没有窗户,没有房间,只有似乎永远没有尽头的甬道本身。一个拐接一个拐,或左或右,偶尔也会出现交叉路口,一条横着或者斜着的甬道出现,宛如迷宫。路过一个岔口的时候,曾通偷眼四望,没有看到任何新奇的东西,依然是甬道、油灯和消失在尽头的黑暗。只有不断往下、偶尔往上的坡度暗示着自己是否已经到达地心深处。漫无边际的黑暗,消磨了时间观念;永无尽头的甬道,扭曲着空间的定义。压力,一点一点地增大在心头,也在黑暗中渐渐蔓延恐惧。相信任何一个心智正常的人走到这里,都会不禁问自己:"我会不会永远都出不去了?"

但是凡事终有尽头,永远走不完的路是没有的。在曾通无法确认自己走了多久或者多远之后,时间和空间的概念终于被重新修正了,一个一如甬道那端一样硕大的土木屋子出现在眼前。有了窗,有了门,以及从外面吹来的、刺骨却对曾通来说清新甚至可以说是温馨的新鲜空气。开镣铐是一道必要的程序,洗澡也是,对曾通来说非常享受。热水是奢侈的事情,但满身泥浆混杂雨水和汗水的曾通还是很乐意地接受了两个看守轮番用冰冷刺骨的井水从自己头上浇卜来,一桶又一桶,冰冷的井水带来一阵又一阵泥土的腥味,伙同一片又一片的寒栗,但也着实冲去了身上的污垢,和各种复杂诸如压力恐惧之类的情绪。曾通突然理解了漫长黑暗的甬道的含义。

末了,看守递过来一条乌黑而且硬邦邦的毛巾,然后再等他把自己弄干、穿戴整齐之后把他带到另一侧的甬道里,这回走出不远就进了一个宽大的、没有任何标牌的房间。

　　曾通四下打量,房间靠着甬道建立,里面的摆设和甬道的单调匹配,有一个土搭的炕,上面有还算干净的被子。另一旁居然有个木头桌子和凳子,桌子上还有一盏油灯,这以至于让曾通开始幻想自己能用这张桌子和凳子干些什么事情。但是他的幻想很快就破灭了,因为有个胖壮的穿着看守衣服的中年人进来,他大大咧咧地一屁股坐在那张唯一的凳子上,直坐得凳子吱嘎怪叫。

　　"曾通?"壮汉翻着自己带来的文件,又抬起头看着曾通。

　　"对。"

　　"嗯……"壮汉点点头,"我是这里的狱长。你知道你犯的事是判的无期吧?挪用公款五百六十万……嗯……"狱长又埋下头看他的文件,似乎在思考措辞,最后他仿佛是下了什么决心一样,开口说道:"我给你一个单人间,嗯?你看怎么样?毕竟你还是个受过教育的,不能太委屈了,嗯……"

　　曾通觉得有点好笑,又有点莫名其妙,好像自己不是来蹲大牢而是来住宾馆的一样,或者自己是什么重要人物,需要一个狱长以近似谦卑的口吻商量着说话。不过他很快忙不迭地点头称是,因为他知道这样的礼遇实在是不能浪费的机会,应该紧紧地把握在手里。

　　"嗯……我们这里是这样。每天下午活动三个小时,然后吃饭由我们给你端到房里,嗯?"狱长似乎很喜欢发"嗯"这个单音节,"房里有便盆,另外,有什么事情或者需要就对我说吧?"

　　曾通耸耸肩膀,自己才来不到几分钟,实在想不出有什么事情能够说的。于是狱长像松了口气一样放软身体,疲惫地挥挥手,"画押吧。"曾通拿起笔签了字,又将两个拇指沾了印泥,盖在了那份文书上面,完成了交接仪式的最后步骤,然后两个看守扶着脑袋里面多少有点雾水的曾通走出房去。

　　黑暗之中,一个若隐若现的火苗飘忽不定。曾通睡在冰冷的硬炕上,四下打量,毫无目的地思索着。这就是我的余生么?牢房纯粹是在山里挖掘的甬道旁开的窑洞,门是一扇仅容人侧身而入的木门,上面有一个透气孔。门锁是最老式的那种,锁孔一眼望穿,可以内外用一把钥匙打开。这是一个没有窗户也没有任何卫生设备的房间,目所能及所有物品是一张硬炕、一个便盆和一个不知道什么朝代传下来的油灯。监狱里面甚至没有电,也就不指望还有什么先进的通讯工具可以和外界联系。也许唯一有联系的是风。风呼啸而过,时而低沉,时而咆哮,时而断断续续,像一个时时刻刻在恻恻冷笑的怪兽,从未知中走来,掠过外面的山脉和树梢,发出呜呜的怪叫,然后又向冥冥中飞去。除此之外,别无他物。

当然,应该不能再多抱怨什么。今天进狱长的办公室,里面也未见得比自己的这个房间强多少。一样的油灯,一样的冷炕,仅有的狱长地位的体现,就是房间面积大些,和一套可以用来办公的桌子凳子。

油灯如豆,在没有任何空气流动下,在一切都静止下来的时候,时间漫长得不可思议。和狱长的房间一样,他的单人房间也是在山里面挖出来的甬道旁边开的一个窑洞,但是小了很多。看来也许鹘山监狱所有的犯人都在窑洞之中生活?这样的监狱,倒是古怪。犯人的监仓、看守的宿舍、狱长的办公室、食堂和厕所,都在一条又一条纵横交错的甬道两旁。更确切地说,是在这座大山的腹腔内。

曾通漫无边际地想象着甬道的情景。一条漆黑的甬道,两旁是不同的房间,他沿着甬道往前走,两旁不时有犯人的咆哮声,疯狂的眼神……或者看守的打骂声,冰冷的眼神……那其实并没有多大的区别。一片恍惚中,他推开甬道尽头的门,他似乎又回到了家里。他躺在拼木地板上,有一口没一口地抽着烟,耳边传来警车刺耳的警鸣声,他苦涩一笑,终于来了……

第二天一早,吃过面饼做的早饭,一个看守将还在恍恍惚惚的曾通再次提到了狱长室里。一个瘦长而有尖锐鼻子的马脸男人坐在昨天那个唯唯诺诺的胖壮狱长的凳子上,也许是他还嫌自己的下巴没有鼻子尖锐,所以用两只手指不断地摩挲着自己的下巴。看到曾通来,他似乎很高兴。他挥挥手,让看守出去。

"曾通?"男人问了和昨天狱长同样的问题,甚至措辞都一样。只不过,声音更加尖锐,而目光也更加锐利。

"是。"曾通老老实实地点点头。

"欢迎来鹘山监狱,我是这里的狱长。"男人似乎得意地冲他眨眨眼睛。曾通多少有些不知所措。于是男人接着道:"我知道你一定很奇怪,在你的脑海里狱长一定还是昨天那个肥头大耳、说话低声下气的不成材的糟老头子?我昨天晚一些的时候把那个阴恻恻的家伙赶跑了。"男人自顾自道:"所以,昨天你是他看到的最后一个、至少是最后一个进来的囚犯。我有很多问题需要解决,不过我还是想先见见你,想知道为什么吗?"

曾通茫然地摇摇头,心里琢磨着"把他赶跑了"这句话是什么含义。不过男人很快就解答了这个问题:"我天没黑就来了。老天,这里的路可不好走,还有那个甬道……不过还好,至少不用担心犯人会越狱。我刚刚看了所有的囚犯档案,结果发现这里真是个地狱。什么人都有,杀人越货的,纵火烧房的,强奸女人或者男人的,啧啧……"狱长埋头翻了翻手里的档案,好像一副很欣赏的模样,"唯一缺乏的,是那种高智商的技术罪犯——直到我看到最后一个,也就是你的档案。你是这里唯一一个经济类囚徒。怎样?自豪吗?嘿嘿嘿……"狱长得意地阴笑起来。

曾通一身的鸡皮疙瘩,因为他发现狱长的目光不断地在自己身体和四肢上下滚动,似乎想将他看穿一样,但是现在这种情况下,他再笨再迷糊,也知道自己万万不可做出些让对方不爽的事情,于是只好一动不动。

果然,狱长似乎很满意地哼了一声,"我想你也多半不会自豪的,失手被逮的人都不会怎么得意。"他伸手拿起一个杯子喝了一口,"茶,真是好东西啊,不过也是真奢侈的。你喝茶吗?要不要来一口。"狱长很没有诚意地举起杯子晃动一下,又送到自己嘴边,"铁观音,明前的呢。我很欣赏茶这种东西,并不是附庸风雅,而是实实在在地喜欢。这是文明的体现,是不是?我压根看不起什么矿泉水纯净水之类的东西,我们祖先在山洞里就喝那种玩意儿,进化是往前的,而不是什么狗屁轮回对不对?咦?刚才我们说到哪里了?"狱长似乎因为曾通对茶不感兴趣而沮丧,不得不打断地问道。但他马上就想起来刚才的话题。

"哦,文明,对。文明可是个好东西,我想任何人都不能否认这一点。这也是我为什么对你特别感兴趣的原因——因为文明。在这个监狱总共的一百来号人——一百二十一个犯人和二十个看守中,唯一受过高等教育的就是你我。有趣吗?"狱长又喝了一口茶,目光闪烁。

对于没有蹲过大牢的人来说,放风也许是件新鲜事儿,但是对于老犯人来说,这是生活的一部分。在曾通的臆想中,也许很多见不得人的勾当和交易,都在这个时间进行。所以,除非有疾病或者其他什么理由,放风活动是神圣不可侵犯、不容动摇修改也不容不参加的。当然,如果没有招惹麻烦的话,这样的时间倒也不妨用于消遣——如果的确能找到有效的消遣方式的话。曾通跟着一群同病相怜的囚犯排成长蛇而出,西北猛烈的阳光顿时扎扎实实地刺得他泪盈眼眶。等他眼睛红过之后，他就清楚地看见了鹘山监狱的全貌。

鹘山监狱坐落在四座大山之谷。也许是天然的，四面的山谷都呈不同面貌的悬崖，即使是最低的南面的悬崖也是有近百米高度的断壁，这就杜绝了任何囚犯可能逃审越狱的希望。考虑到外面巨大无比的大戈壁和大戈壁上面择人而噬的莽扑，这种悬崖大约没有人为的必要性。如果在空中看来，整个监狱其实是一处在大山之中突然出现的地陷构成，这就解释了通往外界的甬道的来历。监狱的建筑都坐落在紧贴北面，也是最高最陡峭的悬崖旁边。建筑与山壁相通，里面暗接甬道通往外界——那也是唯一的与外界联系的途径。

其实从真正意义上来说，建筑都不是监狱的主体。看守居住的宿舍，犯人居住的监仓，包括曾通自己的单间都是在山体内部的甬道两侧开掘出的房间里。望着那些灰蒙蒙的房子，曾通心里估摸，昨天黑暗之中自己进去的狱长的居室到底是其中一间，还是也在甬道内？看了一会儿，这些外表上一模一样的建筑实在不能给曾通道出更多的信息，于是曾通放弃了这种猜测的无聊游戏。

除开这些连着山壁的房子，剩下的就是一个很大的操场了。有两个足球场大小的操场并不平整，四周朝中央倾斜，似乎在预示着有一天会在现有地陷基础上再来一次某种程度的地陷。操场中心是一处积水而成的、昏黄颜色的小湖泊以及紧挨着水源的十来亩田地。

这里也许是这个地球上离文明世界最遥远的地方之一。没有什么建筑，没有别处监狱流行的钢筋混凝土，而是古老遥远的甬道和窑洞。最不可思议的是这里没有电网，因为根本就没有电线。最近的一条公路离这里尚有近百公里的路程，而且是穿越死亡戈壁，再没有经济头脑的人也不会把电线铺到这个荒无人烟的地方。

这里甚至也没有其他地方非常风靡时尚的瞭望哨塔。可能高高的悬崖、长长的甬道，以及外面方圆上百平方公里的戈壁已经很彻底地断绝了这里的囚犯逃出生天的任何期望，所以实在没有必要再多此一举，修建监视囚犯的什么瞭望塔一类的东西。

像其他囚犯一样，曾通慢慢地在操场上踱步，四下打量周围的悬崖峭壁。悬崖犹如刀削，寸草不生，唯有悬崖顶上有一棵枯树张开四肢，坦然地或者绝望地拥抱着死亡。一群囚犯阻着他的去路："嘿，新来的？"领头的人身子颀长，皮包骨头。

曾通点头称是。领头的人骂道："是个鸡巴！叫什么名字？"

"曾通。"

"我是百老大，是这里的大哥。你要叫我百老大，或者百大哥。听见没有？"百老大阴恻恻地冷笑。

曾通愣了一下，旁边人推了一把："装什么孙子？还不叫百老大好！"

曾通忙道："百老大好。"顺便瞟了一眼推他的那人，惊异地发现居然也是一张皮包骨头的脸。

"嗯，看你还老实。以后我的衣服就你洗了！乌鸦那小子手脚不干不净，衣服都洗球不好！老子早就看不顺眼了。"周围一帮兄弟在一旁起哄："对，老子早就想干乌鸦了。""干乌鸦他妈去！"

清一色的，皮包骨头的脸。曾通心里嘀咕：难道这里伙食不良吗？可是从早饭来看不错啊，虽然不会很好，但是分量绝对够填饱肚子。

百老大阻止了众人的吵闹，回头对曾通说："听见没有你？记得要洗干净！"旁边一个兄弟叫道："还不快谢谢百老大！"于是曾通连忙点头哈腰："谢谢百老大。"百老大随即挥挥手，带着一干兄弟去找那只倒霉的乌鸦的麻烦去了。

但是他们高昂的兴致很快就被破坏了，因为一个看守走到操场中间一块空地上，拼命地吹着响哨。尽管曾通不知道那是什么意思，但看着大家都往那边聚集的情形很容易猜出是集合的哨响，于是他也跟着众人朝一个方向跑去。忽然有人从背后冲上来，不小心踩到了曾通的脚，曾通身子一歪眼看就是个跟头，旁边一个人伸出手扶住了他。"多谢！"曾通感激地点点头，旁边那人没有在意地问："新来的吧？"

"对。我叫曾通。哎——"曾通脚下一痛，低头卷起裤脚一看，皮被擦破了。

"我叫伍世员。你别在意，这里，好多人的眼神都不大好。"伍世员笑笑，继而皱眉道："今天这通哨子，可不大寻常啊。"

"平常不吹哨子吗？吹哨子是什么意思？"

"那自然是集合的意思，不过没有道理放风放到一半的时候吹。"

"平时集合都是什么内容？"

"没什么好，当官的要训话之类。但都是放风之前集合，这时候集合倒真少见。"

两人边走边说，一大帮子人都到了空地上，一个看守随即吼道："吵什么吵？都给我站好了！不许说话！百羽，你再不把你的人看好点，老子就把你送禁闭去。"于是大家纷纷安静下来，百老大旁边的人也停止了鼓噪。看守满意地看了看，然后叫道："大家欢迎我们的新狱长!"随即退到一边。

狱长向前跨了一步,他冷峻的脸上没有任何表情:"在开始之前,我先自我介绍。我姓陈,以后,都叫我陈狱长吧。今天是我上任的第一天,相信你们绝大多数人都还没有见过我。"说着将目光移向曾通,很明显他锐利的眼睛早就发现了曾通,"不过,这没有关系。从今天起,我就是这里的总管。你们绝大多数人,都是犯下了杀人、持枪抢劫等等严重犯罪行为而又逃过了死刑的重犯,不然也不会被发配到这个地方来。我听说过,由于前任狱长的宽松政策,以至于在监狱里面仍然有人做着和监狱外面相同的事情。我甚至听说,这里还有类似黑社会性质的团伙存在。我要说的是,这个团伙的存在,是对我们鹊山监狱的侮辱。在此我要说一句,这些团伙分子们,你们搞错了。这里不是外面,可以凭力气称王称霸,如果硬要说是团伙,那么只有一个团伙——鹊山监狱,这个监狱只有一个老大,就是我!所以,为了保持我们鹊山监狱的安定,我决定从今天起,加大劳动强度,缩短放风时间。除了劳动以外,每个人在外面待的时间由每天的三小时改为一小时——"说着一顿,满意地看着他面前的众人如他预料地那样不安起来,接着又道:"并且,对违规行为加大、加重惩罚力度!听明白了?如果有谁不识相招惹上了,就别怪我不客气。你们没有什么好抱怨的,你们逃脱了死刑,并不意味着你们逃脱了惩罚,在这里,只要有我在的一天,就要受到相当程度的处罚!有谁不满意的?"

所有人都用复杂的目光四下打量着身旁的人,但没人吭声,尽管曾通知道大多数人对这个新到狱长如此的飞扬跋扈心怀不满,但是毕竟知道自己是没有任何反抗力量的。狱长两只手轮流抚摩着电棒的两头,满意道:"很好,今天放风结束!各人回房间,现在!"

"怎样?"狱长将水注入杯中,很快,在杯子小小的空间里荡起了一个漩涡,漩涡上面漂浮的一片片茶叶顺时针转动着,一股茶的香味在小室中弥散开来。

"什么怎样?"曾通耸耸肩膀。

"我今天的新政策怎么样?"狱长将茶杯盖子盖好,"有够严厉?"

"你想听听我的意见吗?"曾通抬头道。

"当然,不然叫你来做什么?"

"叫我来是因为你无聊,你需要一个和你谈得来,至少听得懂你在说什么的人谈话打发时间……"当然曾通不敢把这样的话说出口,于是他说:"好像没有什么必要。"

"如果你是觉得你需要更多的放风时间……"

"不不，我不是这个意思。实际上我无所谓，至少现在还无所谓。"

"嗯？唔，想知道我那样做的原因吗？"

曾通抬起头看着狱长，狱长尖锐的眼睛正盯着他，却透出探索的神情，两人对看了几秒钟，很快就很有默契地笑了出来。狱长笑道："你猜到了？"

"对，不然我想不出什么别的原因。"

"不错，不错……"狱长语气低了下去，无意识地翻看面前的文件，"……任职期间接受犯人四十五个，非正常死亡四十个！啧啧，这就是我亲爱的前任干的好事。不过，又有什么关系？！我才不在乎他妈这帮杀人犯、强奸犯是死还是活，他们爱怎么样就怎么样。老子已经被流放到这个地方来，就没有指望要升迁！"

"我能想象，这里绝大多数人都是这样想的。"曾通感叹道。

"那关我屁事？你猜想得没有错，我就是无聊，我会充分使用手中的权力来陪我解闷！刚才他们的表情你可看见了？在我宣布的时候，他们的表情十分精彩，我总结一下，大致分成四种：一种是忿忿的表情，也有是像你一样无所谓的表情；这两种都很好理解，但是还有很多人，他们居然有种窃喜的表情！最后一种甚至还有恐慌不安的神情！你能想到什么？"

"当然，那忿忿的说明还心存幻想，还有想到反抗；无所谓的要不就是我这样还不知道好歹，要不就是已经麻木了；至于窃喜……恐慌……不知道。"

"也许说明他们害怕见到光，情愿躲在暗处？"

"那又是什么意思？"

"嗯……刚才你说，绝大多数人都不认为自己能再出去了，你也是这样想的吗？"

"我还没有想过。"

"你没有说实话。不过，这个无妨。要喝茶？"

曾通礼貌且理智地拒绝了，于是狱长道："今天走了一圈，可有什么收获？"

"有个叫百老大的要我给他洗衣服。"

"哦？看起来不是什么良善的收获……百老大？是百羽，我的前任告诉过我，这里犯人中的老大。他对百羽睁一只眼闭一只眼。不过真可惜，他遇上我了。你不用给他洗衣服，你高兴可以叫他给你搓背，或者别的什么事情都可以。你也不用担心报复，你是在条件最好的单人房里，没人能惹到你，平时放风只要在看守视线之内就行了。"

"那么，我要做什么？"

"很好，读书人就是明事理，"狱长高兴地拍拍曾通的肩膀，"很简单，你的身份决定了你可以很快地靠近那些有着我们猜不透表情的囚犯。你帮我调查，他们到底在恐慌什么？或者在窃喜什么？我们可以试试以合作解决这个问题为目标，来打发漫长而无止境的时间。"

对于一个几乎与世隔绝的地方，狱长这个词在鹊山监狱有着类似皇帝一样的权威，不管是犯人还是看守，不管是杀人越货亡命的歹徒还是勤恳忠诚老实的看守——至少在曾通眼里看来是如此——都对狱长的话有着天生就该服从的思维惯性，所以从一开始，曾通就没有把狱长的吩咐当做耳边风，而是在内心深处决定认真地按照他的命令执行。尽管狱长吩咐他的事情多少有点无聊，"在这样的地方有聊的事情也不多，至少也可以让自己打发时间"，这就是曾通给自己找的说辞。

然而事情并非那么简单。作为一个初来乍到的囚犯，要进入老犯人的圈子是件非常困难的事情。每天在放风时间，犯人都三三两两聚在一起闲聊活动。于是曾通就去接近不同的犯人，试图和犯人们套近乎，可惜不是被臭骂一顿，就是挨上不少白眼。没有人愿意跟曾通说话，甚至没有人愿意在曾通附近十米以内的距离交谈。碌碌无为几天，曾通一无所获。

唯一值得乐观的是，和狱长特殊而融洽的关系使得曾通进出狱长的房间无碍。虽然不能报告些有价值的情报，但狱长似乎也没有把曾通的小小任务当做天大的事情。毕竟是在百无聊赖的情况下自己给自己找点工作，没有多大的压力，于是曾通也乐得每天从狱长那里进出，扯些闲话，要几支烟来抽。相处时间长了之后，曾通发现狱长思维极端敏锐，眼光独到，有时候说话一针见血，但有时候又漫无边际东拉西扯。也许是出于尊重或者忌讳，狱长从来没有问过曾通犯事的事情，曾通也从来不问狱长的从前。两人相对，更多的是闲扯些庄子或者卡夫卡之类虚无缥缈的东西。虽然这也无形中形成一道隔膜，但曾通还是很乐意和狱长继续保持这样友善的关系。

忽然有一天，看守们形影不离的佩枪都不见了。曾通明显地感受到了看守们的不满。曾通不知道是怎么回事，但想来，也许是狱长又在搞什么玩意儿。狱长自然是不会把这些看守们的想法放在心上的。进出时间一长，曾通逐渐和狱长身边几个看守熟悉起来。押送他穿过戈壁来到鹊山监狱的两个看守也是狱长的贴身跟班，一个叫马宣，一个叫吴仲达。马宣是个二十出头的年轻人，平时十分机警的样子，而吴仲达年已经年近四十，平时阴沉沉的不大说话。白天总是由马宣将曾通领进来，再把他送——也可以说是押——回他自己的单人牢房。既然他是狱长身边的红人，看守们自然也就不好意思继续又推又打"娘球傻逼"地乱骂。不过平时也跟曾通绝少交流，毕竟在看守们看来，自己的地位自然要大大高过这些囚犯的。

不过有一次和狱长聊得高兴，一路聊到晚上。从狱长房间出来，曾通正好遇见马宣和吴仲达换班。

"今天说这么久？"马宣看见曾通出来，不高兴地嘀咕了一句。在曾通看来，这纯属嫉妒。曾通看得出这个年轻的马宣服侍狱长十分殷勤，曾通认为马宣很有想往上爬的味道，虽然曾通觉得这都是可笑的努力。在鹊山监狱这种地方，你挤破头往上爬又能爬到什么地方去呢？就算让你当狱长又如何？还不是像现在的狱长这样每天无事可做，找一个囚犯来聊天骂娘发牢骚。于是曾通领首。马宣接着道："我下班了。这是吴仲达吴大哥，你见过，你进来的时候咱们三一块儿走的。你要小心了，他可凶得很。嘿嘿。"马宣皮笑肉不笑。

吴仲达目光呆滞，瞧着一边，既不瞧曾通，也不瞧马宣，只是冷着脸哼了一声。曾通偷眼瞥去，马宣脸上变了变，就不再说话。

那天曾通便跟着吴仲达回自己的单人间，吴仲达并没有做什么特别"凶"的事情。以后几次又有这种情况，曾通慢慢发现这个吴仲达行踪异常诡秘，总是在晚上出没，脸上从来一副死样怪气的神色。曾通从来没有见过死人，但吴仲达那副样子，确实也够让他心惊肉跳的了。曾通从马宣脸色的那一变中，品出了不少味道。

也许，那个马宣很怕吴仲达？年轻人对同行的长辈有所敬畏是正常的吧？还是这个一张死人脸的吴仲达本身让人害怕？

又是一个阴沉的雨天。雨水依然淅沥，屠刀一般的寒风掠过戈壁上空，仿佛一刀又一刀地割来，要把鹊山监狱肢解彻底，好露出下面大地的森森骨架。然而不管屠刀如何锋利，当伟大的放风时刻到来，当监狱的木门打开之后，在风雨中摇摆着的崖顶枯树冷冷的注视下，一股人流从门中拥出，灰色的囚衣宛如僧袍，清一色的光头更让人怀疑是否走进了哪家寺庙。众人贪婪地呼吸着带着戈壁尘土气味的空气，享受雨点落在头上脸上的美好，释放自己压抑了一夜的心中的郁结之气。

曾通和伍世员最后从门中跨出来,他们没有同众人在雨水里狂欢,而是闲庭信步地沿着山壁慢慢踱步,慢慢走到另一个角落里。

"知道吗? 这里有很多事情不为外人所知。"伍世员接过曾通手中的半截烟屁股。香烟,也是狱长提供给曾通的有力的沟通工具,并且很快见效,至少赢得了伍世员不少的好感。

"是吗?"曾通竭力装出不感兴趣的样子,却竖着耳朵,抱着膀子。他没有看伍世员,而是看着不远处一群人在争夺一个破旧的勉强可以称做足球的皮球。

"是啊……"伍世员没有去看众人的足球联赛,自顾自地仰着头叹了口气,看着乌云密布的阴沉天空。乌云压得很矮,似乎压得四周的众山都抬不起脑袋。

"你来这里多久了?"

"有差不多五年了,这五年的滋味,实在不好过。"

"为什么? 因为百羽他们?"

"那没什么。哪个监狱里面不是这样? 再说百羽他们嘴里闹腾得凶,其实也不敢怎么样。只不过是明知道自己活着出去的希望渺茫,找个发泄的地方而已。而真正……"说到这里伍世员似乎觉察到了什么,忽然住了嘴。

曾通好奇道:"怎么了? 真正什么?"

伍世员笑着摇摇头,在曾通看来,怎么看怎么像是在惨笑。伍世员转而道:"对了,听说狱长和你关系很近?"

"也没什么,就是平时偶尔叫我去陪他聊聊天而已。"

"聊天? 聊了什么?"

"也没什么啊,都是闲聊些科学或者艺术,怎么?"

"科学,艺术……"伍世员皱眉看着面前一块石头。

"怎么了?"

"没什么,听有些看守们放出的消息,有时候……"

"什么?"

伍世员向四周看了一下,压低声音:"这话你千万别跟别人说起。有时候,狱长晚上并不在他的房间内。"

那说明什么? 曾通无力去想,天知道,也许狱长只是有晚上出恭的习惯。相比之下他对另一个话题更感兴趣:"五年发生了什么事情不好过?"他仔细地看着伍世员,伍世员似乎许久都不曾洗澡,头发上尽是灰尘。

"没有什么。不要了解太多,那对你只有坏处。"

"我是无期,没有机会再出去说给别人听了。但是总还有机会听到你所说的不要了解的东西。"

"哦,无期,无期……"伍世员忽然嘿嘿冷笑一声,道:"好吧,既然是这样,那么说给你听我想也不算坏了规矩。你才进来,恐怕没有听说过老舜吧?"

"老舜?"曾通疑惑地摇摇头。

"老舜,是这里真正的老大,真正的!"伍世员加重语气,表示对百羽的不屑一顾,"百羽之流,如果见了老舜,绝对都是点头哈腰怕得要死。别看百羽在放风的时候那么嚣张,不过是为了掩饰他的害怕。"

"害怕? 害怕什么?"

"他害怕老舜。只要有老舜在,他马上就会变成孙子。"

"谁是老舜? 我是说,老舜在哪里?"

伍世员看了曾通一眼:"老舜不在了……嗯,在差不多你进来的时候,正好是老舜出狱的时候。"

"他坐满了?"

伍世员摇摇头:"老天爷让他满了。肝癌晚期,所以放了他出去。这里的规定就是,如果你得了绝症,那么你就会在一个天气非常恶劣的时候被放出去。不是放你走,是放你死! 这鬼地方一年到头下雨绝不超过十天,但只要下雨,绝对都是下个不停。你运气不好,赶上趟了,这两天接着下大雨。一下雨,外面满地陷坑就都出来了,他们说那叫莽扑,专门吞人吃的,没有人能逃出莽扑的嘴,活着走出外面的戈壁。就算运气极好,没有陷进去,也会被饿死累死。就算既没有掉进莽扑的嘴里,也没有被饿死累死,那也差不多累得七七八八,得了绝症的人,哪里还有什么机会?"

"那他还出去? 还不如就待在这里好了,还可以少受些罪。"

"你不知道的,在这里关了几十年之后,就算明知道是送死,还是要出去看看,哪怕是看看戈壁也是好的。这里,不是什么好待的地方。"

"没有那么严重吧?"听到伍世员加重了语气,曾通心里一愣,道:"我倒没有看出有什么特别恶劣的地方。没有私刑,也没有虐待犯人的事情啊。"话虽然这样说,但他记起了狱长提到的非正常死亡。四十五人,死了四十人,曾通心里打了个突。

"慢慢你自己就会明白,慢慢……"伍世员低声叹了口气,又道:"这里不是人待的地方。"

"不是人是什么?"曾通哈哈一笑,"你不是人?"

伍世员摇着头苦笑:"慢慢你就知道了,不用我说,你也会见到。尤其是现在,老舜走了之后……"

"等等!"曾通忽然想起了那个在铁丝网后面冲自己诡秘一笑的老头,"老舜是不是长得有点胖,下巴圆圆的?"

"你见过他?"伍世员一惊,"你什么时候见过他的?"

"我进来的时候,刚好看着一队看守押着他出去。"

"他对你是不是有什么动作? 对你说话了?"

"你怎么知道?"曾通奇怪道。

"他对你说了什么?"

"他什么也没有说,只是做了个手势。"

"他做了什么手势!"伍世员大声喊道,脸上豆大的汗珠顿时迸现。曾通吓了一跳,后退半步,也许是声音太大了,不远处的看守都回头盯着他们。伍世员意识到自己太冲动了,后退了一步,定了定神说:"我太激动了,你说说他对你做了什么手势?"

曾通道:"他指了指他自己,又指了指我,然后把手指插向自己的眼睛,又把手掌放在喉头来回磨,当时真的是吓了我一大跳……他这个手势是什么意思? 你干吗那么激动?"

看着曾通学着老舜的样子,把手掌平放在喉头上磨来磨去,伍世员咕咚一声吞了口唾沫,翻了翻白眼,然后喃喃道:"不,我不知道,你不要来问我。"

"怎么了?"

"没有什么,放风时间快完了,我要回去了。"他说着头也不回地跑了,留下曾通站在阴霾的天空下一个人莫名其妙。

牢狱的生活枯燥而单调,更显得时间的漫长。然而时间并不因为人的心理而有所改变,也不搭理生活是否枯燥或者丰富,依然以它固有的速度向前推移。如果没有狱长的话,曾通想必现在已经适应了这里的生活。

然而,他没有。上一回狱长召见自己时两人展开了一场激烈持久的辩论,辩论话题是世界的本源是混乱还是有序,以及世界的走向是趋于混乱还是趋于有序,为此两人交换了不少相对论和量子力学的知识。但在此之后,曾通就再也没有见过狱长——不,准确地说,是狱长再也没有召见过他。但是曾通依然常常看见狱长,每天都见。不管是放风时间,还是劳动时间,曾通都能看见狱长独自一人背负着双手,或者端着他心爱的茶杯在监狱开阔的操场里缓缓踱着步子,有时候来回地走,有时候绕着操场边缘走,有时候埋着头疾走,有时候左顾右盼、似乎在寻找什么东西。狱长尖锐的目光似乎由于迷茫失措而黯淡不少,偶尔看见曾通,甚至和曾通的目光相触,狱长都会把目光转移开去。然而,就在两人目光相触的一瞬间,曾通立即明白其实狱长并没有忘记自己。狱长这样做,其实是另有目的。

在更深沉的潜意识中,曾通体会到了狱长心里的一种情绪。那是难以形容、不可名状的恐惧。但是曾通很快将这个想法否定,然后抛在脑后。一个像狱长这样尖锐的人怎么可能恐惧呢?

对狱长这个奇怪的行为,比上回伍世员听到老舜而惊吓过度更加让曾通莫名其妙。按常理说,狱长既然吩咐过自己去探听其他囚犯的动静,肯定非常想知道结果,然而狱长却从此之后再也不单独召见曾通,甚至装做毫无印象,以至于让曾通一肚皮困惑。曾通心里曾经无数次猜测,也许狱长是想再给自己一些时间,也许狱长其实想探听的人是他曾通自己,也许狱长有健忘症……各种借口都替狱长想到了,曾通甚至可以打赌,狱长一定是心里有什么事情,或者说出了什么事情。然而这样的猜测和赌博式的总结对曾通肚皮里的困惑依然没有多少建设性的作用。

日子一长,曾通慢慢地也看出了鹊山监狱似乎有点不对劲。其实,这个感觉在进监狱的时候,就已经有所感觉,只不过曾通没有放在心上而已。

粗粗一看,除了地理位置比较特殊,以及由此导致的条件不太乐观以外,鹊山监狱与其他监狱似乎没有什么不同。但是尽管曾通对监狱了解不多,慢慢地也发现了鹊山监狱与别处有很多的不同。这里没有其他监狱那种惯例的学习班,这里的劳动就是耕种那块地以获得必要的粮食蔬菜,以及洗自己的衣服;墙壁上那种其他监狱司空见惯的标语也没有。另一方面,监狱与外界联系如此之少,以至于进来之后,曾通从来没有听过有谁刑满释放,有谁家里寄来了钱,又有谁和探监的家人见面。

但是这些,都勉强可以解释得去,没有学习班,用没有阅读条件的理由也说得过去;劳动很少,在这样的环境之下,也很难想得出有什么其他劳动可以让人做;没有标语,自然是没有那个必要。曾通与其他犯人十分隔阂,除了同伍世员那天说了一阵话以外,与其他犯人的交流不超过十句话,具体的详情自然无从知晓。而曾通自己的家人,则早已与曾通断绝了来往,探监自然也无从探起。这些,都不是最重要的事情。

最重要的是,这里没有其他监狱的那种氛围,那种森严的氛围。取而代之的是,众人似乎都在逃避什么东西。

也许是老舜吧?回忆起伍世员最后惊恐得几乎扭曲的面容,曾通的心里往往都要打一个颤。那是什么很可怕的事情?

然而,这些话题都不能,或者说没有机会讲给狱长。狱长尽管表面上把自己遗忘了,但是曾通知道这只是假象。一个很好的例子就是,百老大一伙人直到现在都不敢来招惹自己,即便是见面,都是远远避开。所以曾通自然也不会去把狱长找自己的事情给任何人说及,那无异于自伐头上的大树,着实不是什么明智的事情。

在鹃山监狱,劳动被分成几个时段,每个时段负责不同的工作。比如早晨有照顾庄稼,有拔草,有给庄稼浇水;下午则是洗衣服,或者打扫操场等等。这天早晨,曾通就按照前一天晚上看守给自己的抽签安排分在了挑水这一组。

大家都集合在操场上。随着看守把人分配好,一声哨声长响,大家一骨碌忙起来。巧的是曾通和百老大百羽分成一组,两人一根扁担中间挑一桶水。习惯了一人一根扁担挑两桶水的别处的庄稼汉可能会奇怪,其实这也是没有办法的事情,鹃山监狱囚犯多到无事可做,于是只好这样便宜行事了。

曾通和百羽一撞面,百羽脸上颇有些尴尬。最近百羽一伙人老实了许多,不仅不敢欺负曾通,也不找别人的麻烦。曾通也不知道到底是狱长上任的讲话有了作用,还是确实敲打了他一回的,不过在他看来,不管哪样都是很正确的事情。

两人从负责往井中取水的囚犯那里接过一桶,挑起来往田走去。百羽回头嬉开嘴露出满嘴的黄牙冲曾通一笑:"你小子,不错啊,跟狱长套近乎套得很不错嘛。"

曾通无言以对,半天才道:"没有的事情……"

百羽道:"少他妈装傻充愣,老子还不知道是怎么回事!告诉你,不要以为跟狱长走得近就好使了。狱长?狱长是个球!你以为这里是狱长说了算的么?"

曾通奇怪道:"那谁说了算?"

百羽似乎觉得自己失言,转过头去不再说话。曾通追问道:"谁说了算?老舜吗?"

百羽回头瞪了曾通一眼："别瞎说话,谁是老舜,啊?"

曾通问道:"你见过老舜吗?"

百羽低头不回答,曾通追问道:"你见过老舜吗? 你不可能没有见过,连我都见过老舜。"

百羽一惊:"你说什么? 你见过老舜?"

"怎么?"

"那不可能! 没有人见过老舜!"百羽眼神中有一丝慌乱,他回头忐忑不安地看着曾通。

曾通道:"那有什么好奇怪的? 你怎么可能没有见过他? 老舜又怎么了? 我怎么觉得你们都很怕他一样。"

百羽抓起曾通的领子:"你个混球,啥事不懂就会放屁! 要不是看着狱长的面子,老子早就做了你! 少废话,挑水!"

埋头将水挑到田地,将水交给负责浇水的一组囚犯,两人又提着空桶往回走。在曾通看来这样的工作仅仅是形式而已,这样两人挑上一桶水,走上几步,毫无劳动强度可言。当然,如果考虑到这样的劳动是为了大家都有的吃的话,倒不能完全说是形式。以曾通的意思,似乎完全可以将这块田地扩大更多,让大家都能够将力气用在上面,免得众人精力过剩躁动不安而出现不必要的麻烦。

低头忙了一会儿,曾通又开始琢磨怎么打开百羽这个缺口。忽然灵机一动,装模作样叹气道:"哎,这两天狱长要把放风时间再减少了,可把我闷死了。"

百羽回头嘿嘿冷笑:"那狱长有没有给你说有一天要取消放风?"

"那没有,不过,狱长说这回大家意见很大,似乎也可以考虑把放风时间放长些。"曾通想反正百羽知道自己和狱长有关系,那不如直接公开,遮遮掩掩,反而要坏事情。

果然,听曾通如此坦白,百羽脸上好看了许多。看来百羽虽然凶狠强横,但是怎么也是江湖道上的,最看不起鬼祟之事。百羽点头道:"那是好事,我几个弟兄都要憋出个鸟蛋来了,如果……嗯?"

曾通摸出一支烟点上,看到百羽眼睛发直,不由好笑,便装做很慷慨的样子道:"要来一口?"

百羽接过来一口猛吸,脚步不稳,想来是有些头晕。他拿起烟看看:"楼兰,好烟! 他奶奶的好久不抽了! 你哪里来的?"见曾通似笑非笑,一副"你说呢"的样子,恍然大悟:"哦,哼!他对你不错啊。"

曾通避而不答,又淡淡道:"狱长那里还多着呢。"

"有这种好处?他奶奶的!老子也去要两支!"百羽说完就知道自己错了,"哼!那还不先帮他舔卵子!"

曾通一笑:"没有那么严重,不要以为人家都是你一个样的。"

"好吧!"百羽一顿,"要我做什么?"

曾通一脸诧异,脸上写满了不解和委屈:"什么做什么?我是看你是条汉子,交你一个朋友。"

"球!"百羽毕竟不是傻子,一口痰喷出老远,"呸!他娘的,有路子不给老子说,有你好果子吃。"口中不住骂骂咧咧,让曾通不禁莞尔。

等到放风的时候,在狱长装备给曾通的威力强大的楼兰烟的帮助下,曾通很快跟百羽一伙熟悉起来。百羽一伙人也不踢球了,大家拉着曾通在操场上绕圈子,嘴里叼着让其他犯人羡慕的白色烟卷。两边一个五大三粗的家伙叫阿丁,一个一脸胡子的是老罗,这两个家伙原来是搭档。

"搭档干什么的?"曾通有点好奇。

"关你屁事!"阿丁和老罗颇有些恼怒,多少有不好意思的成分。失手被抓住,那是耻辱。百羽道:"那是他们点儿背,要是早点遇上我,也没那么容易进来。"

"这是小崔,外号催命。保镖出身。"百羽拍拍旁边一个人的肩膀,看得出百羽非常欣赏这个小崔,拍拍他的肩膀仿佛在拍他手下的得力干将。小崔双眼放着精光,看得出来虽然饿得黄皮寡瘦,但是一身的好底子仍然在,着实的危险人物。曾通吞了口口水,压抑住自己的好奇心不敢再多问。不过百羽自己介绍道:"这家伙分赃不均跟同伙干上了,完了自首,又把东西还了回去,算是被宽大处理到这里来。"

既然老大百羽都接纳了曾通,一干危险分子也默认了这个事实。只不过他们还是对曾通不大理睬,表示以自己的身份,对曾通这种跟狱长拉关系的家伙不屑一顾。当然,也都不是傻子,对老大百羽的这种举动大家还是能够理解的。

百羽道:"咱们人不多,不过个个都是条汉子。在这里都是我说了算,从来只有咱们欺负别人,没有人敢在老子头上拉屎。"

"就这些人?"曾通有点怀疑自己听错了。一共才四个人,要在一百多号人中称王称霸,似乎有点少了。也不知道到底是这些人都个个能干,还是老大百羽确实有几分魄力。

"怎么?"百羽不满道:"嫌少?老实告诉你,咱们几个是五年前一起进来的。在路上大家就都说好了,进来肯定要被欺负,唯一的出路就是大家背靠背站在一起。就算这样,还也就只能将就混着,天天勉强吃点东西把命吊着……"

曾通奇道:"怎么?你们吃得不好?我怎么觉得伙食还算可以,至少能吃饱肚子。"

百羽恼道:"那是他妈的狱长在照顾你知不知道?这里粮食运进来那么困难,能有什么好的?你看看这些人,哪个是敞开肚皮吃喝?"

老罗呸了一口:"老子进来五年就他妈没有吃过饱饭!"

曾通忽然想起一事:"对了……五年前……五年前是不是集中进来了一批人?就是你们?"

大家都看着他,曾通多少有些不自在,但他还是把话说完:"听说五年前进来了五十个?哦,不,是四十五个?你们是四个,还有四十一个人呢?你们不是都在路上说好了要结成一伙吗?"

众人都愣着不吭声,百羽的脸上尤其阴沉。小崔忽然对百羽道:"他知道的,百老大,他在装傻!"

"什么?"曾通口干舌燥。

"过来!"百羽一把抓住曾通的领子,将他拖到一个背风的峭壁,狠狠地按在上面:"说!还知道什么你?"

"什么知道什么?"

"妈的!敢耍老子!"百羽叉住曾通的脖子,一偏头,"老罗你去看着看守的动静!"

"我说我说。"对于这种直接肉体碰撞,曾通应付起来明显没有与狱长对话那么流畅。狱长说得不错,这是文明程度差异带来的结果。所以曾通马上投降。

"说啊!"

"我也是听狱长偶尔提到的,"曾通颤声道,"他说他的前任曾经在五年前接收了四十五个,但是非正常死亡四十个。我不明白是怎么回事,但是我其实是想问你们知不知道他们是怎么死的?还有你们这里一共只有四个,还有一个人到哪里去了?"

"够了!"百羽头上青筋暴露。但小崔在旁提醒道:"老大,让他说下去。"百羽瞪着曾通看了好一会儿,才又问道:"还有呢?"

"没了。我什么都不知道。"

"屁话！你知道个球！"百羽恼怒道，"谁关心你知道什么鸟了？狱长还知道什么？"

曾通不解道："我怎么知道他还知道些什么？"

"你这些话都是他要你来问的？"

"不是，是我自己问的。狱长只是想知道为什么他宣布缩短放风时间，会有人感到高兴，而又有人感到恐惧。"

"高兴？"百羽一咧嘴，"那多半是见了咱们兄弟就吓得尿裤子的家伙们。高兴？谁他妈会高兴放风时间减了？"他一扭头，"喂，你们高兴放风时间短了吗？"

小崔等人连连摇头。百羽回头道："告诉那个家伙，这里没有人高兴，让他把放风时间加长些免得大伙儿有劲没处使就给他捣乱！"

阿丁道："老大，他没什么用，只有他听狱长吩咐的没有狱长听他的。"

"有道理。"百羽颔首肯定。小崔又道："他这人信不过。"

大家一致点头表决通过了这句话，于是百羽双手一扔："小子，算你走狗娘养的运，老子暂时把你的小命寄在这里。以后没事不要胡乱问这问那的。"说罢一摆手，一干兄弟跟随着他威风凛凛地走了。

曾通暗叫一声可惜，好不容易建立起来的关系就这样莫名其妙地破坏了，满腔努力全部付诸东流，实在是得不偿失。不过他心中的疑问不仅没有减少，而是大大地增加了。百羽并没有正面回答他的任何疑问，四十个人是怎么消失的？怎么"非正常死亡"的？他故意问活下来的还有一个人是谁，其实他当然知道，还有一个人，应该是伍世员。按照伍世员的说法，他也是进来了五年，那么也肯定是和百羽他们同时进来的人。百羽明明说过他们在路上就约定好要结成一伙，而又死得只剩下五个，那么肯定彼此都很熟悉。伍世员不跟百羽一伙在一起，自然是有些事情发生过。可是百羽在放风时间里明明看到过很多回伍世员跟自己在一起，绝对没有道理提都不提。也就是说，百羽他们要么装做不认识伍世员，要么根本就不认识伍世员。这是怎么回事呢？曾通独自靠在峭壁上，默默地寻思这里面的秘密。

一阵阵的风吹来，吹得崖顶上的那棵枯树吱嘎作响。枯树的枝干也不知道经历过多少这样的风，也许是长年累月的抵抗使得枯树在这样的风中——尽管摇摇欲坠——始终屹然矗立。每一次风掠过，它的枝条都挣扎呻吟，但每一次它又承受住了痛苦，靠着自己独有的韧性挺了过来，恢复原状。也只有这样有韧性的树，才经得住每天呼啸着袭过山崖的狂风吧。如果这棵树不能承受，那么它早就已经断裂开了。

存在的必然性，这是个哲学问题。曾通抬头，看着摇摆不定的枯树。这棵树看来死了很久了。从枝条上看，已经看不出生前到底是什么树。这里传说有一种树能千年不死，死后千年不倒，倒了千年不烂，也许这棵树就是这样。那种树叫什么来着？胡杨？曾通记不清楚了。他漫无边际地胡思乱想，五年前的事情……那时候不知道这棵树死了没有。也许问问它可以知道真相？或者问问它的亡灵？

一阵风袭进曾通的领口，让他打了个哆嗦。于是他蹲在地上，用一块小石头在地上乱划。老舜——非正常死亡——伍世员，其中有什么关系吗？为什么人人都像避开瘟疫一样忌讳谈论老舜？老舜的疑团还没有揭开，新的问题又跟着来了。非正常死亡的四十个人也许狱长那里有前任留下的资料可以回答，可是伍世员的事情实在琢磨不透。现在的问题不在于那四十个，而在于这剩下的一个。曾通将石子在伍世员这个名字上划了个大圈，以表示重视。问题的关键在伍世员，看来需要问一问伍世员这里究竟有什么问题，到底是什么原因让百羽一伙人会将他排除在圈子之外，并对他视而不见。曾通忽然想起，好像有很多天没见伍世员了。自从自己告诉他老舜最后的动作，他就一直没有看见伍世员。

一道阴影忽然盖住了曾通面前地上刻画的字样，"谁是伍世员？"背后一人问道。

曾通霍然回头，看见一个面容猥琐一身邋遢的老头正站在他后面。

"谁是伍世员？"那老头又问。

曾通问道："你是谁？"

那老头道："我是谁？你又是谁？你在这里画什么？"

曾通无言以对，那老头看了看地上的字样，忽然瞪大眼睛又道："老舜？你把老舜刻在这里干什么？一个人瞎琢磨老舜的事情，新来的吧？"

曾通点点头，不抱希望地道："你认识老舜吗？"

那老头怪异地一笑，并不回答："听说新来的是个读书人，名字叫曾通，想必就是你吧？听说你跟狱长的关系不错？"

才丢掉百羽几个的关系，不能平白放掉这个老头，况且这个老头看上去神神秘秘，也许更有用处。于是曾通道："我是曾通，你是谁？"

"刚才看见百羽带着你过来，我就偷偷跟了过来。看看他又在折腾些什么。刚才我还在想百羽一伙真是一群蠢货，有你这样和狱长关系不一般的人都不巴结，也不知道他到底想些什么。现在我倒是觉得他还算是明智。"

曾通奇怪道:"为什么?"

"因为看你在地上画的东西,就知道你在想弄明白一些问题,一些最好还是不要弄明白的问题。"

曾通更加奇怪:"那又是为什么?"

那老头道:"为什么?问题就出在为什么上。少问两个为什么,都像百羽那个白痴一样,也许大家都能活得更好。"

听着这样的奇谈怪论,曾通忍不住大声道:"你到底是谁?"

"我是谁?就是因为你和狱长关系不一般,弄得我直到现在还要帮百羽洗他的臭袜子!"

曾通脑海里一道闪电划过,忽然想起来了:"你是乌鸦!"

乌鸦一笑,默认了曾通的判断。曾通忍不住要跳起来了,看来自己运气还没有坏到家,竟然碰上了这个关键人物。他几乎喊着问道:"你就是乌鸦!你认识老舜吗?"

"好奇心!"乌鸦一顿,"又是一个该死的好奇的人。我凭什么要回答你?"

曾通急了,不能又让这条线索中断在自己手里,他定了定心神,压抑着自己咚咚乱跳的心脏,尽量以平静的口气问道:"你不觉得,这个监狱里有太多奇怪的事情?太多太多蹊跷?"

乌鸦摇摇头:"你用词不当,不是奇怪的事情,是怪异的事情,也不是太多蹊跷……"忽然停住了。曾通道:"不是蹊跷是什么?你知道是不是?是不是?"

乌鸦道:"这样吧,我也有问题,咱们不妨来交换,你问一句,我问一句,怎么样?"

"好!我先问,你认不认识老舜?为什么大家都不提老舜?我问任何人,大家都像避开瘟疫一样避开这个问题。"

"我认识老舜,老舜是个可怕的人,非常非常的——"乌鸦在非常两个字上面着重语气,"邪恶!"

"邪恶?"

乌鸦沉重地点点头:"不错,是邪恶。该我问了。谁是伍世员?"

"是我的一个朋友,不过不知道为什么这两天一直没有看到他,连放风的时候都没有看到,也许是病了吧。"

乌鸦点点头,道:"该你了。"

"为什么说老舜是邪恶的？他做过什么？"

"老舜什么都没有做过，但是他却可以预见很多事情。很多凶险的事情。以至于大家都不知道到底是他预见的，还是他操纵的。所以大家都非常害怕他。你为什么要在地上刻画这些东西？你是自己穷极无聊想要调查这些事情，还是有人指示的？"

这个问题倒是不好回答，曾通想了一下，决定说实话："开始是狱长让我调查的，但是他只是要我调查大家对放风时间缩减的反应。后来我开始发觉这个监狱里面似乎有很多不可告人的东西，比如老舜，比如非正常死亡的那四十个人，于是自己就不自觉地开始……"曾通忽然想到一事，"你来这里多久了？你知道那四十个人是怎么死的？"

乌鸦笑道："你问对人了。我是五年前来这里的，和百羽一起来的。除了百羽和刚才他那三个兄弟，我们是五年前来的那批人中幸存下来的。我当然知道他们是怎么死的……"乌鸦忽然上前一步，他阴森地压低声音，"他们被其他人杀掉了！"

"啊！"曾通大叫一声，"为什么？你……你……"他忽然想到一件事情，不由吓得说不出话来。

乌鸦不为所动，又问道："你为什么把这个叫伍世员的家伙和老舜，和五年前死的那批人在地上连在一起？我在这里五年，可从来没有听说过什么伍世员，这个叫伍世员的人长什么样子？"

曾通打了个冷颤："你是乌鸦，你是五年前来的，是活下来的五个人之一，可是伍世员也告诉我他是五年前来的！四十五个犯人，非正常死亡四十个，应该还留下五个！除开百羽他们四个人，应该只剩下一个！你们到底谁才是真正五年前留下来的？"

"你在说什么？"乌鸦皱了皱眉头，"谁他妈是伍世员？如果不是百羽和我闹翻了，现在我们还是一伙，而不会让我给他洗衣服。你这小子他妈疯了不是？你发什么抖？"

"可是……"曾通心里一回想，马上明白这个乌鸦说的是真话。这就是为什么百羽一伙人对伍世员视而不见的原因！因为他们也根本就不认识这个伍世员！这个伍世员所说的什么五年前来的话全是假的！曾通马上想道，这个伍世员也许就是问题的关键，他为什么要骗自己？他一定是在掩盖什么事情，他一定知道得很多！可是自从他和百羽接触之后，伍世员就不见了！他一定是在逃避，害怕他的谎话被百羽等人揭穿。也许他就是凶手之一，乔装成五年前的那批犯人以混淆视听。

曾通顾不得再问乌鸦犯人到底是为什么被杀害了，也没有心情去管乌鸦到底是什么事情和百羽闹翻。只要找到伍世员，就能找到犯人被害的真相。至于这个乌鸦，反正他不可能跑出监狱,有疑问再找他也不迟。他一跃而起,朝看守跑去。现在伍世员一定在装病,只有找狱长才能解决这个问题。

狱长斜靠在椅子上,握着他的茶杯耐心地听着曾通的叙述。在此过程中他除了皱紧眉头以外,没有任何的表情。

"……然后我就想到你大概能够找出伍世员来,所以我就到这里来了。"曾通一口气说完,不由像完成某个任务一样长吐一口气。狱长拿出笔和纸,一边飞快地在上面写着什么,一边以一种冷漠的腔调说道:"完了?"曾通注意到,狱长写字是用左手。

"完了。"

"就这些?"

"就这些。你不觉得这些东西都很奇怪吗?"

"我让你去看看这帮家伙们到底在对我上任以来的第一个行政命令有什么看法,你却东拉西扯,扯出一大堆事情来。"狱长将手中的纸举起来,继续说道:"你以为你这样做可以体现自己的能力吗?你不要搞错了,这里是监狱,不是公司!我是狱长,不是老板。你不需要做额外工作来讨我的欢心以增加薪水或者谋求职位升迁,你唯一需要做也必须要做的事情是完成我交代给你的事情,执行我给你的命令,不管我以多么婉转的方式表达的!"

狱长冷酷尖锐的话语纷扰了曾通的心神,以至于让他忽略了狱长手中的纸。直到狱长说完,他才看清纸上写的是什么。

纸上赫然写着:"曾通,有人在听我们说话!尽量装做什么事情都没有发生,尽量跟我交谈。"

狱长的笔迹恰如其人,潦草而又瘦骨伶仃,谈不上什么美感。可是他纸上的话却让曾通一身发冷。曾通接过笔,说道:"可是……你不觉得……你不觉得这些事情都太……不可思议?"他在纸上写道:"谁?在门外?他们要干什么?"尽管只有短短几个字,但是却写了好久,而且说话也是吞吞吐吐。这似乎足以证明他曾通完全没有狱长那分心二用的才干。

狱长在纸上写道:"你相信世上有鬼吗?"他忽然一摇头似乎自嘲一般,而后用笔将这句话抹掉,接着写道:

"我不知道,但我知道周围的人都不可靠,包括所有的看守。我说完之后在纸上写你想说的,嘴上敷衍。"

黑色的墨水凝成的黑色"鬼"字,让曾通心里一跳,但狱长一边写一边说道:"你刚才说的都有很大的疑问。老舜我是第一次听说,五年前那件事情前任狱长也没有提及,档案里也什么也没有,我也不知道到底发生了什么事。你东拉西扯,想方设法,是不是要证明他们有什么关系?我怎么没有看出来?"

他写道:"现在我确实不能确定两件事情之间有什么关系,但可以肯定的是你说得对,这里有很多不可告人的秘密。你探听到伍世员,这个我来解决,你去想办法从乌鸦那里套更多的东西出来。"

狱长看得出曾通不能像他一样一心两用,于是将笔递给曾通,自己接着说道:"我认为你根本从一开始就偏离了我交代给你的事情。你道听途说,东打听西打听,打听的结果是浪费了我大量的烟草,把时间花在被那帮子老囚犯愚弄上,并且也没有打听出我真正想要知道的东西。就你这样的无能,我很怀疑你学历的真实性。我再说一遍,去打听打听那帮人对缩减放风时间的看法……"

在狱长啰里啰嗦说话的当儿,曾通写道:"五年前到底发生了什么事?老舜又是怎么回事?"

狱长接过笔飞快地写着:"五年前的事情我会想办法告诉你,但不是现在。老舜的事情我知道得不见得有你多,我会一并告诉你的。"

狱长接着道:"……我不清楚你到底是真的天生好奇心重,还是已经和那帮狗卵子结成一伙了?如果是前者的话,还有商量余地。不过如果是后者,那你就等着倒霉吧。不管你明白不明白,我都要重申一遍,我,是狱长,你是囚犯,你的饮食,你的起居,你的空气,你的自由或者不自由,你的快乐你的痛苦你的肉体你的灵魂,都捏在我手心上……"

曾通写道:"怎么联系你?"

狱长写道:"我会塞给你香烟,烟盒子里。进一步的行动也会在里面。记住,不要相信任何人!"写完他又说道:"……而我对于你的这些,并不能够因为我们一起闻了闻茶叶的香味就有所改变。这样说不知道能不能够提醒你,让你明白我对于你的重要性呢?"

"当然能够。"

"你知道要怎么做了?"狱长深有含义地问到。

"明白！"

"那你去吧。"狱长一只手拿起茶杯，另一只手抓起笔在纸上"不要相信任何人"几个字下面画了道着重符。曾通会意地点点头，于是狱长将纸拿起在油灯上点燃，对曾通摆摆手，"快去快去！不要再让我失望了。"

曾通站起身来，一瞥之间，看见狱长正专注地盯着手中燃烧的纸片。纸片燃烧得很快，转眼之间就只剩下一角，曾通分明看见，是那个黑色的"鬼"，上面划着黑色的叉。火焰蔓延过来，吞噬掉了黑色的"鬼"。

刹那间，一股寒意从头顶直贯而下，几乎让曾通瘫倒。他注意到狱长的脸上，似乎有一颗冷汗。

忐忑不安地出了门，门外的看守已经从马宣换成了吴仲达。曾通仔细地看了一眼他的脸，并没有发觉有任何的不妥。谁会在偷听狱长和他的谈话呢？狱长居住在一条甬道尽头的房间，除了狱长自己和看守以外，一般犯人不太可能走到这条甬道来。唯一可能偷听的，就是这些甬道里的看守了。常备给狱长的贴身看守就两个，一个就是现在在给自己带路的瘦瘦高高一脸死气的吴仲达，另一个则是已经被吴仲达换下的马宣。难道是他？曾通看着吴仲达的背影，昏暗的甬道里，油灯微弱的光将吴仲达衬托成一个缓缓前进的阴影。

"干什么？"似乎察觉到了曾通停下的脚步，吴仲达一脸不耐烦地回头训斥。

曾通连连掩饰："没，没什么。"换上张笑脸，"吴大哥你早来啦？"

吴仲达冷哼一声，没有答话，回过身继续往前走。无奈曾通只好亦步亦趋，心里暗暗纳闷他冷冷的一哼到底是什么意思。自己试探的一问并没有问出任何东西来，只是心里吴仲达阴暗的色彩又加了一层。

狱长房间到曾通的单人间并不近，曾通默默无语地跟着吴仲达走完黑暗中狭窄的甬道。回到自己的房间，曾通乖乖地站在原地。于是吴仲达将门锁好，正待转身离去，曾通忽然透过厚重木门上的栅栏——也是通气口——没头没脑叫道："吴大哥。"

吴仲达没好气地回头，仍然是一张死人脸："又干什么？"

曾通笑笑："没什么。那么晚了，多谢。"

吴仲达一呆，僵硬的脸上闪过一丝不知道意味什么的表情，盯了曾通一眼，继而走开。

鹃山监狱的看守一律穿那种老解放鞋。曾通便躺在床上，努力分辨吴仲达轻微的脚步声远去，最后如同他的人一样消失在黑暗的甬道中。

狱长到底是什么意思呢？曾通开始漫无边际地寻思。有人偷听狱长和自己的谈话，怎么想，怎么不对。但不管怎样，狱长倒是给了自己一个非常有效打发时间的问题来思考。在鹃山监狱，有可能什么都缺，唯独不缺时间。曾通庆幸自己好歹多念了几年书，有相当的知识来分析和思考问题。这是他找到的打发时间的好方法。

有可能偷听的人，马宣是一个，然后就是死气活样的吴仲达。会是他们中的一个？还是他们都有问题？吴仲达神神秘秘鬼鬼祟祟，这种事情多半有他，尽管刚才没有问出娄子，也没有找出证据。那么马宣有关系吗？曾通回想起马宣那张面对狱长讪笑的脸，说不出的讨厌。自从自己这个新上任的囚犯和新上任的狱长关系好了以后，马宣就不再像一路押送他的时候那样粗声恶气随意打骂了。这种做法让曾通颇有不快，因为这说明看守对囚犯的打骂是常有的事情。曾通自己曾经分析马宣似乎想跟狱长套近乎，可是这样做有什么好处呢？

但不管怎样，马宣怎么看都像一个正常的二十出头的小青年，对未来充满憧憬和幻想，也许他是想让狱长以后调回城市的时候带他一起出去吧？这两个看守认识戈壁上的路，自然应该是当地人。人往高处走似乎也很正常。

慢着，曾通忽然想到，到底是他们中的谁在偷听并不重要。关键是为什么他或者他们要偷听？狱长为什么采取那样的方式和自己交谈？是不是狱长说的事情不利于他们，于是他们要不利于狱长？他们既然要不利于狱长，那么会不会不利于自己？狱长说了什么？

鬼！黑色墨水在黑色的"鬼"字上面打了几个叉。鲜艳的黑色，充满了怪诞而邪恶的诱惑。狱长在那张纸上留下的笔迹在曾通的脑海里一划而过，他的心脏似乎顿时间停住了。

难道是，鹃山监狱，在闹鬼？

一阵寒意从曾通胸口涌出，像一只看不见的冰冷的手抚遍曾通全身。他连连摇头，试图摆脱这种可怕的想法。无稽之谈，这是无稽之谈。我是受过教育的人……曾通不断地安慰自己，将身子缩成一团，企图抵挡胸口的恶寒和那只看不见的恐怖的手。

狱长说的是五年前的那桩事情。百羽他们的事情。对，就是这样。五年前来了四十五个人，死了四十个，非正常死亡，还有五个，但是有六人声称是五年前来的，伍世员多半有问题,他有什么企图?乌鸦和百羽是怎么回事?谁杀了他们?老舜?有鬼!监狱里有鬼!它们来了!它们在面前了!它们在注视自己……

黑夜并不黑,至少在城市是如此。城市的夜空,在远处混成一片的喧嚣声中呈现出一种怪异的猩红色。曾通坐在地板上,心灰意冷地叼着烟卷。烟卷上的烟灰已经比未燃烧的部分还长了,一个红环套在烟已经燃烧和未燃烧的交接处,还在不断地后移。

远处一声警笛忽然响起,曾通一顿,是来抓我的吧?烟灰惨白的尸体滚落在大腿上。警笛越来越响,由远至近,正是朝这个方向来的。

呲的一声急刹车。警车在窗下停住了。窗边猩红的夜空被警灯映得一蓝一红,一蓝一红……

门口有急促的脚步声。曾通扭头看着门,模糊间想看看那个来抓他的警官长得和自己想象的是不是一样。他突然想到:"我不是已经在鹄山监狱了吗?这是梦吧。"

曾通睁开眼睛,果然,只是个梦。在梦里再被抓一次并不是什么很好的体验。只不过,自己好像在最后关头意识到了是个梦。曾通记得似乎在一篇什么杂志上看到过,人在梦中不可能意识到自己在做梦。看来这个理论已经被自己打破了。

才睡醒,脑袋混混沌沌的不大好用,眼睛也不大睁得开。于是曾通躺在床上闭目养神,耳边偶尔传来甬道外面呼啸而过的模糊风声,隔着厚厚的土层已经感觉不到任何威力,听上去遥远得像是在另一个世界。这里的晚上一定不会有城市里的猩红色吧?刚才想到哪里了?老舜?

一阵细碎的脚步声传来,中间夹杂着叫骂声。是马宣的声音,似乎他在押送什么人过来。曾通侧耳听去,听见他叫骂道:"……娘球!那么晚了还要做事!杀千刀的快些走!拖拖拉拉,瞧,有什么好瞧的?"这几句词听上去颇为耳熟,仿佛当初自己进鹄山监狱的时候马宣也是这么骂骂咧咧地押送自己的。

旁边一间房门打开,曾通听见马宣把犯人押进门里,解下手铐的声音清脆地叮当作响。马宣对来人道:"别他妈捣蛋!老实点对大家都有好处。也别他妈想些什么鬼花样!今儿个晚了,明儿见狱长。看你那操行!"说完踱到曾通门上的窗口来张望。

曾通奇道:"怎么了?押谁来了?"

马宣嘿嘿一笑:"新来的,狱长吩咐给个单间给你做邻居。听说是杀过人的,你帮我看着他点儿,别弄出什么岔子来了。"

曾通点头称是,于是马宣又回隔壁,只听他说:"别乱动啊,来的时候你也见了,咱这鹊山监狱，不是说来就来说走就走的，就算你自己出得去，外面的戈壁你也见了，自己掂量掂量。有什么规矩不懂问隔壁的，老子看你贱样就有气，懒得跟你啰嗦。"说完一步一摆地自管去了。

在来到鹊山监狱之后，除了狱长以外就再没别人可以和曾通说话。如果说鹊山监狱对曾通来说什么最难挨的话，他一定不会选粗劣的伙食或者简陋的住宿，而是极端的孤寂。难得来了个邻居，曾通趴在门上，眼睛拼命地往外瞅，希望能看见隔壁的人，和他说说话，却很失望。这条甬道是在主甬道旁开的短岔路，而且是死路，一共四个房间分列两旁。而马宣刚好把新来的犯人关在自己的隔壁。所以曾通再怎么拼命瞧，也只能瞧见对面两个空房间关得严严实实的门。压抑住自己的好奇心，一直待马宣走远听不见脚步声，曾通终于开口问道："兄弟哪里人？怎么称呼啊？"

"哈哈哈哈……"隔壁传来一阵大笑，笑声高昂激烈，颇为爽朗畅快。曾通莫名其妙："你笑什么？"

隔壁那人不理他，自管自地笑了一顿，只听得空旷的笑声不断撞击着土墙又弹回来，震耳欲聋。他一直笑得没气了，才算作罢。曾通叹了口气，心想这八成是个疯子，来了鹊山监狱这种鸟不下蛋兔子不拉屎的地方，有什么好高兴的么？正想回头再睡一觉，隔壁那人忽然道："隔壁的，你什么人？你问我犯什么事？你又怎么进来的？"

曾通反问道："我叫曾通。你笑什么？"

隔壁那人哈哈一笑："老子笑那个看守。他妈的，好了不起，人五人六的也不过是个狱卒，居然那么嚣张。可见哪，人，实在不是什么好东西。有了最小的权力也会最大限度地发挥出来满足自己。自我介绍一下，我叫侯风，诸侯的侯，狂风的风不是疯狂的疯。不过道上兄弟有叫我侯疯子的。对了，你叫曾通，你犯什么事了？"

对这个问题曾通实在不愿多谈，草草说道："挪用公款。你呢？"

侯风淡淡哼了一声，又道："那你是读书人了？挪用了多少？总有个几百万才会被弄进这里来吧？"

曾通不吭声，于是侯风继续道："看得出你还是个雏儿，教你个乖，进来了就不要没事乱问个东南西北的。又不是天王老子谁他妈没有失手的时候，还兄弟，我跟你很熟啊？我问你自己做出什么事情来你也不见高兴给我说了？有什么好多问的？进鹊山监狱这种地方的人，谁他妈不是背了几条人命的？"

尽管曾通很有心思和这个新来的侯风说说话，但没来由被抢白一顿，让他心里十分不快，于是他决定默不作声。不过侯风似乎很有说话的兴致，他不理会曾通的心理感受，自顾自地讲道："刚才说到哪里了？嗯？权力，将最小的权力最大化地使用。谁说中国人没效率了？嘿嘿。不过话说回来，权力的满足感是每个人都向往的东西，从这点上说那也无可厚非。可惜不是每个人都会用。你杀过人吗？"

曾通一愣："没有。"

侯风嘿嘿笑道："没有怎么会到这个地方来？这个监狱可不是为纯粹的经济犯准备的。这么个荒僻的地方都该是危险分子的家才对。不过没有关系，你不愿意说也罢。杀人，你以为是为了什么？"

"钱？"

"呸！"侯风义愤填膺地啐了一口，"这种事情也有说的？我不是说那种败坏风气的行为，为了钱啊房子啊汽车啊女人啊去杀一个人，这样做实在有损形象，实在……下作！"

"那该为什么而杀人呢？"

"问得好！该为什么杀人？这句话你问出来，由此可见，你也觉得人都该杀，只不过要为什么目的罢了。钱能做什么？无非买吃的穿的用的，这点和动物之间的杀戮也没有什么本质的区别。人应该有更高的精神追求才对，不应该停留在简单的感官享受上，应该为更高尚的道德，更纯粹的艺术，更远大的理想……而杀人。"

曾通听着这奇谈怪论，实在无话可说，只听侯风洪亮的声音继续在空旷的甬道里回荡："所以了，为了精神需要而杀人，是应该被允许的，为了物质需要而杀人，则应该严格禁止，或者控制在一定范围内免得坏了规矩有乖人心。曾通你在听吗？"

"扯淡！"

侯风不怒反笑："你自然没办法了解我的感受。何况如果只杀一个两个，那也多半没有什么很大的改观。不过现在我手里倒没有什么东西说服你。就像我刚才说的那样，杀人有没有罪，而关键在于目的是什么。就好像有一天我们去作案，然后我出卖了你，于是我就不义，千夫所指。而如果两个国家结成联盟，然后一个出卖另一个，于是大家都会理解说，这就是政治。出卖别国的国家会有很多人认为自己国家政府韬略成熟，而被出卖国家的领导人则会被自己国家的人民诉为政治幼稚。杀人也一样，你去杀敌国士兵，杀多了是英雄杀少了是懦夫，你去为亲人报仇，报得了是好汉子报不了是不中用，你懂我在说什么吗？"

"这没有多大的联系。"

"看来你已经赞同杀人目的论了,只是觉得和现实不能联系?联系大大的有。好,刚才我说到了,为了崇高的理想和纯洁的艺术,也是目的的一种,而且我认为也是非常值得赞同的杀人目的。"

"我没有赞同你的什么杀人目的论!"曾通觉得自己头都大了。

侯风道:"你这是强辩,我才不理会。回到我们最先的话题,权力!什么是权力?什么是权力的满足感?那是一种精神感觉,和物质扯不上什么干系。为了满足自己的权力欲望,杀一个人,说穿了就是满足自己的精神需要,在我看来这就是高尚的目的。不过遗憾的是现在不入流不争气的家伙们太多了,有人提把枪也去对着别人来满足自己。枪自然是权力有力的工具,不过这也未免太过分了,我把这些持枪杀人的家伙统统归为不入流又想附庸风雅一类。如果把他的枪拿走,他就屁权力都没有。

"中古时期不管东西方都有一种决斗文化,双方武器相当且规则公平,得胜的自然是杀人者而失败的就该死了。这种杀人就非常非常的艺术化,杀人者的精神得到相当大的满足。但是这种杀人体制太过僵化,时代总是要进步的,我们要向前看。现在的杀人者和前辈比起来,实在差得太远了。但还是有少数坚持真理的人在孜孜不倦地追求更艺术化的杀人。

"没有杀过人的人就不能理解,当你走到你的猎物面前时,他的眼神惊恐,瞳孔收缩,嘴唇抖动,鼻孔张大,面色苍白,手足无措,一身冷汗,这时你就能体会权力的所在。前提是——你手里没有什么太强大的武器。杀人不应该依赖于武器,而应该依赖于自己的意识。依赖于物质是虚无的,当你拿着把装有十发子弹的手枪沾沾自喜说我拥有十条人命,那你把枪放下了你还拥有什么?要做到什么武器也不拿也能说我拥有人命若干,那才是起步。

"要做到艺术的升华,就要想办法努力钻研,场面如何更血腥?对方心里如何更恐惧?怎样控制场面?怎样控制对方的反抗?怎样才能创新出更残酷更美好的杀人方式?这就要求杀人者自身的修为和智慧的提高。这都是非常值得研究的艺术话题。"

"这都是非常变态的无稽之谈。"曾通小声说了一句,心里暗暗叫苦,怎么狱长弄了个变态杀人狂在自己旁边?

"变态不变态只是外行人的评价,无关紧要,所谓隔行如隔山,你看来是不会懂的。当你把智慧作为你的武器的时候,你就会体会更大的权力感了。所以这就是我刚才大笑的原因,我认为权力的追求和享受并没有什么不妥,可是刚刚我却被那个看守当成权力满足的对象了,虽然我敢打赌他肯定不知道他为什么要那样做。这不能不说是一种讽刺。"

曾通道:"问你个问题。你杀了多少人?你就没有一点良心上的过不去?"

侯风冷笑两声:"奇怪,你凭什么说我杀了人?又凭什么说我有良心了?你看我的手,觉得像杀人的手吗?"说罢把手伸出房门上的窗口,来回晃动。曾通拼命把脸贴着自己房门窗口上的栅栏,隐隐可以看见油灯下几根手指指尖来回晃动。

于是他说道:"看不清。不过——你没杀过人,那你怎么进来的?"

侯风爆发出爽朗的笑声:"哈哈哈哈!没杀过人就不能进来?原来如此,原来这里是专门为杀人犯设立的监狱,那么,曾通原来你也是我的同行啊。你杀过多少?"

曾通一时语塞,换个话题:"那么,就你那个什么目的理论而言,就像你说的,如果把你换成对方,又怎么想呢?"

"我换成对方?你的意思是我被别人杀了?被别人杀了还想什么?我说了,杀人是权力的满足,重要的是精神的愉悦和享受,如果你来杀我,你知道我是谁,你还会有精神的享受么?你吓得跑都来不及呢。谁他妈的活得不耐烦了来享受老子?再说了,如果我硬要死,毕竟人只能活一次,意味着也只能死一次,既然这样还不如好好享受死亡前的恐惧的好,到底机会难得。要说到良心,良心过不去的人是不存在的。只是掩饰得好与不好的区别罢了。那是杀人的副作用。"

"仅仅是副作用?"

"吃饭食道也癌变,喝水膀胱还结石呢,有什么好稀奇的?"

"你是变态!"

"尼采也被人叫做疯子!"

曾通扑通一声栽在床上,决定蒙头睡一觉,不理会这个新来的疯子。

看守刺耳的晨哨声刺破了游荡在甬道黑暗中的寂静。曾通一骨碌爬起来穿衣整备,以待早晨的劳动时间。隔壁传来一阵洪亮的鼾声,显示隔壁新来的那个叫侯风的变态居然胆敢在起床哨后还睡觉,要曾通说,如此刺耳的哨声死人也能吵醒,还能睡那么实在是不能不令人佩服。想想昨晚临睡前与侯风的对话,曾通心里隐隐有些好笑。俗话说近朱者赤近墨者黑,人与人之间潜移默化的作用不可低估,自从进了鹊山监狱之后，什么千奇百怪的凶狂之徒曾通见得少了？侯风的言论虽然变态，却很难吓倒曾通，倒是着实给他解了一回闷。不但如此，曾通心里更泛起一丝好奇，希望看看这个侯风到底长什么样子。

鹊山监狱缺水，要洗澡那是每十天才轮换一次的事情，平时只能将就了。狱长格外优待曾通，在他房间里备了一盆水供其洗漱。而一般囚犯要洗脸，则需要排队并在看守的监督下，到狱长房间隔壁的伙房轮换。单身监狱里自另有便盆。曾通正解决个人卫生，听见马宣来到隔壁门口。

"起来起来！"马宣嚷了两句，接着开门冲进去拿着警棍使劲敲打起来，听上去似乎敲在什么破布上。一边打，马宣一边口中兀自叫道："操你个不识好的！给你单间还敢睡懒觉！你他妈的以为你在住饭店哪……"

侯风呜呜地乱叫，活像一头要出圈的猪，显然是没有睡醒了。这时候一个冷峻的声音忽然响起："住手！"是狱长亲自来了。狱长居然亲自来了，这个实在是很令人意外的事情，曾通记得即使狱长对自己青眼有加，却也从来没有亲自来叫自己起床的时候。而且就是放在随便哪个监狱，这种可能性都不太大。

马宣停止了继续叫侯风起床的肢体语言，侯风似乎还嘟囔着什么"……屋檐、头"之类。狱长不去理他，来到曾通的门口。

曾通一个立正："报告，单身监仓一号房间曾通洗漱准备完毕。"这是按规定必须要叫的，虽然狱长与自己关系不一样，但规矩毕竟还是规矩，没事情还是不要随意破坏的好。按照规定，曾通这一说，看守就应该打开门让他出去，排在长串囚犯里出去，然后继续去挑水。只不过今天是狱长亲自来了，不知道有什么玄机？

狱长点点头，道："一会儿等着出来重新分配，以前分配的活儿不做算。"说完扔进一盒烟，仍旧是楼兰牌。曾通不动声色，狱长也不再理会。他来到侯风门口道："把这个家伙给我弄到我房间里去关着！今天不要他劳动，一会儿我分配完了再说。"于是马宣伙同两个看守一同将侯风夹起来。曾通贴在门上，隐隐看见看守中有一个魁梧的身影，朝甬道那头走去。狱长背着手站在一旁，忽然趁所有人不注意的时候，朝曾通递了个眼色。曾通会意地点点头。于是狱长自顾去了。

曾通打开烟盒，烟盒里面除了香烟以外还有另一张纸条，上面写着狱长潦草的字迹："这个侯风也许可靠，我要证实。你假装一无所知，只管听他跟你说的话，不要跟他说任何事情。马宣有问题。你想办法再和乌鸦联系。"

狱长穿着整齐的绿色制服，迈着一个人能想象出的威武而不失庄重的、标准狱长式的步伐。走到排好队的囚犯面前，他冷冷地朝最左边看去，慢慢用目光扫过众囚犯，一直到最右边的曾通。然后他轻轻地说："报数！"

"一……二……三……十七……十八……"

曾通心里涌出一种古怪的感觉，当狱长看到自己的时候，似乎他的目光，没有第一次看见的时候那么冰冷而锋利了。

"……五十六……五十七……五十九……"

趁众人报数的当儿，曾通仔细地观察着狱长。狱长夹着电棒，微微抿着嘴唇，眉头微锁，如同一个军人一样笔直地站着，不怒自威。

"……七十三……七十四……"

如果只是第一次见到狱长的人，一定会为他的精神面貌赞叹不已。但曾通知道并不是这么回事。他的目光空洞地朝着前方看去，好像在注视着面前的囚犯们，好像要把目光穿透囚犯的身体，又像什么都没有看，只是在思索自己的事情。

"……九十……九十一……"

慢慢的，曾通看见狱长的目光聚焦了，狱长微微抬起头，看着斜对面的崖顶。他将双手背在后面，手中的电棒上下摆动宛如他在晃悠自己尾巴一样可笑。

"……一百零九……一百一十……"

要到自己了。曾通不再胡思乱想，开口说道："一百一十二。"

吴仲达一直站在曾通身旁，待曾通报完后，小步到狱长面前。这是报数的标准程序。他说："报告狱长，犯人报数完毕。应到一百二十二人，实到一百一十二人。"

这是例行的对话，狱长对这样的例行结果早有预料，但他还是问道："还有十个人是生病了吗？"这是废话，这十个人中有七个是手指甲盖都老得掉光了的老犯人了，只怕一阵风吹来都能收了他们的老命。他们从来没有参与过放风和劳动，只是关在窑洞里面，随时等待被看守们放到监狱外面去和莽扑会面。

吴仲达道："是，其中七个健康状况不好，已经很久没有出来放风了。还有两个是昨天晚上发烧，应该是伤风了。还有一个是新来的，你……"

狱长挥手打断了他的话："哼，七个老东西，我看也该让他们出来晒晒太阳，不然连太阳月亮是圆是方都快忘了。"

犯人一阵哄笑。吴仲达不知道该怎么回答，这样的对白不在程序以内。但狱长很快向前一步,接着对众犯人说:"今天之所以要集合,是要向大家宣布我们鹊山监狱管理制度改革的决定。鉴于现在的鹊山监狱内部管理不合理,已经不适合新的监狱管理章程,我决定对监狱内部管理进行改革。首先,我认为最迫切需要解决的是劳动制度的问题。现有的劳动制度有以下几个弊端。第一……"

狱长就是狱长,曾通心里暗暗叹了口气,随时随地都能说出一大堆冠冕堂皇的话来。从这一点上看,狱长和那个变态杀人狂侯风颇为相似。当然,不同的是侯风的话让人一听就知道是明明白白的歪理邪说,而狱长却是道貌岸然一本正经。如果自己没有和狱长那种特殊关系的话,肯定会和身旁的囚犯一样,以为这是个兢兢业业努力做好本职工作的好狱长。这回没事又要搞什么改革,天知道是不是他又无聊了要突发奇想再折腾犯人一把。

犯人? 曾通忽然一个激灵。伍世员不是生病了吗? 可是刚才报数,一共来了一百一十二人。除开侯风和七个老家伙,剩下就两个。从数字上来看,没有任何问题。吴仲达说是两个犯人昨天刚刚发烧的,那么,伍世员到哪里去了? 吴仲达在说谎,或者,伍世员压根就没有生病?

曾通疑惑地看着侃侃而谈的狱长,又看了看狱长身旁的吴仲达。吴仲达脸上没有任何异样的表情。自己给狱长提过伍世员,狱长在纸上回应说伍世员的事情他来解决。怎么解决呢? 狱长还在滔滔不绝:"……正所谓术业有专攻,不同的人,有不同的能力。所以并不是每个人都能适应每个工作,都能将每个工作干好。所以,我决定,从现在开始,将你们的工作重新分配。此次分配之后,除非另外通知,就一直执行下去。我仔细看了你们每个人的档案材料,我相信这样的分配是绝对合理的……"

独裁者的口气,曾通想。狱长冷酷专横的语调再套上他机器一般的外表,让曾通想起纳粹的希姆莱也不过如此。这样的人,应该会有水泵一样强有力的心脏和钢丝一般坚强的神经吧?

狱长刷的一声抽出一张纸,念道:"现在我开始宣布洗衣服工作人员名单,名单生效日期是明天。从明天开始,所有人都要遵照今天的这个名单进行劳动。洗衣服的犯人是,曾通!"

曾通一愣,大声道:"有!"

狱长微微颔首,嘴角不为人察觉地淡淡翘起:"伍世员!"

伍世员!

没人回答！

犯人们交头接耳起来，吴仲达脸上抽了抽，更加笔挺地站着。看守们不知所措地互相张望，似乎在意外狱长念出的这个名字。曾通愣愣地木然站着。他听到了旁边犯人的议论。犯人们的议论逐渐汇聚成一个疑问句："谁是伍世员？你见过吗？"

狱长的声音再次响起："伍世员！"

马宣悄悄走到狱长身旁："狱长。我们这里……没有伍世员这个人……"

狱长皱眉道："你确定吗？"

马宣点头："我确定！"

狱长毫不在意地掏出笔，将纸上伍世员的名字划掉，既不做任何解释，也不压制下面议论纷纷的犯人。他继续念着下一个名字："百羽！"

"有！"

……

犯人分配完毕，百羽、乌鸦以及百羽手下的小崔、阿丁、老罗和曾通分配在一组，负责单日浆洗衣服被单的工作。曾通完全明白狱长的意图，这些人全是曾通的熟人，这样有更多的机会了解情况，解答伍世员、老舜以及五年前留下的疑问。

狱长分配完犯人，独自一人转身回他的办公室兼卧室。曾通知道，他急于会会侯风这个怪人。毫无疑问的是，狱长这样尖刻的人和侯风的见面会非常有意思。可惜自己见不到了，曾通吞了口唾沫。他伸了个懒腰，现在是放风时刻，可以放松一下。可是……伍世员，竟然没有一个人知道这个人的名字。曾通不是没有考虑过伍世员是个假名字，但刚才他注意了所有人的面孔，没有一张脸像自己认识的那个伍世员。伍世员到哪里去了呢？他为什么要骗自己说他是五年前进来的呢？

曾通仰着头，活动活动脖子。一瞥之下，看见崖顶的那棵枯树。今天没有风，枯树的枝干插进了阳光之中，像一只巨大的骷髅的手骨一样，向蓝天抓去。又像是一个被活埋了的尸体留在地表上的唯一证据。经过日照雨淋，最后一只手化成了骷髅。伍世员该不会像这样，被活埋了吧？

"嘿！"一人拍了拍曾通的肩膀。曾通回头，是百羽带着他的几个兄弟。百羽皮笑肉不笑道："有烟吗？瞅啥哩？"

曾通摸出烟："没什么，看看崖顶那棵树。那是胡杨树吗？"

百羽一愣，仰头看了一眼，奇怪道："什么树？在哪里？"

曾通指着枯树的方向："那边，你，没看到？"

百羽顺着他的手看了一眼："开什么鸡巴玩笑？哪有什么树？难道是我眼睛不好使？你们看看？"回头吩咐手下几个弟兄。小崔几个都看向那个方向，但每个人脸上都挂着什么都没有看见的表情，眼珠不断地改变方向。

"什么都没有啊？"

"哪里有什么树？"

百羽抢过曾通手中的烟，骂道："装神弄鬼！我吐！真鸡巴不是东西！跟那乌鸦一个德行！"

曾通迷惑地看着百羽一行远去，心里泛起一阵说不出来的惶恐。为什么，那么明显一棵树，他们居然都没有看到？百羽的神情绝对不是伪装出来的。再说拿这种小事跟他过不去，那绝对不可能是百羽干的事情。可是，他们为什么都看不见？曾通再次抬起头，树还在原来的地方。起了一丝风，枯枝在风中发出吱嘎的声音，仿佛是咯咯的狞笑。

这树，怎么看，怎么有些不对劲。

城市的上空密布的乌云被怪异地套上了红色的外皮。也许，那并没有任何的特别，只是因为红色光的波长特别的缘故。不管是否怪异或者特别，曾通都没有心情理会。

汗水从曾通额头的毛孔中不断渗出来，凝聚成一个个水珠。他毫不理会额头上的汗水，只是木然呆立在办公桌旁。猛然地，他再一次举起办公桌上厚厚的报表。报表上的数字乱七八糟，阿拉伯数字毫无规律地分布在一个又一个的格子里。曾通不关心数字，他只是一张又一张飞快地翻着手里的报表。他的目光死死地盯着报表右下角的签名档。

每张纸的签名档上面，都是他自己亲手签的曾通二字。不管他再怎样疯狂地翻动，这个熟悉的笔迹和名字都没有本质的改变。

完了！

他一屁股坐在了地板上，任凭手里的报表四处散落。纸张纯洁的白色吸引了他的注意力，于是他掏出打火机，点燃其中的一张，就着燃烧的纸张点了根烟，然后随手把纸张塞进旁边跌破了的茶杯里。

一切都完了。

刺耳的警笛由远至近，最后停在楼下。红蓝交替的警灯不断变换着窗台上那盆月季的表情。甚至，可以隐约听见一个警官在楼下部署手下包围以便抓捕自己的声音。这，已经无关紧要。曾通清楚地知道，反正自己是跑不了的。

一阵脚步声传来，厚重而缓慢，仿佛在预告着曾通的末日，又好像在给曾通已经崩溃的心理再施加一层灭顶的压力。

脚步声来到门口，曾通回头望着门，希望看看来抓自己的警官长什么样子。

门被打开了，发出怪诞的吱嘎一声。

一个警官走了进来，皮鞋黑亮，裤子的线条如刀削一般笔直。曾通抬起头，看着他的脸。他的眼光犀利，表情严肃。也许冷峻这个词不足以形容这个人，但是如果这个世界上可以用一个人来形容冷峻这个词的话，那么他会是最好的人选。

是狱长！

狱长的背后忽然传来另一个警官叫骂的声音。

曾通猛一睁眼。是梦而已。他全身上下被汗水湿透。

隔壁的脚步声逐渐远去，坐牢时间长了，曾通凭听觉也知道，这回送侯风回来的是吴仲达而不是马宣。吴仲达脚步声稳重，踏实，而不像马宣的脚步声轻轻飘飘，又快又浮。

"呼——"隔壁的侯风吐出一口长气，似乎坐了下来。曾通有些好奇地想知道侯风怎么这么久才回来。整整一天的时间，也不知道他和狱长谈些什么。

就在曾通酝酿着辞藻想开口探问的时候，隔壁侯风的声音传来："曾通？"

"在。"

"还没睡呢？"

"没哪。你去哪里了？"

侯风笑道："狱长没有告诉你，你今天早上也该自己听到了。别鸡巴装傻，那样别人会因为你是弱智而让你饱受歧视。"

曾通脸上一红，不过反正倒也没有人看见。他决定不再自取其辱没话找话，于是他站起来，走向门口。这个木门，似乎年代倒不久远。曾通记得以前电视里看过的古代牢房，似乎并不是这样封闭式样的。他透过厚重的木门上的透气窗口朝外看去，对面是一个一模一样的牢房，但是只能靠拐角处的油灯来欣赏门面而已。门上的透气孔漆黑一片。

见曾通久久没有说话，侯风问道："曾通，你来这里多久了？"

曾通道："没来多久，怎么？"

侯风道："你来了之后，有没有发觉这里有什么不对劲的地方？"

曾通心里咯噔一下，侯风知道了？狱长都告诉侯风了？曾通第一个反应是，不可能。狱长绝对不会信任侯风这样一个变态杀人犯的。但是，他们在一起待了整整一天，他们都说些什么呢？"有什么不对劲的？你觉得？"

侯风道："该死的，我怎么可能问你？你这个崽子他妈以前是绝对不会蹲个大牢，当然不会知道有什么不同了。算了，算我鸡巴没说过。"

曾通道："你是问这里有奇怪的地方吗？"

"奇怪？要说这鹘山监狱，实在是老子这辈子见过的最奇怪的地方。反正我一进来，不，我还没有进来，走了一阵戈壁，已经很是不爽了，对这个监狱也没有抱什么太大的希望。只不过一见之后却还是出乎我的意料。曾通你以为怎么样？"

曾通道："你是指，偏僻？"

"不是，"侯风道，"哪个监狱地方不偏？总不成在天安门广场修个看守所？我来一看没把我吓一跳，操！连油灯木枷木镣铐都有，要是出来一群拖着辫子拿着鬼头大刀的狱卒恐怕我也不会吃惊了。那个通往外面的甬道你还记得不？"

"记得，很长，而且似乎方向很乱，绕来绕去的。"对于那条长长的甬道曾通印象深刻。

"这就是了，走在里面，你有没有时空错乱的感觉？"

"对，走了也不知道多久，也不知道多长。"

"这个监狱实在年代太久远了，也不知道是清朝还是明朝留下来的。我实在要赞美这个修监狱的古人，居然能挖空心思想出这么一个绝好的点子来。我问你，你有没有想过有一天出去之后怎么办？"

出去？"没有。"曾通老老实实说道。

侯风哈哈一笑："这就对了！修这个监狱的家伙实在不得了，居然还懂心理学。弄那么长个甬道，挖出那么大个山洞来，外面是一片戈壁，里面是走不知道多久多长的甬道。进了里面，不要说别的，就算是没有看守带路恐怕也很难再出去，所以就断了人的念头。我敢打赌，进来的人没有几个是想越狱出去的。连你也进来了就没有想过对不对？不过之后我又想这个工程那么浩大，我很怀疑是不是有些甬道是本来就是天然的，只不过在本来就有的基础上稍微加工一下，一直沿用到现在。"

曾通一激灵："那你想出去吗？"

"孺子可教！"侯风道，"说来说去半天，不就是说这个么。"

"但是……"

"不可能是不是？"侯风哈哈一笑，"我就知道你会这么说。"

曾通脑袋里飞快地盘算着，侯风是什么意思？他要越狱？但是他为什么要跟自己说？狱长和他说过什么？狱长说的跟他要越狱有什么联系吗？侯风怎么能越狱呢？如果侯风越狱带上自己，自己跟不跟他去？要不要喊人？去告诉狱长？

就在曾通摸不着头脑的时候，他忽然发现隔壁传来喘气的声音，侯风喘气很急促，似乎很用力。

侯风有病？曾通连连喊道："侯风！你在干什么？侯风！"

一声闷哼，接着就是"咣"的一声，马上紧跟着"卡卡"令人牙酸的金属扭曲破裂的声音。侯风在跟人搏斗？谁能进锁死了的牢房？曾通脸死死贴着透气孔，不及他脸大的透气孔上的硬木条几乎都嵌进了他的肉里。他大叫："侯风！"

一张圆圆胖胖的脸忽然凑到他面前，脸诡异地阴笑着，眼睛透露出邪恶的光芒。曾通吓得往后一缩，尖声大叫。但是很快胖脸人和蔼地笑了："鬼叫什么？存心想把看守引来？"

曾通："你？"

侯风笑了，他一边打开曾通牢房的锁，一边说："不错，是我。怎么样？是不是老子长得很有迷惑性？"

门开了，曾通目瞪口呆地看着门外的侯风。侯风又高又壮，笑起来似乎很有点和蔼可亲。但是曾通知道他是什么人。和这样的人隔着墙壁说话是一回事，面对他——尤其是当他打开自己的房门的时候——又是另外一回事。有厚厚的墙壁与木门的保护，曾通可以肆无忌惮地挥霍自己的好奇心，而现在他心里却已经完全被恐惧占领。他下意识地举起手挡在前面："你、你要干什么？你怎么进来的？"

侯风笑嘻嘻地举起手中的钥匙晃了一下，接着举起一张纸，纸上是狱长的笔迹："曾通，侯风可以信任。按他的话做。"

曾通惊道："你！"

侯风一皱眉头，举起手指竖在嘴边："嘘——别鸡巴废话。跟我来！"他挥动着手里的一根短棍。曾通仔细一看，发现他竟然空手把一盏油灯扭曲成尖锐的匕首状！

要越狱，首先要知道监狱的构造，侯风这样交代曾通。尽管两人进来的时候都没有被蒙眼，但侯风仍然不能确定自己是否记住了甬道的方向。侯风都如此，曾通自然也不敢指望。曾通来这里那么长的时间，除了去过狱长的房间，就只沿着最宽、最大、油灯最多的主干甬道进出操场，其他看守平时的住所，其他犯人的监仓，曾通只知道一个大概。犯人们的厕所和厨房靠近操场边，倒是非常容易找的。

只要走过甬道的人都知道，这些甬道旁还有很多更深更黑的岔道。没有可能第一次探路就了解所有甬道，也不能指望运气好到极点，第一次夜探就走出去了。曾通心里暗暗纳闷，如果这是狱长交代的，为什么狱长没有给侯风全监狱的地图？

走了一程，曾通越发觉得，要记住甬道的走向，需要超人的记忆力和空间想象力。没有一条甬道是平直的，它们无一例外地或上，或下，或转弯抹角，或曲直兼备。而且更让人丧气的是，在甬道里似乎任何地方都一模一样。光凭这一点，已经足够让曾通毛骨悚然。

甬道里的空气污秽浑浊，没有人曾经考虑要在这个偏僻阴森的地方修通风排气管道。曾通以为，这样的想法纯属徒劳。因为没有人可能在盘延的山洞里修通风管。然而现在，他却急促地呼吸着带着泥土味的空气，干涩的空气撕扯着他的喉咙，让他以为自己的唾液腺停止了工作。他跟在侯风后面，腿脚发软地一步步挪着身体。这一段走过的甬道还算是稍微熟悉的，但前面这个三岔甬道口，却是曾通从未曾到过的地方。侯风高大的背影在油灯下飘忽晃动，他似乎没有受到监狱里怪异气氛的影响，小心地在甬道的一侧停下脚步，侧耳倾听是否有看守那种步鞋轻微的脚步声。

侯风胖圆的脸，远远没有狱长面部表情来得生动。这样一张欠缺活力的脸，有可能出现在任何人的脖子上面。他们可能是小职员，是工人，是农民，是任何一个不得意但仍然为生活而努力奔波的平凡人。如果侯风的脸出现在街上，曾通也许根本就不会注意，根本就不会看一眼。

但是，这样一张死气沉沉的脸出现在侯风头上，曾通却胆战心惊。因为平凡和呆板，现在变成一股杀气，一股凉意。曾通不知道这是不是自己的心理作用。

侯风慢慢转过脸来，迎向曾通惶恐的目光。他让人毛骨悚然地咧嘴笑笑，耳语道：

"你抖什么?"

曾通不敢、也不知道如何回答这样的问题。他心里何止害怕,如果说当初被捕的时候是绝望和沮丧,那么现在他心里更有从娘胎下来后从未有过的紧张。他甚至可以听见自己心脏嘭嘭地跳动,和每一次呼吸空气扯动自己鼻翼的声音。他不敢对视侯风的目光,将视觉的焦点毫无目的地散乱在周围甬道泥土的墙壁上。

侯风冷笑着压低声音,将他胖胖的圆头压了过来:"你在害怕。"

曾通想尽量保持和他的距离,但是背已经抵在了墙壁上。阴气十足的墙壁传来股股凉意,让他稍微安稳了些。侯风应该不会在这个时候跟自己过不去,毕竟,还有狱长。这时候狱长高挺尖锐的鼻子,和地平线一样薄的嘴唇,冷酷的语调,握着茶杯时轻蔑的神态,独裁的铁腕,——以救世主的形象划过曾通的脑海。

侯风冷笑一声,似乎在表示自己的不屑。他从地上抠了一团石土,朝三岔路口的一侧扔去。曾通可以听到泥土落地的声音,但是没人回应。侯风再次扔出一团石土,等候良久,仍然没有人声。看守们想必现在也该去休息了。侯风皱紧眉头,小心地探出半边头去,用一侧的眼睛观望。没有人。于是曾通跟着侯风走到了另一条甬道里。

这是一条曾通从来没有来过的甬道。虽然所有的甬道都一模一样,如果硬要说这条甬道有什么不同的话,那么它更长,更黑,油灯更少。很明显,侯风也不知道这条甬道是做什么用的,他每到一个路口都停下来,抠下壁上的石土试探,再窥视,再用手中的匕首——其实是油灯——在甬道侧口标上只有他自己认识的符号。在最先看见侯风抠下石土的时候,曾通曾经咋舌不已,但他很快发现原来每次侯风这样做的时候都是选对了地方,选择在那些土质特别松软的地方。看来侯风对土质也有不少的了解。

侯风带着曾通,走进一条岔路,又走进一条岔路的岔路……最后他锁紧眉头,停住脚步,似乎在思索什么。良久,他回头对曾通说道:"你觉得怎么样?"

曾通道:"什么怎么样?"

侯风深吸一口气,似乎在努力抑制自己的怒火,最后,他说:"你认识这条路吗?"

曾通摇头,远处的油灯映在侯风的眼球上,瞳孔正在收缩,曾通连忙解释:"我,这,似乎是去囚犯们监仓的路。"

侯风看了看他,又看了看消失在黑暗中的甬道尽头,恼怒地问道:"既然是去监仓,怎么会那么远? 而且没有油灯了?"

曾通这时才稍微收起对侯风的畏惧,他才注意到,两人的前面,似乎是最后一盏油灯挂在甬道壁上。死寂的甬道里没有空气流动,油灯宛如黑暗中的一个发光的豆子飘浮在甬道的黑暗中。

侯风道:"你去过监仓,是不是?"

曾通惶恐地摇头,无意识地往后退了一步。侯风怒道:"那你凭什么说是去监仓的路?"

曾通道:"感觉,方向上,也许……"

侯风猛地一跨步,用单手叉住曾通的脖子,将他提离地面。曾通根本做不出任何反应,他努力地挥动四肢根本就不能算是挣扎,只不过是本能的反应。他想喊,喉咙却被死死地扣住,脑海里一片空白,只能看着面前侯风的脸和周围的景物一起越来越黑。最后,在他觉得自己已经死了的时候,他被"扑通"一声扔到了地上。

侯风冷哼一声,狠狠地一脚踢在曾通的小腹上,一股气流将似乎已经坏死的封闭喉咙冲开。曾通蜷着身子,大声咳嗽。一股巨大的疼痛同时从小腹和咽喉部传来,让他几乎昏了过去。但是,心里却又隐隐感到这样的疼痛来得是那么畅快,比被抓住咽喉给提离地面好上百倍。眼泪和鼻涕不断地涌出,当他再次睁开眼睛能看清东西的时候,才发现侯风已经不知道什么时候离开了。

这是一件值得庆幸的事情。侯风的离开意味着他暂时还对曾通的小命没有兴趣,或者是因为狱长的制约因素。至少,侯风还没有用他的油灯来证明曾通的不堪一击,但这也让他够受的了。不管怎样曾通已经逃过一劫,并充分认识到侯风的力量,以及自己在面对这种力量的时候是多么可怜和无助。

靠着甬道内壁,他慢慢地支撑起自己的身体,剧痛让他几乎直不起腰。远处的最后一盏油灯依然孤独地挺立在墙壁上,注视着暴行的发生和结束。他回过头来,自己的影子被油灯拉得老长,一直到另一侧油灯的前面才淡去消失。

在不知道多少次的停留弯腰咳嗽后,曾通慢慢地往回走,每一步,都能牵扯腰部隐隐作痛。喉头上被侯风猛抓过的部分红肿发烫,以至于曾通以为侯风的手上有毒药的成分。他一只手按着腰部,一只手摸着自己的喉头,眼睛注视着墙壁的下脚。每隔不远的拐角上,墙壁的下脚都有侯风留下的痕迹,按这样走下去,应该不会迷失方向。回去之后,应该和狱长说些什么呢?让狱长保护自己不会再次被侯风侵害甚至杀害,是绝对必要的事情。侯风还住在自己身边,这是一件让人一想就头皮发麻的事情。狱长绝对是监狱里唯一能保护自己的人,可狱长却绝对相信侯风,因为他给了他钥匙。

也许,是狱长相信错了?他错误地估计了侯风暴躁的性格?

在此之前,侯风的性格让他觉得非常怪异。一个类似精神病患者的变态杀人狂,为什么会有那么爽朗的笑声?曾通曾经把《水浒传》里武松一类杀人不眨眼的好汉套在侯风身上,自以为非常得当。侯风爽朗的笑声,豪迈的语言,粗中带细的作风,貌似凶悍歪曲其实严谨的逻辑思维,无一不证实这点。可是当侯风将他的英雄气概宣泄到曾通自己身上的时候,他才知道自己并不像想象中那么有资格评判这事。

侯风的性格中,确实有一种病态的成分。

曾通不知道自己分析得对不对,他不敢再定义一回侯风。他只能选择继续往前走,有好几次他都想就此停步不前,一想到回去面对自己绝没有能力应对的侯风,他的大脑就产生一种莫名的抵触情绪,一种保护自己不被伤害的反应。

但他还是往前走。如果说侯风给自己的是对暴力的厌恶和惧怕,在昏暗阴森的甬道里却带来另一种情绪,它逐渐蔓延惧怕的领地,占据到曾通的心里。

是一种不可名状的恐惧。

在这个昏暗油灯模糊下的甬道,曾通第一次感受到了一种让人战栗的邪异氛围。它从未知的黑暗中飘晃出来,然后像捕食一样扑在曾通身上,紧紧地缠着他,一层又一层。

曾通不知道自己在惧怕什么,也许,恐惧的只是恐惧本身吧。曾通用这样缺乏逻辑的话安慰自己。他加快了脚步。

走过一个路口,墙角上有侯风留下的痕迹。痕迹是个十字叉,曾通不知道这是什么意思,侯风每次用的符号都不一样。但凭借记忆,他知道来的时候是右拐,那么现在应该左拐走回去。

曾通拐了过去,在拐过去的一瞬间,他无意地瞥见了自己的影子。影子黑而阴暗,仿佛不应该存在在这个世界上。一股毛茸茸的感觉猛然从他心里钻了出来。

影子似乎动了一下。

曾通全身所有的毛孔都收缩在一起。他停住脚步,死死地盯着自己的影子。

影子在这里很接近光源,被压缩短了许多,更接近一个正常人——他自己的体型。影子是应该动的,因为自己在动。可是,影子动的地方,似乎不符合光学的原理。曾通清楚地记得自己左手按着腰腹被侯风踢过的、每走一步都痛得发颤的部位,右手扶着肿热的脖子,他的两只手都没有空闲。现在的影子,正好非常合理地反射出手的分布,一如他自己的动作。

但在刚才转身拐弯的一刹那,曾通觉得看见自己影子的左手脱离了腰腹,晃动了一个手势。

这是怎么回事?曾通想不通,也不愿去想,更不敢去想。他觉得他能做的事情只是呆呆地站在原地,死死地看着自己的影子。影子没有动,曾通甚至可以看见,因为自己的呼吸而使影子腹部位置微微地颤动。影子旁边还有一小块散落的泥土,那是侯风来的时候扔过来探风声用的。一切都和往常一样,一切都和常识一样。

最后,曾通在和自己的影子对峙了不知道多久之后,终于决定还是继续前进。是看错了吧,曾通想。毕竟,在这样恍惚的灯光下,加上刚才被侯风痛打,看错也是很正常的事情。

曾通继续往前走,不同的是,脖子似乎没有那么肿了,腰腹似乎也痛得不那么厉害了。但他还是用双手死死地贴住这两个部位,仿佛在这里,他不知道手该怎么放,走路该用什么样的姿势。他不时回头盯着自己的影子,影子并没有任何的异动,忠实地遵循着光沿直线传播这个基本物理道理,再次肯定自己看错了。环境的诡异,侯风的病态,几个月来枯燥呆板的牢狱生活,当这一切加在一起的时候,视觉神经出一点无伤大雅的小差错似乎不是件很过分的事情。

至少,不会像侯风那样给自己那么直接有力的伤害吧?

曾通一边走一边回想起刚才的经历,从侯风打开自己牢门的那一刻开始,整个事情都不太正常。不,是侯风见了狱长之后,事情开始变得不对。狱长为什么会相信一个才入狱一天、没有了解的变态杀人狂并把钥匙交给他?是为了好玩吗?他们在房子里一起待了一天,不可能什么话都没有说,他们谈了些什么?侯风要越狱带上自己是为什么?是为了自己在这里几个月来对环境的熟悉?从侯风的表现来看,他有大可独自去干这事的才干。侯风踢打自己,是情绪失控?他明显地控制了情绪,没有杀害自己啊。侯风一个人回去,又怎么给狱长交代呢?或者侯风根本就没有打算回去,想一个人越狱?那么他又带上自己,并把自己扔在一个老远的地方是为了什么?

曾通停住了脚步。他忽然觉得自己走得有些累。这是一个明显的上坡,曾通记得,来的时候没有走过这么长这么明显的下坡路。

难道是自己迷路了?他的心里咯噔一下。他回头看看来时的甬道,甬道依然在盏盏油灯昏黄的灯光照射下发出压抑的气氛。这条甬道属于比较宽比较直的那种，头顶的甬壁被打造成并不平整的圆拱形，似乎要么是工匠的不用心，要么是因年代的久远而变形。

曾通不敢确定自己是否走过这条甬道，但来的时候所有的注意力都放在了侯风身上，没有如此注意过甬道的形状。这条甬道两旁，不时开有岔路，有的有灯，有的没灯，有时还是十字路口。尽管曾通不断告诫自己刚才影子的事情是视觉神经错乱，但他还是不敢多看。不为什么，就是不敢多看那些没灯的甬道。黑糊糊的甬道里，充满了未知的邪异气氛，让他毛骨悚然。恐惧的念头，在他拼命的压抑下不时飞速划过他的脑海：这个监狱有不为人知的地方。

曾通拒绝去想这样的事情。他告诉自己这些事情适合给狱长做汇报，而不是自己胡乱猜测。现在要做的事情则是尽快回去，曾通可不想看守们一大早起来发现他的牢房空空如也，一个越狱迷路的囚犯，相信在任何监狱都不会有安逸自在的好处。所以他加快步伐，在有灯的岔路口，则仔细地观察甬道侧壁下脚的地方有无侯风留下的标记。他一直严格按照侯风的标记往回走的，怎么会迷路呢？

曾通左思右想良久，最后决定赌一把继续前进。他很快就高兴地发现自己赌对了，前面一个岔路口的右下角，有侯风留下的标记。也许是自己来的时候没有太注意路吧。曾通这样想道。侯风留标记毫无规律，有时是十字，有时是方块，像这里的是个圆形。而且侯风留标记的位置也没有规律，有时候在墙角左边下角，有时候在右边下角，有时候左转在左边，有时候左转也在右边，有时候特别靠近路口边缘，有时候又特别高，有时候干脆刻在地上。曾通不知道侯风用什么方法来辨认，但他相信侯风不会莫名其妙地想让自己糊涂，他一定有自己的方法可以轻易地认识这些路标。但对旁人来说，这比密码差不到哪去。好在，曾通认为，他跟着侯风一路走来，有记忆做凭证。

走了那么久，感觉应该快回到自己熟悉的甬道。鹊山监狱比自己想象中还要巨大，而且，这么多这么长的甬道，应该连接的是一个自己现在还不知道在哪里、有什么用的巨大腹腔，否则只修建那么多甬道为了防止犯人越狱，似乎太费工夫了。转了一个弯，曾通再次停住脚步。他突然觉得什么地方有点熟悉。尽管看上去甬道到处都一个样，他还是隐隐感到大事不妙，自己做凭证的记忆似乎也出了差错，就像自己的视觉神经一样。

因为他发现自己似乎站在刚才视觉神经出差错的地方。

曾通清楚地记得,在进这条岔路前,侯风扔出了一块石土试探风声。侯风并不是每到一处岔路就抠墙壁,那就根本用不着留什么痕迹了。他是在一个地方抠下一大团,然后一小块一小块地扔在各处。在这里,侯风并没有去墙壁上取泥土来用。曾通摸了摸墙壁试了一试,发现只是在用自己的指甲刮下些粉末。这里的土质很坚固,很难弄下来。

曾通一转目光,就看见了侯风曾经扔下的用来探听风声的石土小块。侯风和自己是走过这里的,他再次确定。他能清楚地记得,在自己的影子错乱的时候,影子旁边石土的形状。那和现在的情景几乎一模一样。

曾通拐了进去,看见下脚侯风曾经留下的痕迹,一个十字叉。前面的甬道,油灯只持续了几盏,然后是昏黄变成褐色,然后是一片黑暗。

忍不住的恐慌不断击打他的心脏,他快步走上前去,然后清楚地看见这是他刚才被侯风殴打的地方。他又回到了原来的地方。他第一次确定,自己迷路了。

怎么可能呢?曾通飞快地跑回路口侯风留下标记的地方,试图分析自己迷路的可能性,他都是沿着侯风的标记反向走的,除非——他脑子里忽然灵光一闪——除非侯风故意做了手脚!侯风是不希望他回去,所以在回去的时候添加了不少标记以混淆他!

可是,他为什么要这样做?他有什么目的?

不管怎样,自己既然回到这里,那么还没有完全迷路,仍有一丝希望。看来鹊山监狱内部的甬道有重复和循环的路径,似乎在故意让人迷路。曾通决定将这些抛在脑后,现在当务之急是回去。

他转身准备再走一次,然而,也许是第一次的经历让他留了个心眼,也许是自己的恐惧在心理暗示,他的目光不可救药地掠过自己的影子。

影子又动了!

曾通木然地站在原地,恐惧让他颤抖不停。这一次,他清楚地看见了!腰腹的疼痛早就减轻到不需要将手按在上面的程度,恐慌也让他的手不需要按在脖子上,但是他知道自己的手不在刚才那一瞬间影子所反射的位子。

影子的手伸得笔直,手掌握拳,一根手指对准一个方向:那条黑暗的,油灯忽然中断的道路。

那不可能是自己的动作,也不可能是一个正常人转身待迈步前行的动作!

曾通猛地一转身,地下的影子同时转身,狠狠地瞪着他,一如他死死地盯着影子。

再没有异常情况。

如果说第一次是自己看错了,是因为种种原因导致视觉神经暂时麻痹而引起幻象,那么第二次出现这样的事情说明了什么?

曾通一哆嗦,脑海里浮现出狱长曾经在纸上写过,又被他划掉的字样。

"你相信世上有鬼吗?"

这是狱长曾经想问他的话。

鬼!监狱里有鬼!狱长早就发现了这件事!

曾通一身冰凉,先前慌乱时的汗水瞬间变得透心的冷。紧接着一股寒流从丹田涌出,一路扫上来直至发梢。

影子没有变化,也没有异常的不符合逻辑的怪异动作。

曾通腾得跳了起来,朝第一次走的方向冲去。这里太可怕了!要离开这里!这是他脑海里不断翻转的念头。他飞快地搜寻墙角的标记,热切地期望见到侯风亲切的不知所云的笔迹。然而,一次又一次,他被绝望冲击着。侯风留下的标记在第一次的位置,没有丝毫的改变。曾通非常清楚,这样走下去的结果,是又回到那个可怕的地方,那条隐没在黑暗中的甬道。曾通不断地搜寻着每一个可能出现标记的地方,以及每一个拐角下可能被侯风抹去的标记,最后,当他再一次看到那个他绝对不愿意面对的地方时,他终于知道一切终究是徒劳。

又来了!

他走到拐角的位置,在拐过去的时候闭紧眼睛,他已经在找路的时候把自己的勇气消磨干净,此刻没有再敢面对任何挑战他自己的事情。跨过去之后,甬道黑暗的尽头出现在他眼前。

他记得自己的影子——或者是别的其他什么不干净的东西——指的方向。那是在最深处的黑暗。在最初,他理解为这个方向,是一条让他走向毁灭的路,是一条让他永远回不来的路。但是他在找路的时候,在绝望下,突然有另一种想法。

这条路也许才是正确的方向,这条路也许才是最近的路。至于另一头,尽管还有其他岔路,尽管其他岔路也许还有岔路,但它们都是在一个循环里转圈。一个名副其实的死循环。

那么,侯风带自己来的时候,又做什么解释呢?他从什么地方带自己进来的?

那么，也许侯风带自己走的路，是条绕得很远的路。那么另一头的路，就不再是死循环了？

那个影子，是什么？

曾通知道自己无力去解答这些问题，他必须在看守发现他不在监牢里之前回去。与其一条条岔路地找，不如到这里碰碰运气，至少，这里只有一个方向。他蹲在地上，大口地喘气，足足过了五分钟后，用尽自己所能想象到的一切办法让那个该死的影子不再出现在脑海里，才慢慢地站起来。他紧紧地靠在甬道壁，一步一步地往前挪动。上一回这样挪动脚步，是在侯风的后面，这一次，却是在跨进黑暗。渐渐地，他跨过了自己躺过大咳的地方；渐渐地，他跨过了最后一盏油灯；渐渐地，他的眼睛看见越来越多的东西，是适应黑暗之后瞳孔放大的反应。

黑暗的甬道并没有起初自己想象的可怕。甬道还是甬道，并没有别的不同，但是，前面的景色越来越暗，已经让曾通即使拼命睁大双眼，还是看不清楚。到最后，他不得不再一次停住脚步。这已经不知道是第几次了，他自嘲地想，但这一回，他必须往后退却，因为前面的黑暗阻碍了他的继续前进。

他退回到离最后一盏油灯不远的位置，苦恼地挠着自己的头。怎么办呢？怎么回去呢？怎么离开这个可怕——不，别多想！

啪！他的脚踩到了什么东西！曾通的眼睛闭得死死的，想抬腿迈过去，但是他的脚却被那东西勾住了。

啪、哒哒、哒哒哒。

那个东西随他脚的移动碰走了。听上去，似乎是滚走了。曾通睁开眼，极目望去。

那是盏油灯，不知道什么原因被扔在地上。

谁把它扔在地上的？曾通不愿意再多想下去，他回头，看见自己的影子，再一次，他的鸡皮疙瘩泛了起来，影子的手在它的头顶，举着现实中的那盏油灯。

影子又在提醒他！但这回影子的提醒竟然不是一瞬间的事情！

曾通猛地后退一步，影子也随着做了相同的动作。他这才忽然发现自己是多心了，自己的影子的头部刚好投在油灯的下面，自己的手因为在挠头，所以看起来就像影子在举起油灯一样。

曾通想通这一点，不由笑出声来。看来自己太胆小太疑神疑鬼了，影子的一切都是自己的投影，所有的异常不过是巧合罢了。他笑着走到灯前，将油灯取下，小心地捧在手里,以刚才绝对没有的、绝对可以称之为愉快的心情走进了黑暗中。

很快,曾通就发现自己确实是被愚弄了。黑暗中的甬道确实来过,油灯里还盛满了油,不可能是长期不用的,倒像是被人故意弄灭的。最为显眼的,是一个个侯风留下的标记。那么如何解释另一头的甬道里也有侯风的标记呢?曾通自己在心里分析,甬道是四处连通的。所谓的什么死循环,都是自己吓唬自己。不是还有那么多甬道的岔路自己没有进去看过吗?很明显,侯风把自己带到这里,将自己殴打,再趁这个机会去另一头乱刻些标记好让曾通迷糊,然后退回去。反正他就是不愿意自己回去,或者即使回去也被看守们发现企图越狱。不管他有什么样的目的,让狱长去对付他好了。

但是,曾通忽然停住脚步,这套理论的最大漏洞,就是那些油灯是怎么灭的?谁弄灭的?侯风带着自己走的时候,不可能去弄灭一整条甬道的油灯而不让自己知道啊。

曾通捧着油灯,小心地继续往前走。所有的疑问,还是交给狱长吧。狱长应该能够对付侯风,曾通想起狱长冰冷锐利如刀的眼神,突然信心百倍。这里已经能够辨认出是自己比较熟悉的甬道了。这时候听上去没有动静,似乎还没有到时间,看守们还在休息。曾通从来没有晚上出过自己的牢房,不知道会不会有巡夜存在。但依照常理推断,还是小心为好。只是,手里的油灯怎么办?

曾通注视着这个陪伴他几乎经历大难的油灯,油灯晃着他自己的影子在面前。

不对,油灯在面前,影子为什么也在面前?如果影子在面前,为什么不会挡住油灯?

曾通像触电一样,猛地一摔,灯摔在地上弹跳几下,影子应声而灭。远处油灯的光芒及时补充上来,影子出现在他身后。

灯在前面,影子在后面;影子在前面,必然是后面有灯。多么浅显的常识,可曾通一路上不是找路焦急,就是推测分析侯风的举动,以至于让他手捧这盏灯走那么远,还没有注意到影子竟然一直出现在自己前面!

不,这影子不对!这不是自己的影子!从开始它指路的时候就不对,后来出现在面前更不可能!它还举起油灯示意!这不可能,因为当时自己前面没有光源,是一片黑暗,影子只该投在黑暗里,而不是投到相反方向触到油灯!

曾通再也管不了那么多了,他扯开嗓子大喊:"狱长!救命啊!狱长!狱长……"

看守们急促的脚步声蜂拥而至,他们衣冠不整地冲了出来,多少有些可笑地喊着

"站住"、"不准动"、"不许逃"之类的话语，全然不顾曾通站在原地期盼他们到来。曾通看到，冲在最前面的是马宣。按照曾通的意愿，他几乎要张开双臂拥抱可爱的马宣，但很快他就发现弄错了，马宣带着众看守们一拥而上，将他推倒在地。最出乎他意料的事情是他们没有老练地把他的手反捆起来，而是拳打脚踢，兴奋地嗷嗷直叫。

这是曾通这天晚上第二次被别人拳脚相向。如果说看守们和侯风有什么不同的话，就是侯风似乎并没有全力而为，看守们却似乎乐在其中。他们疯狂地挥动手脚，刺激曾通的神经簇更加疯狂地将信息通过神经电流送到他的大脑，那信息是难以忍受的疼痛。

就在曾通以为自己快被打死的时候，一声震耳欲聋的爆声以几乎刺穿所有在场人的耳膜的威力响起：

"砰！"

土渣飞溅四射，看守们停下手脚，惶恐地回头看着狱长手中还擎着的手枪。谁也不会蠢到在这个时候有什么动作或者言语刺激他射出第二颗子弹。

"放开他，你们这些杂碎！"狱长铁青的脸映着手枪的颜色。

跟随狱长走进他牢房一般的所谓办公室里，曾通惊讶地发现侯风大大咧咧地跷着脚坐在狱长的座位上。看到曾通进来，他半张脸浮起一丝让人心寒的笑意，另外半张脸却一动不动。

"那么慢？真让人失望啊。"他说。

曾通不知所措地看着狱长，狱长却对侯风跷起来东摇西晃的脚大皱眉头。侯风很审时度势地起来换了个座位。曾通本能地把一张多出来的、明显是为了等他到来而专门额外设置的椅子挪动一下，企图离侯风远一些，离狱长近一些。

三人安坐待定，一时间谁都没有先说话。狱长和侯风交换了两个眼神，侯风——让人诧异的不是狱长——开口道："就着刚才的话题，刚才我们说到茶的问题。很明显的是，你没有注意到事物螺旋前进发展的路线。这条路线是普遍存在的规律。就拿人类的饮水来说，不错，很久之前，先人们确实都饮山泉，后来发明了各种饮料，到现在山泉大行其道。这是事实，但不是事实的全部，而只是一个表象。"

曾通莫名其妙地看着侯风夸夸其谈，要不是狱长拿出纸和笔开始唰唰书写，他将丝毫不能领会侯风的用意。桌上还有一大堆这样布满了问题与答案、分析和讲述的纸。看样子，这样的谈话已经在狱长和侯风之间进行了相当长一段时间了。

狱长写道："这次让你们出去是我的意思，目的是初次探察监狱里的内部构造与我手中的监狱地图是否不同。侯风把你抛弃在路上，他会给你解释，当然，他用了他最喜欢的方式。不要在意他，尽量简洁清楚地把你看到的、听到的、经历到的一切写下来。从侯风与你分开开始，到你看到我为止。尽量让所有问题都在这里，在只有我们三个人的情况下讲述。"

侯风还在持续不断地啰嗦："我不明白你为什么要忽略这样一个事实，即千万年前我们的先人在饮山泉的时候，并没有注意到山泉里确实存在的对人体有益的矿物质，而千万年后我们注意到了这个事实，并加以应用。"

见曾通拿起笔疾书，狱长放心地回头，对侯风毫不客气地说："你根本就是在跟我诡辩。你跟我提事实，那么我们来看看事实是什么？事实就是事实，不容置疑。山泉重新被人们饮用是事实，前面所有被淘汰的饮料都已经被扔进了历史的垃圾堆里，证明了人类的可笑和愚蠢。我们注意或者不注意山泉里有没有矿物质，都不能改变我们在历史的一头一尾将它吞进肚子的事实。告诉我，在这样的事实上，你所谓的发展在哪里？"

侯风反击道："千万年前的祖先饮用山泉，难道知道山泉里的矿物质吗？这和我们今天饮用包装良好按价格出售的山泉的出发点是一样的吗？祖先饮用山泉，动机是偶然性的干渴；我们饮用山泉，是科学的发展、物质的繁荣到一定程度之后人类必然的保卫自己的健康，企图以更加好的身体状况享受这样繁荣的结果。"

狱长冷笑道："祖先饮用山泉是偶然的？完全不是那么回事。在森林中，在草原上，什么东西能够持续稳定地提供人体必需的水分？只能是山泉。他们饮用山泉，根本不是偶然的，而是必然的。你自己刚才说了，我们现在饮用山泉，也是必然的。既然都是必然的，我们不过是倒退了千万年而已。"

侯风道："山泉并不是必然的。如果另有什么固定的水源，同样也会被选择成为饮水对象。比如湖泊大河，比如地下水。出发点，我再说一遍，或者用你们这些套制服的人爱挂在嘴边的词语——动机。饮水动机完全不一样。你还是只看见了表象，就牵强附会地以此为论点企图证明你的文明是在倒退的观点。"

狱长道："所谓的山泉，只不过是所有天然淡水的代称。不要给我抠字眼，它们之所以与现在不一样是因为工业污染。事实！我再说一遍，你仍然在什么出发点上做可笑的牵扯纠缠。出发点不一样,仍然不能改变事实上的终点返回了起点。不管人们怎么想的,知道什么,他们在饮用同一种东西。"

侯风笑道:"哈哈。你自己也承认了,山泉的定义变了。取水范围变了,你所谓的事实也变化了。"

狱长冷笑道:"恰恰相反,如果你能摆脱你可笑的抠字眼的毛病,用一个正常人的平均智商来理解天然淡水这么一个概念的话,你就会发现事实如铁一般,没有任何变化。"

……

毫无疑问,这种话题的诡辩既没有意义,也不会有结果。事实决定动机还是动机改变事实,这是哲学家们千百年来争论不休的话题。任何一个正常人都知道,不管狱长和侯风的智商有多高,他们也不会在这个无数先哲研讨过的问题上发掘出任何有意义的成果。这样缺乏营养的辩论曾通也曾经经历过不少次,当然,他的思想远远没有侯风锐利,无法抵挡狱长强有力的攻势,所以每次都是以他的失败而告终。在初来监狱的头几个星期里,这样的辩论确实消磨了不少原本无聊的时间。

但是,就像侯风说的,目的不一样,动机不一样。如果确实有人偷听的话,三个人关在门里一声不吭,明显会引起偷听者的怀疑和警觉,这样一来,要找出偷听者肯定会更加困难。非常好推断,狱长这样行事的原因是放松对方的警觉,以便在必要的时候给予对方致命一击。曾通毫不怀疑,这样的策略是自己绝对想不出来的,即使想出来,也没有才能能像面前这二位一样娴熟地应用。尤其是这二位在舌头不停息地激烈辩论的时候,居然也开始笔谈起来。曾通几乎可以肯定,他们一定在商量着什么,狱长说侯风的越狱是假的已经足以证明这一点。

他一边飞快地书写,一边疑惑一个从一开始就想不明白、现在同样也更加困惑着他的问题:狱长对胆敢违反他意志的人,即使是看守,也可以拔枪相向。那么谁那么大胆子,胆敢来偷听狱长的谈话?

有了狱长和侯风同时在自己身边,曾通忽然觉得自己心里无比踏实。安全感由说不出的原因带来,即使他知道狱长极可能是个冷血的刽子手,而侯风是个不折不扣的变态。也许,这是两人身上与生俱来的,无法掩盖的阳气吧?所有的阴影,都被两人无聊的貌似认真的辩论驱散,即使在回忆黑暗的甬道中可怕的一幕幕,即使是侯风曾经有过的攻击自己的行为,现在都变成温柔缥缈的天边白云一样显得甚至有些许可爱。

曾通将写得满满的一张纸交给狱长。狱长一边扫视着曾通的经历,一边兀自滔滔不绝。但是这一次,他高估了自己一心两用的才能。很快的,他的注意力就被曾通的经历完全牵扯吸引进去,以至于他的话莫名其妙断断续续:"……我再反复强调一次,不管出发点如何,动机如何,事实就是事实……嗯……比如说,茶。作为一种饮料,作为一种明显的人为加工痕迹的饮料……嗯?唔……陆羽在茶经中说过……唔唔……嗯?……这不可能!"

狱长猛地站了起来,在一旁眉头越皱越紧的侯风吓了一跳。同样傻眼的还有曾通,他万万想不到自己的经历竟然可以让冷酷的狱长这样激动。

侯风问道:"什么?"他回头瞪了曾通一眼。

狱长举起纸,示意侯风来看那张曾通写满字的纸,纸张在空气中划动出一丝声音。这是个错误。曾通忽然想到,门外如果有人偷听的话,狱长的"这不可能"这句前言不搭后语的话无疑将会让他们猜疑些什么。而且他们将听到纸张的声音,知道自己三人也许在纸上做些什么手脚。纸上能做什么手脚呢?毫无疑问是在写些什么。这张纸发出的声音也许会提醒门外的人他们已经被发现了,这毁了狱长亲手制定的引蛇出洞的计划。

在狱长和侯风看来,像曾通这样的人比白痴好不到哪里去。既然曾通也想得到,狱长和侯风当然也想到了。但是这个错误已经来不及修正。

门外一阵细微而急促的脚步声渐渐远去。狱长以曾通几乎不能看清的动作掏出枪,一脚踢开门冲了出去,侯风也恰如其名一样跟了出去。两人行动之迅速和协调,如果不是曾通知道他们的身份的话,一定以为他们曾在一起接受过长期的训练。

曾通傻傻地站在桌边看着门发愣。他终于明白狱长对他关于才干的评价并不是随口说说而是大有根据。在这样的情况下,曾通根本来不及有任何反应,即使有反应,也恐怕没有狱长那样的勇气和果断。狱长和侯风的脚步声在远去,还可以听见狱长"站住"的喝声在甬道中回荡。曾通无奈地摇摇头,看着狱长桌上那个破旧的发条闹钟,闹钟的指针快指向六点,这一夜算是完了。

是谁在外面偷听?狱长说过,马宣有问题,是他吗?狱长和侯风能追上他吗?桌上几张纸吸引了曾通的注意。纸上密密麻麻的是狱长潦草消瘦的字,和另一种同样潦草但更加凌乱更加难以辨认的字体。这是狱长和侯风在等待他回来的时间内交谈的。甚至更有可能是侯风在和狱长长达一天的相处时留下的交谈笔录——准确地说,是交谈本身。纸张还算整齐地堆砌着，最开始的地方，应该是最下面的那张。曾通压抑不住自己的好奇心，他抽出最下面那张纸，开始仔细辨认两个人的对话。

狱长："有人在偷听我们的说话，装作不知道，继续跟我谈话。"

侯风："谁？为什么？"

狱长："应该是一个看守。我猜测是那个打你打得最凶的。原因不知道。"

侯风："你怎么知道？"

狱长："我和你的邻居谈话的时候，有迹象表明有几个看守知道我们的谈话内容。有一回我私下在这个房间里跟他说起我喜欢喝茶，第二天就有人将早就发了霉不知道哪儿来的陈年老茶叶放在我的桌上，还留个纸条吹是明前茶。"

侯风："你不是狱长吗？他们讨好你是正常的。"

狱长："不要说废话。这个监狱有些问题，现在我能确定没有问题的是你的小邻居，以及我自己。"

侯风："你凭什么相信我？"

狱长："你什么时候学会说废话了？在刚才的谈话中，很明显你对这里一无所知。何况我是看着你来到这里。"

侯风："我也许是装的。时间先后有关系？"

狱长："你不是，我看得出。知道得越多越不可靠。"

侯风："监狱有什么问题？"

狱长："像你这种监狱的常客，会看不出这里有问题？犯人们不编号，看守们不休假，没有标语宣传没有思想改造甚至没有电网，没有人跟外界有接触，这是什么监狱？五年前有四十五个囚犯来到这里，资料显示四十个人非正常死亡；监狱里有个叫老舜的人，每个人都听说过他并且对他很害怕，每个人都不愿意谈起这个人。据曾通说他在入狱的时候看见了这个老舜正被放出去，但我询问的看守都予以否认；有一个叫伍世员的人，除了曾通没有人见过或者听说过；这个伍世员和另外五人声称自己是五年前存活下来的那五个人。"

侯风："并不困难，可以很轻易地查出。"

狱长："恰恰相反，没人合作，从看守到囚犯。这个监狱其实大得超乎想象，我需要你帮我做件事情。你和曾通去越狱，假装说给可能的偷听者听，你们其实要做的是探路，看看监狱到底有多大。"

侯风："我会真的越狱的。"

狱长："如果你有这么能干的话，我不反对。这里是地图，和你们的钥匙。地图不全面而且漏洞百出。我认为需要警告你，这个监狱有不为人知的事情，同时也有非常隐秘的地方。我认为，这些隐秘的地方，也许会找到一些秘密。地图上凡是红线的地段，是我已经勘察过的，你们需要做的是勘察没有红线的地段。"

侯风："为什么你自己不去继续你的勘察？"

狱长："我需要帮手，因为我在被监视。我不希望让别人知道我已经发觉了这个监狱有阴暗的存在，所以我需要找一个我信得过的人。曾通虽然符合这个条件，但是他没有独自完成这个事情的才能。我的计划是，你们走前面，我走在后面，看看有没有人盯梢或者盯梢的人是谁。别急着拒绝，在此之前，我需要你了解一下这些情况。"

侯风："我明白了，我会去的。这太可怕了，如果这是真的话。"

狱长："你相信这是真的吗？"

侯风："我不知道。你呢？"

谈话在这里结束了。曾通不无遗憾，两人在纸上的谈话并没有什么值得回避他的，也许这是为什么这些纸会大摇大摆地躺在桌上等他曾某人来读吧。狱长和侯风见面，两人在口头上应该是针锋相对寸步不让，天知道他们互相讥刺了些什么，但当狱长开始在纸上告诉侯风监狱的问题的时候，狱长无疑已经开始信任侯风，两人之间精彩的试探已经结束。曾通想象得出，这时候两人应该都把口水浪费在某个无聊的、模棱两可的话题——就像两人刚才谈的关于瓶装矿泉水是否代表文明的退步——而把精力集中在纸上。

那叠纸下忽然掉出一张照片。曾通拾起来，照片照得并不好。照片上有一个略微失焦的男人，他侧面对着镜头，正准备过马路。曾通很快就认出，这是狱长。曾通从认识狱长开始他就穿着绿色的制服，猛然看到便装，很不适应。将照片翻过来，上面还有一个"陈"字。

这是一张狱长穿便装的照片。个是在监狱里，而是在某个城市。只不过，看上去照相的时候狱长并不知情，照片失焦是照相的人在晃动，说明拍得极为仓促。也许是偷拍？算了吧，考虑到狱长从来不提及过去，狱长当然也不会拿出自己从前的样子让曾通欣赏。

曾通放回那张照片。拿着那叠纸，呆呆地望着门口出神。狱长在最后要侯风了解一下"这些"情况,但是纸上的谈话却没有说明。很明显,狱长是让侯风看某个东西。一份让侯风这样的变态杀人狂也会说"太可怕"、也会说不知道该不该相信的东西,无疑这对曾通的诱惑也是很大的。很可惜,也很可疑的是,狱长为什么不让自己看这个东西?这个东西,很可怕,会不会和自己在昏暗的甬道里看过的那些东西……

曾通一个激灵。他猛然想起,上一回狱长在纸上曾经写过又抹去的字眼:"**你相信这世上有鬼吗?**"

鹘山监狱里,真的有恶灵的存在!

一股恶寒从曾通的心底里涌出,沿着血管一路侵袭到他的四肢,他下意识地缩了缩脖子。就在他心里希望狱长和侯风早点归来的刹那间,一个人影从门外一晃而过。

咯噔!

这是曾通的心脏不堪重负猛然收缩的声音。

尽管门外的人影晃动得非常快,但是曾通还是清楚地看见了,那是一个穿着囚犯服装的男人,手持一盏油灯。他绝对不是侯风,他邪异的眼睛莫名地空洞着,流露出死亡的气息。以至于曾通没有留意到他的脸长什么样子。

他走路没有一丁点声音,在这条掉根针都能听到的甬道,是绝对不可能的事情。更让人心寒的是,他的影子。曾通敏感地注意到了影子的问题,这个犯人手里拿着油灯,快步走过门口,那么在这条昏暗的甬道里,无论如何都该有他的影子在他背后的地上。但是现在,曾通注视着门外的地面,那里空无一物。他记得,这个人走过门口的时候,地面也如现在一般。

这个人是谁?他怎么会在这里?他在这里做什么?

更为重要的是,它是不是人?它的影子呢?

曾通手里捏着的几张纸在颤抖地发出呻吟,他大颗大颗的汗水从已经湿透的袖口滚落下来,渗入那几张纸中。于是他胡乱把那几张纸塞进怀里,慌乱中也没留意其中几张纸滑落到地上。此时此刻,他不可避免地想起在那条黑暗的甬道里迷路时看到的,自己的影子。

他慢慢地回头,看着自己的影子。影子的一只手伸得笔直,指向门口。

"救命啊——""来人——啊"

曾通凄厉的嚎救声回荡在甬道里,这晚已经是第二次,如同他被人殴打一样。

尽管很少有人能看见狱长脸上有任何的表情,但是奇怪的是在每个人的印象里,狱长的脸都让人印象深刻,过目不忘。也许,是因为他敏锐的眼神。此刻,他的脸上仍然挂着没有表情的表情,他的眼光凌厉地看着被反绑着双手蹲在角落的侯风和曾通。他的目光停留在曾通身上的时间明显多于注视侯风,因为曾通奇怪地脸色惨白,一直不停地颤抖着。

大声呼救之后,第一时间赶过来的是狱长和侯风。很显然地,他们没有追到那个在门外偷听的人。而曾通在这边莫名其妙的呼救则引来了大批看守,打乱了狱长本来按时回来送二人回牢房的计划。为此,曾通可以看出,狱长对他极端不满,即使曾通抖着发白的嘴唇。

狱长道:"今天晚上的事情,大家也都看见了。这两个人,很明显地,企图越狱逃走。我已经审问过他们,他们也承认了是串通一气,自己弄开了锁。我要说,这是我的失职,这是我们的失职。在这里,我建议,不要将今晚的事情告诉任何囚犯,以免引起不必要的骚乱而使某些事情失去控制。为了避免类似的情况再次发生,我认为有必要对这两人进行处罚。大家有什么意见?"

在一旁的是小心翼翼的值班看守们。所有人都聚集在狱长小小的屋子里,以至于让人觉得氧气缺乏而喘不过气来。他们毫不知情地听着狱长将侯风和曾通押进禁闭室的命令,丝毫不知道这是狱长为了掩盖他指使侯风和曾通行动而放的烟幕。所谓的问讯意见,不过是面子上的功夫。任何一个稍微用大脑思考问题的看守,回想起狱长用枪指着自己解救曾通的一幕,都能明白狱长的立场在哪一边。在狱长来到这里之后,每个人都逐渐熟悉并遵守了他的行事习惯,即所有人,所有的看守和囚犯,都无条件遵守他的每一个命令。

见没有人提出,或者说敢提出反对意见,狱长满意地咂咂嘴,喝道:"马宣,带这两个人去禁闭室。"

没人响应。看守们面面相觑,马宣瞪大了眼睛,欲言又止。

狱长奇怪道:"怎么?"

马宣道:"我们这里……禁闭室,我们这里没有。"

狱长怒道:"没有?不可能!我看过资料的,禁闭室在操场另一侧一个单独的窑洞里,叫做西洞……"

马宣道:"西洞本来是有的,但是后来一次山体滑坡,把西洞埋了。到现在为止,我们都还没有新的禁闭室,也没发生过什么事情需要用上。"

侯风忍不住"吓吓"冷笑了两声,这正合他意。狱长狠狠地瞪了他一眼,说道:"虽然是这样,那么也需要对他们两人进行处罚!把他们押回各自的牢房,没有我的命令,任何人不得让他们离开那里!不许他们放风或者劳动,也不许他们和任何其他犯人接触,让他们在自己的牢房里蹲监禁!对了,还不许他们互相交谈!马宣,吴仲达!"

马宣和吴仲达齐声应道:"有!"

"你们两人轮班值勤,守住他们牢房的甬道口,除了送食物和清洗便盆的,不许任何人进出。"

"是!"

曾通哆嗦地走在侯风后面,想到自己马上就要离开阳气厚重的众人,独自一人在黑暗中空守恐怖邪异的怪诞,他就忍不住地发抖。狱长没有给他任何辩解的机会,尽管他清楚狱长也曾经质疑过监狱里是否有鬼的问题。当然,曾通没有想到的是,当着那么多看守的面儿,狱长即使相信,也不会让曾通讲述自己遇见的经历,那只会导致混乱而使得狱长自己的权威受到影响。至于侯风,则对此完全嗤之以鼻。侯风正冷笑地跟着马宣的步伐。

曾通和侯风一前一后,心态神情毫无相同之处,但他们的口袋里则同样装有一叠纸和一支铅笔,以及各自牢房的钥匙。这当然是出自狱长精心的准备。

两人回到,或者说被押到自己曾经的牢房,现在的禁闭室。曾通爬进被窝,期望捂在里面可以让自己不再哆嗦。同时可以听见侯风在隔壁吵闹:"他妈的!谁把老子的床弄坏了!我要求换床!"

"吵个鸡巴!什么床不床的?"似乎是马宣的声音,"操!你睡的明明是土炕,哪里来的床?"

"我日!什么鸡巴狗屁土炕,你爷爷不爱睡!还不给老子换一张,老子要睡床,你有个屁好笑?"

"嘿——您倒是装起大爷来了,来来……"一阵开门的声音,然后猛然是类似棍棒敲打破布的声音:"我叫你装逼!我叫你装大爷!操你妈的活得不耐烦了来招惹你大爷我!我打死你这孙子!还想鸡巴换床,我换你的卵蛋——"

只有马宣嚣张的叫骂声,和不断的棍棒敲打破布声。侯风一声不吭,默默地让一个其实远远不如自己的搏斗对手发泄肾上腺素。曾通忽然为马宣感到害怕,天知道,侯风这样根本不必要地挑逗马宣是为什么？难道是给狱长一个借口，一个让马宣死的借口？可以肯定的是，如果侯风要报复马宣，不知道要使出什么样耸人听闻的手段来。何况——侯风兜里既有自己牢房的钥匙，狱长还给他看过地图！

曾通自己不知道的是，他在不知不觉中，已经站在了侯风这边，尽管侯风曾经同样地毒打过他。

"算了。"一个干涩的声音。曾通想了一下，辨认出是极少开口的吴仲达。

"行了，"马宣似乎是打累了，"你这孙子皮还挺厚，以后大爷烦了就常找你练拳啊。嘿嘿。越狱就只关禁闭，那是你赶上时候遇上咱们狱长是个大好人发善心。"

马宣嘀咕着关上门，和吴仲达走远了。狱长吩咐过，让他们轮流守在甬道口。这条甬道只有四个单间，却仍然有些长，还拐了个弯。站在甬道口，连侯风那间的门口都看不见。听见马宣和吴仲达远去，曾通长出一口气。不是为了同情侯风，而是害怕侯风突然暴起杀掉这两个看守——曾通可以肯定，这两个人即使拔出枪也不是侯风的对手。他不知道自己为什么这么肯定，也许是因为侯风身上一种说不出的杀气。

马宣嚣张的声音从甬道口沿着甬道壁反射过来，似乎在跟吴仲达吹嘘什么。曾通忽然一阵突如其来的厌恶。要分析马宣这样一个简单的小人物，曾通也能胜任。自己刚来监狱的时候，也被他欺负毒打过，但是随着和狱长关系的深入，马宣逐渐也对他客气起来。后来侯风来了，肯定路上没有少吃他的苦头。这回他和侯风被狱长毫不客气地反绑双手，声称越狱被擒，马宣自然也就不客气了。对曾通他尚留几分情面，对侯风这个和狱长不那么近的，自然痛下毒手。想起马宣嚣张的面目和在狱长面前狗一般的嘴脸，曾通忽然觉得在某种程度上，侯风是对的，这样的人实在该杀。在旁人看来罪不至死，那是因为这些旁观者没从中吃过苦头。

隔壁的侯风沉寂下来，很快曾通就听见均匀的呼气声，呼气声越来越响，最后变成鼾声。这个侯风，在被人毒打并侮辱两分钟之后，竟然坦然入睡！

他确实是个可怕的人。

曾通合上眼睛，翻了个身，怀里传来细细的摩擦声。他伸手一摸，摸出几张纸来。这是刚才看完的纸，上面是狱长和侯风的谈话——真实的谈话，不是口头上的敷衍。也许狱长会随即发现这几张事关重要的纸张不见了，也许他现在正大发雷霆，或者焦躁不安？不，他那么冷静的人，一定不会的。

曾通笑着举起纸，无意间的一个差错，有恶作剧的效果呢。但他的笑容马上凝固了。

昏黄的灯光从甬道口的侧壁上反射过来,狱长的字迹模糊不清。确切的说,是有另外的字出现。曾通马上反应过来,是纸张的背面。狱长和侯风的谈话还没有结束!

狱长:"虽然我不愿意承认,但是事实上,我倾向于,相信。"

这是什么意思?曾通飞快地翻转过来,他们前面的对话是:

狱长:"……我需要你了解一下这些情况。"

侯风:"我明白了,我会去的。这太可怕了,如果这是真的话。"

狱长:"你相信这是真的吗?"

侯风:"我不知道。你呢?"

毫无疑问,狱长给侯风看了什么东西。否则侯风那句"我明白了,我会去的。这太可怕了,如果这是真的话"明显不符合对话的逻辑。

那么,狱长给侯风看了什么东西呢?有什么东西可以让侯风这样一个变态杀人狂说"这太可怕了"这样的话?

曾通不知道,也明白自己根本不具备这样的推理能力。于是他接着看下去:

狱长:"虽然我不愿意承认,但是事实上,我倾向于,相信。"

侯风:"不可思议。你怎么能相信?我拒绝相信。字是人写的,如果这个人有什么企图或者阴谋呢?"

狱长:"那不是问题。不错,你说的是有可能的。但这不能排除他写的是事实,这也是可能性的一种。"

侯风:"很有挑战性的事情,不是吗?"

狱长:"看来你动心了。"

侯风:"你知道为什么?你看起来不像一个狱长。"

狱长:"你什么意思?"

侯风:"一个狱长,怎么可能不信任他的同僚,而和他手下最危险的囚犯商量这样的事情?"

狱长:"别自我标榜。你看起来也不像资料上说的那样。但事实就是事实,你必须接受,你,是囚犯,我,是狱长。如果你不接受,你应该知道是什么后果。"

侯风:"我没有挑战你的权威。但你必须给我权限,如果你没有忘记什么是我的拿手好戏的话。"

狱长:"你、我、曾通。"

侯风:"为什么有他？他有什么用？凭什么相信他？"

狱长:"有什么用你会明白的。如果要在你和他之间挑一个的话,我肯定相信他而不相信你。"

侯风:"很好,讨论计划吧,开始怎么办？"

狱长:"第一步,必须知道这个监狱的构造。我手里的地图不完整而且错误百出,我曾经悄悄夜探过,很多地方都和地图明显不同。而且,有好几次我都察觉到,我被人发现了,有人在后面跟踪我,不知道来人的身份和数量,但我以我的名誉保证这是真的。我们必须探知到整个监狱的构造,否则无法行动;同时,我们也需要查出跟在我后面的人是谁。"

侯风:"同意。具体呢？"

狱长:"你有时间先默记一下地图,我给你们钥匙。不要和曾通说实情,你们装成越狱的样子,我们的目标首先是从这里到最西边,这一段地图上没有的,但是现实中存在的甬道。你带曾通探察地形,你需要默记一下地形,想办法甩开他,然后你跟在他后面。我会跟在你们后面,在你甩掉曾通之后,我跟在曾通后面,你跟在我后面。曾通肯定会瞎撞,你需要将他适时地引导到正确的路线。回来之后,我们再对照各自记忆的路线。"

侯风:"同时我还需要观察是否有人跟着你？"

狱长:"不错,我认为你能对付,怎样？"

侯风:"如果是用钥匙的话,越狱就说不过去。"

狱长:"如果哪个看守真的忠于职守的话,会跟我提出来。否则的话,就是怀疑对象。"

侯风:"好!"

似乎是为了节约纸张,两人的字越写越小,也越来越具体实际。看到狱长的计划,曾通终于明白为什么侯风会在越狱的时候带着自己,自己为什么会被侯风殴打抛弃,为什么会在甬道里迷路,在被看守们殴打的时候,为什么狱长能第一时间内赶到。

而且更重要的是,为什么自己会迷路。也许,是侯风做了手脚吧。

这一切,原来如同狱长承认的那样,都是狱长操纵的。侯风所谓的越狱,不过是探路的烟幕而已。

字到这里是真的没有了,曾通奇怪地注意到,没有狱长和侯风在这次夜探完之后的讨论。他清楚地记得两人在辩论茶与文明这个话题的时候,还不停地笔谈,而现在看到的所有字迹,似乎都是出发之前的。

也许是不小心丢到哪个地方了吧?

仅仅在这几张纸上,也有不少不好理解的地方。比如狱长写的,"你、我、曾通"是什么意思?侯风前面说的是"如果你没有忘记什么是我的拿手好戏的话"。侯风的拿手好戏是什么?

该是杀人?

曾通打了个哆嗦,狱长允许他杀自己?不会,那样的话前面的"你、我"就没法解释。前面侯风向狱长要某些权限,是什么权限?杀人的权限?为什么要杀人?

当然,不可排除在危险的时候自卫。对于侯风这样的人来说,平白也认为人人都可杀,何况有正当目的的时候,那还不大杀特杀的?

那么,这段话的意思其实是,狱长给侯风的权限,除了狱长本人,就只有曾通和侯风是一伙的。除此之外,人人不可信任,也就是说,人人都可杀。

狱长,是个什么样的人啊?

曾通想不通。他只是隐约觉得,狱长虽然与侯风是看上去截然不同的两个人,可是在笔谈的时候,除了字迹以外,口气和思维方式几乎是同一个人。曾通看起来要想半天才能看明白的话,比如说什么拿手好戏,狱长似乎一下子就能明白。是不是他们在骨子里有惊人的相似之处呢?

好在,曾通知道,至少暂时侯风不会找自己的麻烦。于是他也合上眼睛。

曾通不知道的是,他一直刻意回避去想在穿过昏暗的甬道的时候,地上邪异的阴影,在狱长屋里看到的,晃过狱长门口的怪异的身影。

他还不知道的是,隔壁的侯风一直在和他做同样的事情。他一边不停地假装着鼾声,一边反复仔细地看完曾通写给狱长的这晚的经历。他终于看完了,将纸收起来,嘴角浮起一丝冷笑。

与此同时,狱长走进自己的房间,谨慎地将曾通不小心丢落在地上的几张纸拾起来。狱长心里对曾通如此不小心以及不懂他刻意让他看这些内容的用心而感到有些气馁,尤其是当狱长发现这几张曾通遗漏的而不可能看见的纸上的内容才是最最重要的时候。当然了,在他和侯风单独待了一整天的时间里,他们的谈话远远不止曾通能够看到的这些。

与此同时,吴仲达走向狱长住的那条甬道,想了想,又走回来;马宣则靠着甬道壁,一耷一耷地打盹。

夜即将结束,百羽、乌鸦等所有囚犯们,在看守们的哨音和监视下纷纷起床,开始按照狱长新的工作安排生活。由于看守和囚犯都不适应,不免有些纷乱。

鹊山监狱一贯的平静冷寂,在这个黎明,似乎稍微有些不同。

贰 狱长

　　这是狱长最不能容忍的事情——挑战他的权威！虽然狱长知道其中定有蹊跷，但他还是飞快地、装做暴怒状地抽下旁边一个看守的电棒，开始疯狂地抽打百羽。

　　鲜血飞溅，百羽闷声不吭，狱长也一言不发，只用没开电源的电棒说话。

狱长进鹃山监狱之后，有幸见到了可以让他相信的人物曾通。

　　很早以来，狱长就一直对自己是否有被监听甚至监视这个问题充满了疑虑。从一开始，狱长就将嫌疑的目标定在了身边的手下——那帮看守身上。从表面的身份上看，这样的疑虑既没有道理，也不符合逻辑。一个身处荒漠的监狱狱长，怎么会被自己的手下监视或者监听？除非这个狱长有神经质般的焦虑症。而一个像狱长那样冷静到几乎冷酷地步的人，怎么可能会有精神上的疾病呢？就现有的人类医学水平来说，还没有发现冷静也可以是一种病态，或者发明一种过度冷静症。

　　在某些时候，在某些程度上，狱长的疑虑只有他自己知道。而且他的怀疑，有可以充分说服自己的理由。只不过，这个理由在鹃山监狱里鲜有人知晓，甚至绝大多数人根本就不知道狱长在怀疑有人监视自己这么一回事。

　　当然，这个绝大多数人，不包括曾通。

　　狱长自己也不知道为什么，从第一眼看到曾通，不，是第一次听说曾通这个犯人的时候，就对他有莫名的好感。狱长对自己解释为二人的文化程度，而事实上，狱长忽略掉的是，他之所以对曾通有好感，是因为他信任曾通。他信任曾通，是因为曾通和他差不多同一时间到达鹃山监狱。在狱长的眼里，在鹃山监狱这个阴谋和恐惧如同雨后杂草疯长般的诡异地方，在这个似乎人人都在隐瞒和策划着什么如同噩梦般的怪诞监狱，曾通知道的和狱长自己一样多——甚至还没有狱长知道得多——意味着曾通没有任何事情可以隐瞒他，只能对他言听计从。控制权意味着安全的地位，这不是大都市里小妞们对安全感的病态迷恋，而是一个有丰富的在地狱上方走钢丝索阅历的男人，在听到危险之风的邪恶呼啸声之前的本能反应。事实上，为了确保自己的安全，他早已将所有看守枪里的子弹、所有电棒里的电池都收缴了起来，放在一个除了他自己以外没有人能找到的地方。

事实证明他是对的。曾通虽然在做事的时候拖泥带水,但总的来说还是值得信任,还是基本在他的掌握之中;监狱里面也确实存在某种程度的危险。这种危险的表现对曾通来说是孤独的甬道中穿行时那黑色的邪异影子,但在最初开始听说老舜的时候,狱长就认为曾通的心理承受能力决定了他在这件事情上的不可靠。在他看来,可能百羽的危险性也要比那个什么莫名其妙的老舜或者伍世员大得多。

也许就可以由此推论他在刻意欺骗自己,如同曾通的一厢情愿一样,其实第一次他心底深处的潜意识就带着莫大的恐惧相信了。也许,在开始的时候,狱长是不肯接受自己也会恐惧这一事实,尤其是在他一个人独处的时候。

但是这样的推理虽然合乎逻辑,却不是正确的。狱长并不是一个欺骗自己的人,那样的话,如同给自己树立了一个非常强有力的、几乎不可能战胜的敌人——他自己。但是,当心里被惊恐充满的时候,恐惧也将会是一个强有力的敌人。在事实证明了监狱的诡异和怪诞之后,狱长强压住自己心底的恐惧,在最短时间内做出了判断,将事情一分为二,将这一居然令他感到恐怖的问题暂时抛开。这样,抛开虚幻影子般的老舜,处理监狱本身的问题,就可以得心应手。

现在监狱里的形势虽然不能乐观地说很好,但基本的秩序还是在狱长能够操纵的范围内。百羽一伙以及乌鸦假装接近曾通实则试探自己的小花招,在他眼里不值一提;马宣一伙看守鬼鬼祟祟的小动作也都在他的手指之间。虽然暂时都还不十分明朗,但总归不过是和五年前那件事情有关系。狱长认为在必要的时候,自己可以将这些犯人和看守牢牢攥在手里。

五年前那件事情,狱长从一开始并不着急了解详情,到现在也是如此,他甚至都不急着思考和推理。与其急着将他们揭穿,将事情迅速地彻底解决,还不如将计就计,让他们继续作为注定会被彻底击垮的对手陪他多玩一会儿。每次想到这里,他的眼睛里都会不禁露出一丝非常不易被人察觉的笑意,这些老鼠们根本就不知道自己在和一只并不太饿但很调皮的猫捉迷藏。

狱长有信心相信,他会让这个游戏越来越精彩的。侯风和曾通受他之命前去夜探,探出了不少有趣的也有利用价值的东西,这在以后与未知的势力较量的时候会大有用处。一切如同他的计划——一个只有他自己才完整知道的计划。并且最有意思的是无巧不巧地已经将马宣这边这锅水搅浑了。将清水搅浑,再将浑水烧开,让那些可怜的老鼠们目瞪口呆吧，哈哈。他打了个哈欠，这是主要的行动方向，他将会把自己的主要精力放在老舜的一系列问题上，挑战未知的黑暗，挑战自己心理的承受能力，有了侯风的加入，那会非常有趣——尽管他不否认自己也会感到害怕。至于百羽或者马宣，随便玩一玩，也能玩死他们。如果有必要，甚至可以拿他们来找找信心。

狱长端着茶杯在屋里踱着步子，忽然他想到什么，于是他打开门，叫住一个路过的看守吩咐道："去和马宣或者吴仲达说，如果侯风或者曾通有悔改的意思，想来见我，我随时欢迎。"说着他宽容地笑笑，拍拍那个目瞪口呆不知所措的看守的肩膀，缓缓地回头进屋，漫不经心地重新泡了一杯茶，又脱下制服外衣，随意扔在地上，跳到土坯炕上。他将自己的枕头竖起来，靠在上面假寐。一夜的无眠并不能真正影响他的精力，然而太多的事情和太多的疑问，却足够让他感到自己需要闭目养神，以积蓄更多的精力来面对可能会——不，必然会发生的事情。而这些事情，都是需要大量的时间，以平静的心情和冷静的情绪来面对的。

门外一个看守敲门："狱长！狱长！"

狱长听得出，这个看守叫做余学钧，是看守们的中队长。但狱长并不着急，他嘴角泛起一丝微笑，镇定而不缓慢地跳下床来，将外衣拾起来穿好，带上帽子，别好枪套，小心地弹去肩头上的灰尘。他可是一个非常注重仪表的人，尽管门外的余学钧几乎把嗓子喊哑，也丝毫不能让他心里产生任何怜悯让他加快自己的着装速度。在狱长心里，已经给这个一脸横肉的余学钧下了暴力冲动倾向的诊断。

就在余学钧准备将门撞开的时候，狱长开门而出。"什么事？余中队。"他问。

"狱长！出事了！犯人自己打起来了。"余学钧眼里有一丝慌乱，不知道是为犯人打架的事情而苦恼，还是为了狱长穿戴整齐却迟迟不开门而困惑。

"哦？谁跟谁打了？"

余学钧脸上现出不可思议的表情。要知道这个狱长一来，就以铁腕统治着整个鹊山监狱的一切。整个监狱，都以他为纲领，都绝对不能出现和他的意志相抗的事情。在这里，他就是秩序，就是法律。以前曾经如同体育活动一样经常出现的打架斗殴，因为违反了他的秩序原则而消失相当长一段时间了。尽管余学钧知道这只是表面原因，但现在狱长听到犯人斗殴这样严重违反他的规则的行为，不仅没有勃然大怒，反而笑盈盈地兴致勃勃。他看到了狱长眼里有不快闪过，连忙停止自己的胡思乱想，道："是百羽一伙人自己打了起来。今天他们一起洗被单和衣服的。"

狱长点点头："哦？又是这群麻烦的家伙……走吧。"他走出房间两步，又伸手示意后面的余学钧，"嗯？"

余学钧连忙把自己的电棒奉上，狱长皱眉一挥手，将电棒打落在地。

"茶杯。"他不带任何感情色彩地伸手指了指屋里桌上还冒着热气的茶缸子。待余学钧端着茶杯出来的时候，狱长已经走远了。

"呸！"余学钧本来想向茶杯里吐口唾液，终于又不敢，一口啐在地上，"总有一天，我要好好教训教训这个……"他喃喃着，于是也端着杯子快步去了。

正是早晨，凛冽的阳光不带一丝暖意地刺在操场里每一个人的头上。似乎为了凑趣，北风也来赶趟子，朝每个人的脖颈里吹着一把一把的冰凉。鹊山监狱的雨季，终于在人们不经意间草草地结束了。

难得的几场雨，让操场——确切地说，应该是一个坝子——多少有了点可怜的绿意。几乎可以断定的是，这丁点绿意已经时日有限了，一个星期的雨水，无法和一年时间的完全干旱相抗衡，不能将生命带到这个极端的生存环境里。几场雨的好处还有让坝子中心的池塘扩张了不少。这个池塘也只有夏天才会出现，浑浊的水不能饮用，稍微粗粗过滤后却可以当作很好的洗衣或者种地的水源。

犯人们都抱头蹲在地上，一大群看守和他们手中的电棒——尽管由于电池的缺乏，电棒大都只有警棍的作用——已经很好地震慑了闹事的犯人们。

狱长走上前去，看守们让开一条道。"怎么回事？"狱长问。

一个看守道："他们，打架闹事！"

狱长道："哦？谁那么皮痒了啊？"他的目光扫过地上的犯人，犯人们纷纷低下因为听见他语气里的轻松而抬起的头，因为他的目光太过凌厉。狱长马上看见几个犯人口带血丝，鼻青脸肿。

那看守道："是百羽他们几个。"

狱长指着百羽："你，说说吧，怎么回事？"

百羽嘟着嘴，目光四处乱转，喃喃地说不出话来。狱长心里有些好笑，百羽这样的老大绝对是个幌子，老大能是这个样子么？也只有曾通这样的白痴相信百羽这种不成材的家伙会是鹊山监狱犯人的大佬。可是，百羽为什么要欺骗曾通，这倒是个问题。另外，谁是真正的幕后老大呢？

百羽久久地说不出话来，狱长一个跨步一脚踢在百羽的脸上。百羽一头栽倒在地上，与此同时，狱长的眼睛飞快地扫向四周，却并没有发现谁的表情值得怀疑。

"我在问你！"狱长吼道。

百羽依然不说话，一抹嘴角的血渍，又爬起来蹲下。

这是狱长最不能容忍的事情——挑战他的权威！虽然狱长知道其中定有蹊跷，但他还是飞快地、装作暴怒状地夺过旁边一个看守的电棒，开始疯狂地抽打百羽。

鲜血飞溅，百羽闷声不吭，狱长也一言不发，只用没开电源的电棒说话。旁边的看守和犯人们当然更加不敢吭声。现场唯一的声音，是电棒击打在百羽身上如同击打败絮的"扑、扑"声。每个人的视线焦点都落在了狱长的肢体语言上，却忽略了狱长的目光正飞快地来回在他们身上扫动。逐渐地，有血渍飞溅到看守的裤脚上、犯人的脸上。众人脸上有种不忍的神色。

百羽终于抗不住了，他道："别——别打了！我说……我说……"

狱长停下手，将鲜红的电棒扔还给看守，接过余学钧捧着的热茶喝了一口，道："这不就对了么？快说吧。"狱长已经没有耐心来听百羽的胡编乱造，他可以肯定，这是场自己还不明确目的的阴谋。策划者就是那个幕后的老大，鹊山监狱囚犯中真正的老大。而且，这个阴谋已经持续很久，从欺骗曾通就开始了。

百羽揩了一下眼角的血，指着一个人道："我……我们在洗衣服。他——他先动手的。他没有肥皂了，就来用我的。"

"哦？"肥皂的借口几乎让狱长笑出声来，但百羽没有自己承认而又牵扯出一个人来，这倒有点出乎狱长的意料。百羽指着的犯人狱长不认识，但是如果曾通在场的话，会知道这个老头正是那个神秘的乌鸦。

"是这样么？是你先动手的？"狱长问清了老头的名字便冷冷地盯着他。乌鸦的脸上没有任何表情，他说："不是这样的，也不是我先动手的。"

狱长又喝了一口茶，因为他看见百羽在说完之后就将目光投向身旁的一个犯人。事情越发有趣起来，而且这个乌鸦，似乎也不大寻常。狱长道："那么事情是怎样的呢？"

乌鸦道："他们叫我一个人洗该他们洗的所有衣服，我不同意，然后他们让我跪下，然后他们动手，就这样打了起来。"

狱长冷笑一声，如果是这样，为什么乌鸦身上没有多少伤痕？倒是旁边几个犯人脸上全挂了彩，难道这家伙还是个高手不成？"是这样吗？"他问旁边的犯人。众犯人一起摇头。

"那是怎样的?"狱长问道:"你说。"

一个犯人说道:"确实是乌鸦抢人家的肥皂,大家都看见了的。"旁边犯人都点头。

狱长指着那个不时用目光示意百羽的犯人:"你说,事情是怎样的?"

那犯人道:"就是百老大所说的。"

狱长一挑眉毛,百老大? 自从自己警告过百羽不要找曾通麻烦之后,还没有人公然这样称呼百羽。狱长冷冷地看着这个犯人,他有厚厚的嘴唇和薄得可憎的眼睛,一身宽大的囚衣随风摇摆似乎在暗示这个犯人的消瘦,而他眼睛里的凶光却居然嚣张到敢直接面对狱长的目光,让狱长多少有点明白这个犯人的身份。狱长点点头,回头问周围的看守们:"是这样吧? 不必否认了。"

没有一个看守敢于接口,却也可以理解为没有人站出来否认。狱长冷笑着捧着茶杯,道:"把这个犯人,你,"示意乌鸦,"带到我的房间来,我要亲自审问。其他人,继续今天的工作。"他转身离去,不再停留。

良久,看守们纷纷散去,那个消瘦的囚犯走到被几个犯人抬着的百羽跟前。犯人们纷纷道:"崔哥。"

"百老大,怎样了?"小崔木然着脸。

百羽尽量直起身来:"没……没事,操,太鸡巴狠了。你……这主意也太不怎样了。他怎么……"

小崔道:"他太厉害了,百老大,他看穿了。"

百羽点点头:"我也知道……你们去吧。"

小崔点点头,转身吩咐道:"百老大吩咐了,都他妈好好给我洗衣服!"

狱长扬起眉毛:"这么说,你就是我们的曾通小朋友认识的那个乌鸦了?"狱长依然坐得端正,他的表情依旧没有任何变化,但闪烁的眼睛和像昆虫的触须一样灵活弹动桌面的手指却泄露出他的兴奋。

乌鸦点头:"他们确实这样叫我的。"

狱长一仰背,随意地跷起一只脚放在桌上,问道:"你这样的人,绰号不是什么吉祥如意,我也丝毫没有意外。不过乌鸦本身有什么含义?"

乌鸦阴沉着脸不说话,但是看着狱长若无其事地玩弄起他自己的那根电棒——要知道,里面是有电池的——乌鸦马上道:"是……不是,没有什么特别的含义。在外面是那样叫的,进来了也这样叫。"

狱长点点头:"不管它,名字也没有太大的可以挖掘的价值。来来,坐下。"他一边向乌鸦示意那张曾经被侯风的体重折磨得吱嘎怪叫的板凳,一边走过去将门关上。

乌鸦有点不知所措,他不知道狱长到底有什么居心和用意。尽管乌鸦未必就是善与之辈,但面对狱长,他心里却有说不出的畏惧。据说,这个狱长是冷血到极点的人物,可以随意朝着自己的属下举枪射击。而刚才他在谈笑间忽然毫无迹象地突然疯狂毒打百羽,更是极大地威慑了乌鸦的心理。毫无疑问,任何一个旁观者都有足够理由相信这个狱长应该天生就是这群有着集体暴力倾向的男人们——包括看守和囚犯——的领袖。

狱长回过身来,见乌鸦苍白地看着自己。这个乌鸦在强自镇定他脆弱的神经,似乎面对的不是狱长而是魔鬼的化身。狱长冷笑一声:"要不要我请你坐下,再给你老人家泡一杯茶?"

乌鸦战战兢兢地坐下。狱长也坐下来,继续将脚跷在桌上,然后把手枪摸出来,打开弹夹,将子弹一颗一颗地取出来玩弄。他一边看着自己的手枪,一边说:"知道为什么要叫你来么?"

乌鸦摇头。

狱长笑道:"我说我想请你来喝杯茶,你开心么?"

乌鸦继续摇头不答。

狱长点头道:"不错,很有自知之明,你不算是个傻子。那么,让我们开始吧。"

乌鸦茫然道:"开始什么?"

狱长冷冷地刺了他一眼,飞快地说:"第一,老舜;第二,五年前;第三,伍世员;第四,百羽。"

乌鸦道:"什么?"

狱长狠狠地将手枪拍在桌上,桌上的子弹四处乱滚。"别他妈给我装傻了!"他道:"他们处心积虑地让你到我这里来是为什么?想见见曾通不用这样,想要香烟就直说。"

乌鸦道:"是……"

狱长道:"是什么?"

乌鸦吐出舌头舔了舔自己干燥的嘴唇："他们……就是……就是想让我去见曾通，去拿香烟……"

狱长抓起手枪对准乌鸦的脑门，乌鸦瞥了一眼桌上的子弹，狱长冷笑道："我赌枪是上了膛，膛里还有一颗子弹。你呢？"

冷汗从乌鸦的鬓角滑落下来："我说。就像你知道的，打架什么的都是假的。他们做了个把戏，好让我去关禁闭。我与他们一向不和，这是表面原因，本来指望瞒过你的。"乌鸦看着狱长，生怕这句话会触怒他。但狱长却毫不在意："然后呢？"

乌鸦："然后……然后……"

狱长皱眉道："又怎么了？"

乌鸦回头看了一眼门口，用近乎耳语的声音说："这里说话安全吗？"

狱长想了想，道："安全。我保证。你接着说。"

乌鸦压低了声音："百羽他们，不知道通过什么途径知道侯风也在这个监狱里，他们想让人去见见他。你也许不知道这个侯风，他在两个城市连着杀了半个月的人，仅仅是因为自己的爱好。其实这是为了让别人以为他是变态而放的烟幕，他不是那样的人。他是卖家。"

狱长点头："就是说，别人出钱，他杀人。然后做出变态的样子，让警察误会？"

乌鸦道："对。当然，也许侯先生确实有那种爱好而我们不知道，不过也没有关系。他在行内声望很高的。百羽他们通过某个途径知道他来了……"

狱长一愣，马上打断他："什么途径？"

乌鸦道："不知道啊。"

狱长飞快地抓起电棒，电棒的顶端蓝色的火花劈啪作响。乌鸦连忙道："我说，我说。是……是通过看守。百羽他们，似乎跟几个看守的关系不错。"

狱长点头同意，这种说法符合他知道的事实："那么，按照这样的说法，他知道侯风来了，于是制造事端……嗯，他们自然是知道现在没有禁闭室，只有单身牢房。既然都知道侯风来了，也不奇怪知道侯风在单身牢房里……为什么他不亲自来，而让你来？你又为什么听他的话？"

乌鸦苦笑道："我确实跟他关系不好。他让我来，我可以不来，但他闹出打架的事情，我来不来也不由我自己做主了。闹打架，其实是两件事情一块儿办，反正他看我不顺眼，就正好踢我一顿。并不是他不想自己来，只不过历来打架闹事，不管谁对谁错，都是双方一起关禁闭的。他没有料到……"

狱长道："没有料到我只把他踢了一顿，单独让你来了？哼。"

这样的把戏，也只能骗骗曾通这样的菜鸟，遇到狱长这样工于心计的角色，自然马上被揭穿。对揭穿百羽这个低劣的把戏，狱长毫无自豪之情。同样的，狱长也清楚面前这个乌鸦正在他面前掉花枪。百羽一伙人怎么可能连这个乌鸦的衣角边儿都没摸到而被打个鼻青脸肿呢。不过他还有更重要的事情要问，他说："那么，他想见侯风干什么？给他请安？"

乌鸦道："不是。百羽其实一直算不上是真正的老大，他就能打能干，道上的风声响。真正出主意的是他身边的军师，那个小崔。他们想干什么，我就真的不知道了。"

这和狱长的推测有点出入，但基本还是一致。至于他们想干什么，乌鸦是否知道，狱长颇有点吃不准。他问："百羽的事已经说完了。前面三个问题呢？那个伍世员？"

乌鸦瞪大眼睛："我想，是曾通那小子说的吧？那小子不知道听到了些什么，伍世员这个人，压根儿就没有过啊。不知道曾通有什么心思。"

狱长想了一下，又道："曾通说的，伍世员的事情能够解决五年前那桩事情。五年前发生过什么事情？"

乌鸦看了一眼狱长，又回头看看关得严严实实的门，狱长不动声色，内心却多少有点明白了乌鸦在他面前要心眼的用意。乌鸦令人诧异地端起狱长的杯子，洒了些水在桌上。他用指甲沾着水在桌上写道："这里有人会偷听我们的谈话。"

在忽然的沉寂中，门口突然响起的轻微脚步声马上明显起来。也许是门外监听的人发觉屋内两人忽然不说话，似乎察觉到了自己的监听，于是想马上撤离。狱长飞快地抓起枪，在乌鸦的目瞪口呆中，毫不迟疑地扣动扳机，枪膛里剩下的一颗子弹"砰"地轰向门口。

紧接着，他闪电般冲向前飞起一脚，"哐"地踢开门。

门外，一个看守躺在血泊中不住抽搐，胸口开着的洞不断有鲜血涌出来。

狱长伏身摸了摸看守的脖子，确定已经没有脉搏，于是他站起来得意地手一甩，将手枪在自己的食指上甩了两个圈，然后回头微笑着以一个决斗胜利的牛仔口气对呆若木鸡的乌鸦说："十环！怎样？"

不远处看守们大声叫嚷着飞奔前来的动静越来越大，狱长皱眉道："这帮狗卵子又来了。怎么这么喜欢打搅人家呢？嗯？你觉得，我们拿地上这堆六十公斤的肉怎么办呢?"在一瞬间,他就有了绝妙的主意,于是走到乌鸦面前:"来吧,我给你压压惊。"他将没有子弹的手枪塞进乌鸦的手里,然后马上用他的手握紧乌鸦拿枪的手。乌鸦猛地醒悟过来,他本能地想扔掉手中的枪,却被狱长牢牢地按住。乌鸦不停地挣扎,这让乌鸦更深地落入狱长的陷阱里,两人开始犹如搏斗一般纠缠在一起。听见看守们已经冲到了门口,狱长毫不客气地将乌鸦按翻在地上。他冲乌鸦歉意地笑笑,然后庄严地回头对赶上来的以余学钧为首的看守们吼道:"快!还不快帮我一把,制服这个企图夺枪越狱的匪徒!"

看守们一拥而上,七手八脚将乌鸦反剪在地上。看守们的脸上和眼睛或多或少地呈现出一种震惊夹杂着困惑不解,但是地上看守的尸体却似乎证明了狱长的话。只是,狱长怎么能够让乌鸦拿到自己的佩枪,并在他杀死一名看守后又将他制服呢?

乌鸦嘶哑着喊道:"我!我没有夺枪越狱!我没有,是你!"

狱长轻松地利用了乌鸦对突发事件反应不如自己灵敏的优势,他一脚踢在乌鸦的脑袋上:"哦?是吗?是我?原来是我夺你的枪并企图越狱?滚你妈的!乌鸦,你辜负了我对你的信任,老子要你的好看。他怎么样了?"最后一句话是对趴在门外看守身上检查的另一个看守说的。

那看守站起来,黯然摇摇头:"小刘是不行了。"

狱长转头对余学钧说道:"余中队,犯人企图夺枪越狱,并在越狱过程中杀害狱警的行为,监狱应该怎么处置?"不等回答,马上补充道:"我是说按照正常的监管程序。"

余学钧茫然地发怔,目光在周围看守的脸上游走,似乎是想寻求帮助。所有的看守都将头埋下,企图以向地上的死尸行注目礼的方式逃脱狱长的突击发问。狱长冷笑道:"你不知道是不是?余中队?还是你忘记了?"

余学钧道:"是……忘了。"

狱长以一种猫看待自己爪子中老鼠的神情看着余学钧,直到他也埋下头去。

"很好,"狱长宣布道,"暂时先把这个企图越狱的犯人扔进单人间,规则和那两个昨天晚上闹事的家伙一样,个许说话,不许出来,直到我认为需要的时候。至于这个因公殉职的看守同志,你们会很高兴听到我决定先暂时不要通报的决定,将尸体处理好,研究一下对策再说。"

他摆摆头,示意看守们带走乌鸦。他的脸上神气十足,充分显示了在这种情况下他高人一等的地位赋予他的权力。然后他示意众人散去,自己打着哈欠进了房间。事情处理得差不多了，乌鸦的问题，可以留给好奇的曾通以及险恶的侯风慢慢询问，他们也许是比自己更合适的询问者——至少曾通比自己更有耐心听乌鸦胡编乱造的故事。另外门外偷听的苍蝇被拍下来一只——并且最妙不过的是栽赃给了乌鸦——想必已经让那帮狗卵子方寸大乱。狱长轻松地躺下身来，有三十个小时不曾合眼，睡眠是不应该被一个明智的人拒绝的事情。

像森蚺监视自己栖息的那片雨林领地一样，在这接下来的一周里，狱长把时间全部耗费在检视巡查鹊山监狱的每根枝叶末梢上。按照他的性格，这项工作必然会被完成得一丝不苟，不放这个雨林中一丝一毫的细节。

狱长默默地走在甬道里，继续着在监狱里的巡视，他的步伐看上去似乎非常轻松，速度并不十分快。但事实上并非如此，这一点，一个星期以来照例跟在他屁股后面极不情愿的看守队长余学钧有充分的发言资格。也许狱长真的走得不快，但如果默不作声地在昏暗的甬道里这样一走就是一周七天、一天十来个小时，反复地视察曾经视察过无数遍的地方，任何一个心理正常的人都应该有枯燥的感觉。

当然，狱长从来不会认为自己的心理不正常。如果说有解释的话，比起跟班余学钧，他更有目的性，他知道他在干什么。借着狱长的外衣，巡查工作的借口像戈壁上的日落一样完美无瑕。在百羽和他的同伴看来，狱长的巡查似乎正是冲自己而来，而打架的事件也确实为狱长自己的活动在看守们面前提供了某种程度的掩护或者借口，但事实上，狱长到底在巡视什么，或者狱长每天在鹊山监狱里走来走去的目的到底是什么，只有他自己知道。

明显地，狱长感到了监狱里的气氛慢慢地、悄悄地发生着微妙的变化，看守们说话的语调和动作，走路的姿态，囚犯们工作时动作的频率，看着他到来时候的眼神，都渐渐变得和以前不大一样。对他来说，看到身边的人对自己越来越畏惧的目光未必不是好事，但事实上即使在夜里他悄悄查看——在跟班余学钧和被观察者不知道的情况下——气氛依然不同。狱长发现自己很难用语言来形容这种改变，如果硬要形容的话，那勉强可以算作是一种怪异的、增添了许多惊怖成分的恐慌。

狱长非常清楚自己是气氛改变的一个因素，但他不知道、也非常想知道，自己这个因素在整个原因中占多大的百分比。

鹊山监狱的厨房坐落在最靠近监狱操场的一条甬道上，厨房里有为数不多的可以和外界交换空气的通风口,以防止做饭的人员因为火炉而窒息。

这是今天第几次来到厨房？余学钧自己也数不清楚,也不想数清楚。他现在唯一想做的就是躺回自己温暖的炕上,狠狠地睡上他妈的一觉,让自己抽筋的双腿和发胀的双脚好好休息一下。他从背侧面恶狠狠地瞪着狱长,狱长依然木着脸,唯有眼睛四下活动。这是一个星期以来,每天巡视的时候他都有的表情——如果这样也能被称为表情的话。有时候他发现自己其实很佩服狱长的耐力和坚韧的精神。无数次的观察巡视既毫无发现也没有结论,狱长根本不对他解释任何事情。他无数次试图询问狱长巡视的结果或者何时停止这项天杀的工作,回答不是冷冰冰的几个奚落自己的字,就是冷嘲热讽的大段言语嘲笑自己的无能。这以至于让他告假请退的借口也不敢说出口了。

而他自己心里清楚,告假请退是不可能的,他必须——不管狱长是否这样要求,虽然狱长确实这样做了——跟着狱长。

正是做饭时间,几个挑选出的犯人慢吞吞地在厨房里分头行事,即使狱长前来,也似乎没有改变他们的效率。在一旁监视的看守见到狱长来了,如同两个小时前一样,向狱长点头致意。狱长缓慢地点点头表示回应,他的目光盯在了正在往炉子里添煤球的囚犯身上。

"你,"他指着那囚犯,食指稍稍往后勾了勾,"过来。"

那囚犯看了看狱长,又看了看监视他的看守,他有些不知所措地将手里的东西放下,走了过来。

狱长注视着这个囚犯好一会儿,这个囚犯个子很小,两只手却很长。弯得像被人砍了一刀的丑脸上和别人一样黄皮寡瘦。狱长并不急于说话,一直到对方局促不安地将和他刚才放下的东西一样黑的手在衣服上擦了又擦,他才开口问道:"昨天没有看见你,你叫什么名字?"

"凌超。"

"昨天那个烧煤的人呢?"

一旁的看守说道:"报告狱长,昨天烧煤的那个家伙病了。"

余学钧连连向这个冒失的看守使眼色,但已经来不及了。

狱长转过头来:"你最好记住下面两点。第一,我在和别人说话的时候,你最好不要出声。如果我认为有必要考虑你的意见,我会告诉你什么时候说话;第二,如果你的表达能力有你自己想象的强，我可以考虑推荐你去参加演讲比赛，但遗憾的是你没有。"说完他回过头来，继续对凌超问道："昨天那个人呢？"

凌超尽量让自己不去注意狱长背后给那个冒失的看守打手势的余学钧，勉强说道："昨天那个人病了。"

"病得重么？"

"还行。"

狱长的眉毛竖了起来："还行怎么会起不来？难道就因为他一点点毛病就要让我们大家都饿死或者吃生面团么？"

凌超勉强道："还，有点严重。"

狱长点点头："有点严重，好得了么？还能活多久？"

"这……也许几天就好了。"

狱长道："如果他好了，让他来见我。知道为什么？"

凌超连连摇头。

狱长嘿嘿一笑："也许我想请教他添煤球的功夫，然后再传授给你，你的手再这样连续烫伤下去也许一个星期之后你就能欣赏自己的手骨架了。这可不是每个人都能有的机会，好好珍惜，努力干吧。"

凌超看了一眼自己被烫伤的手，不敢再说什么。不料狱长忽然和颜悦色道："第一次干这活儿吧？"

"是。"

"一次能背动多少煤球呢你？"

"没，没背过，不知道。"

"谁有背过呢？"

凌超摇摇头表示不知道。于是狱长回头对刚才那个冒失打断他说话的看守道："该你了。告诉我，你一次能背动多少煤球？一百斤？两百斤？"

那看守摇摇头："我也没背过。"

"那么，"狱长提高音量，对厨房里所有的囚犯和看守说，"你们谁能告诉我，谁背过煤球了？"

所有人都瞠目结舌，不知道如何回答这个问题。

狱长脸上挂着春风般的微笑，只有火炉的闪光在他的眼睛里如同针尖一般一闪一闪:"也许你们都不喜欢背煤球,认为黑色不吉利?那么选个白色的,你们谁能告诉我,谁背过面粉?"

依然没有人回答。

狱长愉快地笑了,他转身欲走,忽然想起什么,又拍拍那看守的肩膀:"你不错。以后你要天天烧煤球,直到你的手变成骷髅为止。"

余学钧忽然说道:"我想起来了,背东西的是在外面看大门的人。就是,甬道另外一边的人。"

狱长笑道:"你想起来了?"

"是的。"余学钧尽量让自己看起来自然。

"是吗?"狱长丢下这两个字,扬长而去。他没有看到,在他的背后余学钧对着厨房里所有的人怒目而视。

狱长非常满意自己发现了这个问题。经过前段时间的策划,鹛山监狱的所有犯人都被他严格按照其个人能力——这是经过严格的档案研究决定的——划分成各个不同的劳动小组,这个生病的添炉犯人怎么会有如此一个非常不称职的替补?

并不仅仅如此,更为重要的问题是,在厨房里干活的人,竟然没有人见过有谁背进来煤球和面粉。尽管隔壁储藏室墙角的煤球堆积如山,尽管成百个装满面粉的大口袋堆到了天花板,可是,如果没有人运进来的话,难道它们是地上长出来的?

食物还能维持多久?什么时候才有另外的食物以及其他像煤球一样的必需品被运送进来?谁去运送?这些问题即便是他这个鹛山监狱的最高权力长官都不知道。

狱长相信,是让侯风和曾通出动的时候了。

然而,那天晚上,狱长却没有睡好。

不知怎么的,脑袋里反复出现着监狱的路线图。狱长不停地回想着监狱甬道的方向,回忆自己来时的路线,却发现怎么想怎么不对。上回出去探路的时候,狱长本是想给自己留条后路,察看下到外面的距离有多远,以备不时之需。这个想法,当然不能和侯风或者曾通提及,他只有隐秘地在黑暗中悄悄地找寻。他发现怎么也找不到那条路,或者,那条路的方向和他之前的记忆并不符合。

这是怎么回事呢?

"他妈的,该怎么办呢?怎么出去呢?"狱长喃喃道。

炕，不知道为什么，让人感觉极端不舒服。很冷的感觉，但一摸上去，却又是热乎乎的，是自己的体温带来的。这段时间气温在鹊山监狱迅速地下降，尤其是在夜间，但那只是在甬道外面，还没有波及到甬道里来。在甬道里一年四季不分黑夜白昼的昏暗油灯照射下，由于空气并不通畅，所以还很好地保持了热度。

他伸手摸了摸，炕没有异状。但睡上去，总是有股透心的冰冷。似乎除了自己的手，身体的其他部分对炕的热度没有了正常的感觉。这真是怪事。

他在炕上辗转反侧，忽醒忽眠，睡得极不踏实。总是觉得有什么地方不对，却又说不出是什么。这不是他的作风。睡不着的时候，他总是起床，做点事情，比如看看书或者想想事情，但他又确实很想睡。到最后，他干脆难受得将枕头狠狠地扔在地上，将人埋进被子里，头贴在炕上，紧闭着眼睛，指望自己能好好地入睡。

半梦半醒之间，他听到有人在说话。他知道，是看守们在甬道里走过的声音。天亮了，他们起来了。一夜就这样过去，让人实在不甘心。

不，不是看守们的声音，天还没亮。他睁开双眼，是梦而已。他什么时候会如此焦躁不安了？

门外并没有任何动静，一切都如同世界死亡之后那样寂静。鹊山监狱里，一点点异常的动静，都会被四周的甬道壁反射得非常大声，并被反射得无限远。由于没有任何背景噪音，所以一个人如果走过来，很难将那微弱的脚步声掩盖住。那个在门外偷听的看守就是这样被狱长发现的。那是他运气不好，在乌鸦来到他房间的时候，他就知道他们会来偷听。普通来的第一次他就察觉了。

乌鸦？乌鸦似乎说过这里说话不安全，他怎么知道有人在监听？

狱长想翻身坐起来思索这个问题的原因是炕的冰冷实在让人难以容忍，但更强烈的倦意阻止了他这样做，他依然躺在床上。

门外仍然没有什么动静。虚开眼睛，门上子弹穿的孔已经让余学钧他们补好了，看不见外面。屋角的油灯似乎快没油了，在发出噼啵的声音，火光一跳一跳，让自己的影子也跟着一跳一跳的，似乎有自己的生命了一样。

在半梦半醒的时候，狱长的意志似乎也薄弱起来，他将被子裹在身上，以抵抗炕的冰冷。对分析事物，他似乎不那么在行，也不那么有信心了。

乌鸦……乌鸦跟偷听我的看守会是一伙人么？也许有可能……这能解释在所谓的打架事件中乌鸦为什么身上没有伤痕……那根本就是看守们干的，他们将百羽一伙踢了一顿,然后送乌鸦来见我……可是,为什么乌鸦要来见我? 还有,乌鸦为什么要告诉我有人在偷听?

这似乎又说明乌鸦和看守不是一伙的,他妈的……

油灯还在跳,"噼……噼……噼……噼……"跳得让人心烦意乱。昨天是谁给加的灯油? 居然不给我加! 我要弄死这狗崽子。

房间里没有灯油,灯油在厨房里。我总不可能现在跑到厨房去找灯油吧。

厨房……粮食居然没有人运进来,真是奇怪……这样的消耗品……按每天一人一斤面粉计算,一天要消耗一袋多一点,储物间里有多少袋? 储物间很大,也很少有人进去,我似乎只去过一次……如果没有一千袋,不,即使一千袋,也应该只能支持两年多一点,而这些人最近来的也有五年,但依然没有人知道粮食是怎么来的……

油灯也许接近枯竭了,连油灯跳动的声音也变了调,变成"噼丝……噼丝……噼丝……噼丝……"

即将枯竭熄灭的油灯发出的响声,如同是一个濒临死亡的人在地狱的悬崖边上拼命挣扎着反复喊出的最后一句话。

狱长努力地听着,分辨着,尽量让自己听清楚这两个字。有时候这两个字微弱得不可思议,断断续续,仿佛被很远很远的风吹来;有时候又洪亮得强壮,迅速而尖锐,仿佛是火光中的巫师在全身燃烧时说出的最后一句诅咒。二者之间毫无规律可循,唯一确定的是它们确实是相同的两个字,两个活生生的,似乎有自己生命的字眼……还有,它们带来的一种毛茸茸的蠕动的感觉。

噼丝?

也许是,壁丝?

壁死?

这有什么意思呢?

或者是,必死?

必死!

那沙哑的声音时断时续,忽高忽低,飘荡在房间里,仿佛是噩梦里用耳语呢喃最恶毒的诅咒:"必死……必死……必死……必死……"

在一瞬间他几乎窒息了。仿佛有一只看不见的手扼住了他的喉咙,让他喘不过气来。耳膜上忽然传来鼓点般跳动的心跳,伴随着这两个让人不敢动弹的字眼。

大地的谎言 | 085

油灯啵的一声，又恢复了正常，不再跳动。

狱长腾地跳下炕，在这一瞬间，他觉得也许油灯从来没有跳动过。他很快就验证了自己这个想法的正确性——他冲过去一看，灯油只烧了不到五分之一。

如果不是灯油，那么会是灯芯吗？狱长仔细地观察着灯芯，它是白麻线搓的，没有任何值得怀疑的地方。

油灯？油灯里的恶魔似乎是阿拉丁神话。这样的事情如果告诉侯风，定然会被他大大讥讽一番，他早就想有这个机会了。

可是，如果是曾通呢？曾通说过的，油灯，还有，油灯下的影子。他回头看了下自己的影子，似乎并没有什么怪异的现象。

睡意被彻底地赶跑了。狱长重新回到炕上，半躺着，用手支着下巴，陷入深深的思维的迷宫里。

必死，这两个字，到底是自己的幻觉，还是真的出现过？或者，根本就不是油灯，而是其他什么东西发出的？

在黑暗中迷路的时候，在遇到不可思议之事的时候，曾通有听见过油灯发出的声音吗？

没有人知道狱长的大脑里在盘算着什么，但如果有人看到他的话，会发现这个眼睛不断闪烁，却窝在角落里一动也不动的男人身上渐渐发出一股怪异的气息，一股透露出杀戮的气息。慢慢地，狱长带着杀气渐渐笑了。模式成立了，所有的情节都合拢了，他想道，这个游戏差不多是高潮的时候了。

第二天，狱长正在吃早饭的时候，侯风与曾通就来了，他们来得比狱长料想中早了许多，这时候大多数看守和犯人都还在眼巴巴地盼望着下午的放风。狱长一夜未曾合眼，他在一个本子上唰唰地写着什么，直到轮班的看守将他们带了进来才合上本子。

"狱长，这两个人说是想通了，说想要见你，请你给他们一次机会。"

狱长点点头，让两人进来。狱长尚未坐稳，那看守又道："还有那个乌鸦，他说他也想通了……"

狱长瞄了一眼曾通和侯风，发现两人竟然同时对他微微摇头。咦？这两人怎么会同时这么默契？难道乌鸦说了什么得罪他们的话不成？狱长板着脸道："你回去将他看好。我现在没空听他胡说八道，让他再多反省反省。"

看守退出去将门掩好，侯风马上一屁股坐了下来，曾通也有样学样，似乎两人都认为自己有这样的权力。狱长左右打量侯风和曾通,两人的眼圈又肿又黑,仿佛彻夜未眠,狱长知道自己未必好得到哪里去,于是他说:"怎样?你们反省好了么?谁先说?"

侯风责无旁贷地开口道:"我先说。在我开始反省我企图越狱的罪行之前,狱长,我要向您反应一下监狱里的一些违反人权的情况。众所周知,监狱作为国家执法机构的一个重要组成部分,最需要做到对法律的遵守以及对……"

"省省吧你。"狱长一边接过曾通递过来的记录两人谈话的纸,一边不耐烦地打断侯风看起来刚刚开了个头、下面跟着明显又是长篇大论的废话。他一挥手拍拍腰间的老枪:"没人会再有那么大的胆子。直接说。乌鸦怎么说?"

侯风哈哈一笑:"乌鸦?他现在肯定一万个不情愿我们抛下他不管了,也许他正在想办法自杀。"

"哦?"狱长抬抬眉毛,他敏锐地察觉到一旁的曾通脸上晃过一丝不安,"那么,我从头说起。不过,在这之前,我觉得有必要更正我原来对跟踪我们的人的观点。"

曾通忍不住插话:"什么观点?"

狱长瞟了侯风一眼,很明显,这个侯风并没有耐心和曾通这样明显智力不如他的人做什么回顾。他道:"那天我们夜探之后,我刻意将我们的谈话内容放在桌上,好让你带回去看,但你遗漏了两张最重要的、上面包含了我们对于事情分析的纸。简单点说,那天的计划是我让你和侯风以越狱的名义去探路,我跟随在你们后面。而后侯风离开你,其实是绕个圈子跟在我后面。一直以来我都察觉有人在盯我的梢,这样可以让我们查出是谁在跟踪我。那天发生的事情说明,在甬道里前进的不止我们三人,你在最前面,我跟在你后面,侯风在我后面。"

曾通直听得寒毛倒竖:"可是,后来呢?"

"后来侯风抛下你,去把迷宫地道里的标记弄混。然后你和我之间,也就是你的背后出现了一个人。我一开始以为那是你,结果跟着他走岔了路。他没有办法辨识侯风故意弄混的标记,胡乱走着,结果他最终也没有能跟踪到你,就自己回来了。后来侯风从后面追上我告诉我情况不对,我才意识到那个是你。再后来他似乎发觉了我们的存在,但是我们也没有能追上他。"

曾通面色惨白地听着,看得出来他不愿意回想起那天在甬道里的一幕幕让人心里发毛的事件。狱长毫不理会他的心理承受能力,接着说道:"所以,那天在甬道里的顺序是这样的:你——跟踪者——我——侯风。这个 X 先生自己认识回来的路。从这一点上判断，他是个很熟悉监狱内部构造的人，我和侯风的分析是，那是个看守。后来我们回来之后，他又来偷听，但是被我们发觉了。我们出去也没能追上他，很可能他是偷听我和乌鸦被我打死的那个，叫刘什么来着？本来我以为会是马宣，这证明他们不止一个人——这事儿你们都听说了吧？嗯？"

侯风点头道："对，这个该死的鸡巴监狱看起来密不透风，其实什么鸟动静都能马上传遍每个人的耳朵。那个看守被你打死了——顺便说一句，我操，我也他妈不在乎或者很乐意拧断随便哪个看守的脖子——但是这跟我们的推论有出入了。这就是我想更正我的观点的原因之一。那天跟着曾通的那个神秘先生不是看守，更不会是你亲手了结的那个幸运的叫刘什么的家伙。"

狱长一扬眉毛："说说看。"

"我们的推论，有一个严重的漏洞。你说过，是有人盯梢，但那是跟踪你。但是事实上我他妈的跟了你半天，屁影子也没一个，倒是有人在盯曾通的梢。为什么他不跟踪你，而是跟踪曾通？或者，他有没有发觉跟踪的人不是你？"

狱长颔首道："我在听。"

"在给你一个明确的、我推论出的答案之前，我认为我需要告诉你我的证据的由来，证据来源于这一周以来发生的事情。事实上，正是这些事情，当然也包括你枪毙了一个看守，让我发现我们想错了。我想当我告诉你所有的事情之后，你也会同意我的看法。"

狱长双手合拢，向后一仰，将两条腿抬起来放在桌上："听起来是个相当长的故事，讲吧。"他微微眯着眼睛。

"从那天我们关禁闭开始。那天我们进去之后，我故意撩拨那个马宣……"

马宣在侯风身上发泄了聚积已久的郁闷。在他看来，充分利用手中没有电池的电棒是件鹊山监狱里稀有的、能将没有本质差别的看守和囚犯区别开来的事情。说不上有多开心，只不过让自己活动活动筋骨而已。

那回偶然听到狱长喜欢喝茶，便从仓库里翻腾出一包茶叶，狱长果然对自己改颜相向，总是让他做最重要的工作，总是把最重要的任务交给自己处理。比方说，这回看管这两个不知好歹企图越狱的犯人。尽管他得到过消息，这个侯风是非常了不起不能得罪的角色，但他并不在意，他更在意的是狱长对侯风表现出的那种隐隐约约的反感。

至于曾通，那大不相同，马宣相信自己眼睛并不太坏，至少狱长对曾通有不少好感是绝对不会看错的。所以对待曾通，他不由得谨小慎微起来。

他以为，狱长将他们交给自己看管，这是狱长对他信任的表示。至于吴仲达，那是顺带捎上的，以便让他好轮换休息。

那个侯风被自己狠狠地教训了一回，恐怕没有什么胆子闹事了。哼，其实这是救了他。越狱？谁能真的越过外面的大戈壁了？

马宣这样想了一回，就靠在墙边，开始打盹。他不知道，他教训的侯风正潜伏在后面油灯照不到的死角，距他只有几步之遥。

侯风观察了一会儿马宣，确定他已经睡着。他回身走到曾通的门口，看见曾通也躺在炕上没有声息，不由摇了摇头。不知道他是厌恶曾通实在缺乏应对事情的能力，还是称赞他良好的睡眠。不管怎样，他拿出狱长安排给的钥匙，打开门走了进去。

曾通依然在床上毫无动静，这个小子，就算现在自己一掌斩断他的脖子，他也糊里糊涂不知道到底是怎么死的。侯风将曾通摇晃两下，待他醒来。

曾通迷糊中睁开眼睛，看见侯风正矗立在面前对着自己冷笑。很快他就想起是怎么回事。“怎么？”他轻声问。

“这是你看到的？”侯风压低声音到耳语的程度，他摇晃着曾通写的自己在甬道里迷路经历的纸。纸张在昏暗中轻轻地哗啦作响。

“是我写的。”

“屁话！难不成是老子写的？”侯风觉得自己的耐心在一点一点地消逝，“我问你！是不是你看到的？”

“是。”

侯风叹了口气，尽管没有太大的希望，他还是觉得值得一试。他跳上炕盘腿坐下，说：“现在去把那盏油灯拿过来。我们在这里复原今天走过的路。”他拿出纸和笔。

曾通惊讶于在自己已经困得睁不开眼睛的时候，而侯风却似乎还有无限的精力。要知道，他和侯风这天晚上干着同样的事情。他不知道的是，狱长此时也同样没有入睡，而在大脑里飞快地盘算着他的计划。

今天走过的路？他尽量想象自己忽然升起，飘浮在空中，眼睛穿透光秃的山和悬崖，一直看到甬道里昼夜不分一直长明的油灯点点连成的线。在刚开始，似乎是那么回事。但那是因为这些都是平常自己走过的，也是所有犯人看守熟悉的甬道。很快，进了岔路……

　　侯风也在做同样的事情。估算方向是一回事,精确地回忆起走过的距离又完全是另一回事。即便是精力旺盛记忆强大的侯风,要准确地回忆起每一个岔路,每一条走过的路的距离,也是非常困难的。

　　和曾通的情况几乎一样,走进岔路之后,记忆开始模糊而捉摸不定。即便是一条短短的、几十米长的甬道,也够让他回想半天。这是件非常不容易做到精确的工作,而偏偏这个工作最需要做到精确,因为一个岔路的遗漏,可能导致之后的整个回忆成为一堆废纸。而现在,却又不可能重新回去——一对应。

　　终于侯风率先完成了回忆,他拿出狱长的地图对照。由于自己只走过一些路,所以画出的是一条线,而地图上面则是一片蛛网。嗯,刚开始的时候,一条小而短的甬道,这是自己住的地方。通过去是一条交通甬道,往北走是有去外面操场的出口,而往西一条通道通往主干甬道。这里是一间很大的空房间,据说可以开会,往南有一条小甬道朝西,再朝西是另一条通道通往厨房,他们没有走厨房,而是朝里走……

　　这些肯定是平常犯人和看守经常走动出没的地带。自己虽然才来一天,画得几乎跟狱长的地图一模一样,他得意地笑笑,脑袋里对自己的记忆力大大赞赏一番。纸张不够大,他拿出自己画的第二张纸:然后再朝里走,那里有一条岔路,是小小的上坡,他记得在这里他和曾通曾经停顿了一下,因为需要等到狱长从后面赶来。曾通当然不会注意到狱长曾在这里潜伏到他们背后的阴影里。然后再朝里走,拐了一个弯,是三个岔路……

　　看着看着,侯风慢慢地笑不出来了。之后的路,自己的回忆开始和地图慢慢变得不一致。刚开始的时候还是小小的误差,侯风尽量做着修正。但很快他连这个工作都放弃了,因为后面的偏差越来越大,最后几乎根本完全不一样。

　　狱长说过,地图似乎不完整,而且有差错。可是,怎么会错成这样? 自己如果出错,还有记忆出错的借口。只要是一个智商正常的人,画出的地图应该就非常相近。侯风急于验证自己的记忆,他看看曾通。

　　曾通正苦恼地咬着笔发愣。他画到了自己迷路的地方。

　　也就是说,他在自己的记忆里,再一次走到一个让他不寒而栗的甬道里。恐怖的阴影,为他指路的影子,不符合光学原理的影子投射,迷宫里反复出现的侯风留下的符号……他一身冰冷,汗水不断从他全身没有体温的毛孔里渗出,脸上湿漉漉的,如同被恶魔的舌头舔过一样。他颤抖着用笔画到了侯风丢下他的地方,然后一路往前——那是自己的阴影给自己指的方向——那是一路油灯熄灭的黑暗之路。

侯风全然没有注意到这些,他皱着眉将曾通手里的纸张拿过来,将曾通回忆的甬道和自己的对照。除开没有考虑距离因素,在刚开始的时候,基本上两人一致。曾通能画对当然有他在这里生活过一段时间的因素。但到了后来,就越发乱起来,不仅和地图不一致,和侯风的回忆也完全不一致。

侯风觉得今天自己忽然有自从十八岁以来再也没有过的、难得的好耐心。他仔细地看着曾通的地图,对这样的情况早已有了心理准备。他不奢望曾通的回忆能有多少准确的成分,他只是想看看其中有没有什么可以值得他参考、激发并让他回忆起更多东西的线索。但慢慢地他失望了。这个曾通不仅仅是对距离缺乏足够的直观印象,而且绝对是一个没什么方向感的家伙。到后来,甚至连东南西北,甚至连简单的左拐右拐都不清楚。比如说这样一个地方,明明是自己一个右拐、然后扔下他的地方,他没有回转,却一路往里走!真是废物!他记得很清楚,那里的油灯熄灭了,不可能再往里走。他想起曾通在纸上描述的东西,不由恼怒起来。但曾通绝对看不出这一点,因为这时候侯风的脸上挂着微笑。

侯风问道:“这里,就是你宣称自己迷路的地方?就是你说的你的什么鸡巴影子指路的地方?”

曾通点点头,侯风出奇的好态度让他感到有点惶恐。

“你确定你没有产生幻觉?”

“没有,”曾通点点头,又缓缓摇摇头,“不,不知道。”

侯风越发笑得开朗起来:“不知道是指你有产生过幻觉?还是没有?你真的从那条黑路里走过来的?那里真的有我画的标记?”

“对!”这一点,曾通很肯定,他不会把这一点记错。

“那么,你在我抛下你之后,往原路退回的时候是迷路了?你真的是按照我留下的标记走的?”

“我不知道你的标记是左是右,有时候,你……”

“废话!”侯风狠狠一拳头砸在曾通头上,曾通没有任何抵抗就倒了下去,但很快就又支了起来。侯风没有用力,也没有这个必要。“我记得我不曾在甬道里砸过你的头,你是用头撞过墙还是怎么?我们一路往西走,你再往西居然也能走回来?难不成你操他老娘的是从地球那边绕回来的？"

"那是……往西？"

"算了，"侯风挥挥手，他认为要教会曾通东南西北这四个方向的概念是太复杂了些。他继续埋头看着曾通乱七八糟的地图，这都是些什么东西？居然绕了一圈又自己跑回来，一个死循环。更可笑的是有的十字路口是走了两遍，一遍走的是东西方向，一遍走的是南北方向。侯风开始觉得自己的脑袋也糊涂起来。这真他妈是近朱者赤近墨者黑，竟然被这个白痴影响了，也不知道弱智会不会传染。

"侯……侯……风。"又被侯风揍了，曾通渐渐恢复了第一次与侯风这么近距离时的畏惧。

"什么？有鸡巴屁快放。"侯风没好气的。

"可不可以问你个问题？"

"不可以。"侯风放下笔，两人的路线完全对不上。这算什么呢？这个曾通也许很笨，但是如果路线完全不相同的话……有没有可能是另一种情况？比如说……还有另外一条路回来？侯风重新将目光投向曾通。这是个新的思路，完全有这个可能——也许鹊山监狱里的路是四通八达的，或者至少有一小部分是相通的，那么这样做的目的何在呢？

曾通见侯风目光炯炯地瞪着自己，以为他又要发难，可是等待良久却始终不见他动静，他大着胆子问："你那标记，到底是左是右……"

侯风一边让自己思考，一边信口回答说道："什么标记是左是右，那骗的就是你这样的白痴。标记就是标记，越是简单的东西就越容易让人迷糊。我故意将标记做得好像有指示方向的意味，一会儿在左，一会儿在右，其实那不过是幌子。标记唯一的用途就是在我们前进的时候，如果又看到了标记，那说明我们迷路了。如果我们往回走，那没看到是迷路了。每走一百步，我就画一个。你说往回走的时候看到了我的标记，那很正常。"

"可那条路——没有油灯？"

"没有油灯？我知道。那条死路里当然没有油灯。"那么荒僻的地方，谁那么鸡巴有好心情修那么大一个工程？不，不，从工程量来看，其实也不算大，如果有称手的工具的话，一百来号人也能修成……

"不，是有油灯，灯里也有足够的灯油。是被人故意熄灭的。"

"哼,那又怎样?"甬道绝大多数地方都不平整,意味着修建得很粗糙。也许本来修的时候就没有考虑修得有多平整。那么修这个东西,目的何在? 也许这里本身不是监狱,那么这么复杂的甬道是为了什么呢? 采矿? 战备基地? 也都不像……

"那里虽然很黑,但其实也不过是甬道。里面也有你留下的标记。你不觉得奇怪吗? 我迷路的后面有你留下的标记,前面也有你留下的标记? 而且前面的油灯被人为弄熄了。"

"奇怪?"侯风回过头来,"你说什么奇怪? 什么前面后面油灯的?"

曾通将话重复一遍,侯风大吃一惊。

"你说什么? 前面也有我做的标记! 我可从来没有去过那里。"

曾通瞠目结舌,说不出话来。侯风忽然道:"等等,你记得的都是些什么标记?"

曾通尽量回想,用笔在纸上涂抹着:"就是简单的图画,一个圈啊,一个叉啊,一个十字,一个箭头,三角形,还有汉字,不过,都是些我不认识的字,似乎是小篆……"

"小篆?"侯风大惊失色,"我从来没有写过这玩意儿,我压根就不会。你在哪里看到的?"

"就在……那条被弄熄的甬道。"

侯风一拍脑袋,瞬间明白过来是怎么回事。"原来如此,原来如此……"他喃喃道。

"什么?"

"你还不明白? 我们被人玩儿了!"

"什么被人玩儿了?"曾通更加困惑起来。

"我从来没有画什么汉字,而这个汉字出现了。我问你,你以前看见过吗? 没注意? 哼,我就知道。跟你说也是白说。"侯风懒得理会曾通了。他在心里盘算着,狱长的计划是个典型的反跟踪计划:自己跟踪别人,让一个同伙来跟踪自己。事实上他们也确实发现了有人在跟踪他们,只不过是在跟踪曾通,而不是狱长和自己。狱长和自己的结论是这个跟踪曾通的 X 发现了自己被狱长和自己反跟踪,于是逃了回来。既然如此,那么这个多余的小篆符号,必然是 X 先生画的了。他一定一早就开始跟踪狱长,然后狱长跟着曾通和自己,自己扔下曾通,绕到狱长背后。而那个 X 一定也看见了侯风做的标记,于是也有样学样,企图混淆方向——确实混淆了曾通的方向,因为那时候曾通还不知道标记的含义。

侯风在纸上做着笔记:

殴打曾通之前甬道里众人的顺序是：

自己和曾通——狱长——X

之后自己躲了起来，直到狱长超越自己，所以顺序是：

曾通——X——狱长——自己

可是，这个理论的漏洞是，这个 X 是什么时候超越了狱长，直接跟随曾通的？侯风记得很清楚，自己一直在一条没有油灯的黑暗甬道口隐蔽着，等待看到狱长走过许久才跟了出来，并没有看到有其他人的存在。

看着侯风在纸上的图画，曾通也若有所悟，他说："有没有可能……有没有可能是你也迷路了？"

"放屁！"侯风想按住这个白痴的脑袋狠狠地撞向墙壁，"就算我也迷路了，狱长能他妈的迷路么？就算狱长也迷路了，我们俩一直在一起的，岂能不知道？我操，拜托你不要以为你有接近于零的智商就以此断定全世界都跟你一样！"

"那……那……"

"那说明，盯梢的人不止一个！不仅有 X，还有 Y，甚至还有 Z 什么的也说不一定。"侯风道，"我在想，为什么在我和狱长都没有发觉的情况下，跟在最后的 X 可以超越狱长和老子我，去跟踪你。这是他妈的不可能的事情！因为我一直跟在狱长后面。所以这个 X 根本就没有超越狱长和我，这个 X 一直在我们后面！当我们跟踪这个我们以为的 X，并错把他当作你的时候，他其实是 Y！他发觉了我们的跟踪，于是逃了回来。"他在纸上重新画了一遍顺序：

曾通——Y——狱长和侯风——X

侯风心里忽然涌出一种不可名状的感觉，在甬道深处，自己跟踪监视别人那就罢了。但如果独自一人走在黑暗中，背后却有一个不知名的 X 的时候，那确实不是什么良善的感觉。

曾通道："你们什么时候跟丢我的？我是说，那个 Y，怎么可能突然之间冒出来？"

侯风点点头，觉得这个曾通还没有蠢到家。这确实是个问题："我将你丢下之后，按原路返回，走了不到两百米就躲了起来，直到狱长从我面前经过。我等了许久，发现并没有人跟踪狱长，才自己出来接着跟踪狱长。问题就出在这里。这时候你想必已经开始往回走了，这是你迷路的开始。狱长就在这时候跟丢你的。后来他越走越近，我也越走越近，我们俩会合后，他跟的这个人——这个 Y，被我们发现分明不是你。也许是我们走得太靠近了，也许是我们太心急于看看他到底是谁，反正被他发现了。那家伙撒腿就跑，他熟悉道路，我们一路跑回来也没有追上。至于狱长怎么跟丢的你，那要问他自己。"

……

"等等！"狱长打断侯风的回忆，"按照你的理论，那么其实你没有发现那个我们后面的X？我们后面为什么一定要有一个X？为什么不能只有一个Y或者X？"

"这样的话就没法解释他怎么会在曾通迷路的时候突然出现。没有道理这个人一直潜藏在甬道深处专门好心等着为迷路的囚犯或者狱长带路。"侯风略带讽刺地说。毫无疑问，狱长跟丢了曾通让他颇为不屑。

"那么按照你的理论，这个Y是怎么出来的？我是说，在X存在的前提下？"

"X和Y是一伙的，虽然我们不会有什么有力的证据来证明这个事情，但我想这一点大家都能达成共识。"见狱长点头，侯风接着说道，"你不是从曾通迷路的时候才跟丢了，是最先开始就跟错了人。这是我后来才想到的。在我和曾通出来的时候，X和Y跟上了我们，你在约定地点后面发现并跟踪的并不是我们，而是X和Y。当我扔下曾通之后，X和Y也分头行动，他们一人盯我，一人跟着曾通。当我潜伏起来之后，Y也潜伏起来，直到你出现，你向前走跟着的是曾通后面的X，我跟着你，Y仍然跟着我。所以那天甬道里众人的顺序应该是这样。"

侯风一边说，一边在纸上画出众人的顺序：

之前：

曾通和侯风——X和Y——狱长

之后：

曾通——X——狱长——侯风——Y

侯风接着道："当我想到这里的时候，曾通的一句话提醒了我。小篆！他说他看见过有人在我从来没有到过的甬道墙角画的汉字。我非常清楚我用过的标记，没有小篆。这说明他们在企图混淆我们的视线，企图让我们，最主要的是让曾通迷路——因为我当然知道我的笔迹。这个人不大可能是X，他一直在曾通后面；也不大可能是Y，他必须要避免被我发现，何况也没有理由放弃我们。所以，更有可能的是，那天在监狱里不仅有X和Y，还有一个Z，正是这个Z在混淆视线。这个Z，我们一直都没有发现他的存在，但他留下的标记却让曾通发现了。"

狱长挠挠头:"他混淆什么视线?事实上曾通刚开始迷路,但最后确实是回来了。你怎么解释这个事情?另外,你的意思是说,我跟错了人,而你也没有发现跟踪的人。你这套理论在逻辑上说得过去,但是有一个问题。你把那帮狗卵子看得太高,他们没有你想象的这么精明强干。别说正因为如此所以你断定他们不是看守,这是一个假设证明另一个假设的愚蠢行为。他们跟踪我们却没有做出任何实质性的行动,反而,他们其中一个还好心给曾通指路。那么,他们这样做的理由何在呢?同样的,就算是这样,这三个神秘的 X、Y 和 Z 确实存在,你也没有说出他们不是看守的理由。"

"我还没有把这个星期的事情说完。"

"还没完?"

侯风看向曾通,曾通也看向侯风,两人对视一眼。侯风说:"没完。不,是事情还没有真正开始……"

"毫无收获!"终于侯风放下手中的纸,下了这么一个结论。曾通张口结舌说不出话来,就在上一分钟,侯风才分析出在甬道里跟踪他们的可疑人物的情况,怎么转瞬间又说是毫无收获?曾通想不明白,他只明白了一件事情:凭他自己的脑力是根本无法应对这样的事情,更不要说是尝试分析。他更明白的是,不管脑力还是体力,他都远远不是这个侯风的对手,这个侯风可以随时像捻死一只蚂蚁一样随意弄死他,或者,如果侯风愿意的话,可以彻底地玩死他。

侯风注视着曾通,见他一脸白痴般茫然不知所措,不由笑了出来:"瞅啥?不是毫无收获是什么?"

"可是你刚刚……"

"我问你,今天我们晚上出去,首要目的是什么?"

"是……狱长说的,他被人监视……"

侯风打断了他的话:"你他妈长点脑子好不好?我们今天的首要目的是出来探路的!什么叫探路?不知道?我操我怎么遇到你这种蠢材了?熟悉环境,摸清路线,好在需要的时候加以利用。明白不?我们今天在探路这件事情上根本毫无收获!我们回忆的路线根本就驴唇不对马嘴,没有一丁点参考价值。知道现在该干什么吗?"

曾通摇摇头,侯风取出记载曾通这天晚上经历的纸:"现在,我认为是解决你的精神疾病的时候——"

"沙……"

一种奇怪的声音同时传进两人的耳朵,两人同时抬起头看着对方。那声音仿佛是从遥远的黑暗之中传来,充分引诱出一个人心底深处能有的最邪恶的联想。曾通只觉自己的心里仿佛有一口废弃百年的荒井,井黑色的大口狰狞地张开着,一股巨大的如同井水一般充沛的冰凉透过他的全身每一寸皮肤。

在凭空的想象中,那似乎是一种极缓极缓极缓的脚步声。但是,如果是对照人走路的声音的话,会马上发觉两者之间有很大的区别。

良久,没有更多的声音。侯风缓缓拿起笔,尽量不发出任何声音地写道:"别出声,你刚才听到了?"

"是。"

"以前听到过没有?"

"没有。"

"有其他人提起过吗?"

"没有。"

侯风点点头,他慢慢站起身来,从侧面走向门上的透气孔。在他的视野里,透气孔慢慢地变大,自己的阴影挡住了屋内油灯的光线,他站住了,好让自己的瞳孔略微收缩以适应外面甬道的黑暗。渐渐地他看清楚了外面的甬道,以及对面那个黑暗的,没有人居住的空房间。

侯风非常清楚自己在做什么,既然自己和曾通同时听到,那么说明都没有听错,那声音确实存在。曾通以前没有听到过,而且也没有人提起过,那说明不是什么动物或者自然现象。另一方面,说明这声音是针对自己,特别是针对自己一行今天晚上的行动而来的。

他拿出钥匙,但并没有第一时间开门,而是俯下身去,从钥匙孔里窥探,但仍然没有看到什么令人怀疑的。钥匙孔里并没有他预想的人的身影。于是他轻轻地将钥匙插进门里,轻轻地转动,锁"咯"地一声开了。

"沙……"

又是一声!

侯风猛地推开门,门外空无一人。

如果是曾通,在这种情况下想必会困惑地不知道手该放在哪里才好。更准确的假设是，曾通在这种情况下早已吓得不敢动弹。但侯风不是曾通，他的目光迅速地扫向周围各个方向，连头顶也不放过。在没有目标之后，他慢慢地朝甬道另一侧，也就是自己的房间走去。

屋里仍然没有人，似乎甬道里已经排除了监听者的存在。他继续往前走，在拐弯处停了下来，因为在甬道和另一条交通甬道交接处站岗的马宣均匀的鼾声已经传到了他的耳朵。他探出头，仔细地观察马宣。脚是容易暴露行踪的地方，衣服背面也许有靠在墙上而带下的沙土……马宣一切都正常。

"沙……"

又来了。那人没有离开！侯风踮起脚尖快速地跑了回来，但除了脸色苍白的曾通以外，没有任何人的踪影。曾通竖起手，直直地指向对面。

侯风的眼睛跟随着曾通的手，慢慢聚焦在对面理论上应该是空无一人的房间门上的透气孔上，他摸了摸腰间，将被他捏成尖锐匕首的油灯拿了出来。在一瞬间他已经断定，这是个看守。也许他是 X，他是 Y 或者 Z，但这并不重要。重要的是如何将他捉住，而又不惊动门口偷懒的马宣。这倒是个难题。在这么短短一瞬间，侯风至少可以想出一打悄无声息将对方杀掉的方法，但要活捉，那还是个新课题。甚至连强悍如同侯风也不能打百分之百的包票。

狱长交给侯风的钥匙是狱长自己的，可以打开监狱里所有的门。而曾通那里的是开曾通门的备份钥匙。侯风不知道，在同一时刻，狱长已经决定用一种他自己的方法——也只有以狱长的身份用起来才妥当的方法——解决监听者，而在一段时间内狱长应该不会需要什么钥匙。

突然侯风停住了用钥匙打开门的尝试。因为他忽然发现，对面的这扇门根本就没有锁上！暗褐色的锁上锈迹斑斑，布满了灰尘。锁齿合进在锁体里，根本就没有——以后也不大指望——弹出来。但那锁分明已经失去作用很久了。

"吱呀"，让人头皮发麻的一声，侯风轻轻地将门推开了。屋内仍然没有任何异常到值得注意的东西。侯风恼怒地回头瞪了曾通一眼，但他很快又来到另一个空房间，也就是自己牢房的对面。这一回，锁却是完好的，象征狱长身份的，能够打开所有门的钥匙派上了用场。

依然没有人。

曾通跟了出来，见没有人，他长松了一口气。他指指门口，耳语道："马宣？"

侯风恼怒地回身摇头,表示没事,他压低声音:"你不是说在对面吗?"

"那里没有?"

"那里只有你的鸡巴!"

曾通走进这个他天天起床就能看到的、也不知道看了多少次的门。门里的牢房除了和他的牢房因为需要对称而将炕移了位置以外,并没有更多的不同。炕上没有棉被枕头,露出黄色的土坯,一盏布满灰尘和沙土的油灯歪歪斜斜地吊在墙角,里面也不可能有什么灯油。看得出,这里很久没有人进来过了。在侯风对面的房间里,想必也是同样的情况。

看上去,有看守在监听的怀疑已经解除了。可是,明明两人都听到的声音,又做何解释呢?尤其是,当侯风在甬道口的时候,曾通分明听到的、从对面空屋里传来的声音。

侯风皱着眉头将虚掩的门拉回来关好,他问:"你一共听到了几次?那声音?"

"三次。"

"嗯?嗯……"侯风似乎对这个问题有点琢磨不清。这声音是什么?或者这意味着什么?如果曾通并不是吓破胆子昏了头,如果他写的那些经历是真的话……

侯风摇了摇头,将这个想法抛在脑后。监听者到哪里去了这个问题现在暂时抛在一边,他仔细地回想着那声音,那是什么东西发出的声音?他试着用自己的鞋底摩擦地面,不对;衣服摩擦墙壁,也不对;慢慢地走动,这更不可能,穿着布鞋慢慢地走动,连个屁声音都不会有。

那么,如果这是那个监听者的声音,如果是存心要监听他们的话,完全可以不发出任何声音来。

"沙……"

粗粗听起来,像是布摩擦在地上的声音,但自己做起来,又完全不是那么回事。侯风看了看同样一脸困惑的曾通。他问:"那声音,你听上去像什么?"

曾通道:"似乎像是衣服或者鞋摩擦地面,但是又不像……"

要是在以前,听到这样的话,侯风会毫不犹豫一巴掌打过去,但是现在他却打心底里同意曾通的说法:"我也认为是这样,那声音像……"他用自己的鞋模拟了一下,并不太成功,曾通也点头,两人都没有意识到,这是他们第一次在一件事情上达成一致。曾通说:"也像是那种有人走动的声音,像——"

"砰——"一声闷响传开了，凭侯风的经验，那是把口径不大的手枪开火发出的声音。在一瞬间他就笑了："不知道是谁遭殃了。快，各回各屋。"

……

侯风点燃一支烟，暂时休息一下，曾通也点上一支。狱长宽容地看着。如果说狱长的脸在绝大部分时候都如同雕像一般冰冷而没有生气的话，他敏锐灵活的眼神则多多少少暴露了他的心理活动。与此绝对的对立面站着侯风。侯风的表情相当丰富，嬉笑怒骂皆在其中。但是，侯风的眼睛却时刻都如同死鱼一般空洞。如果走到停尸房，随便翻开任何一个身披遮头白布躺在冰冷硬板上的人的眼睑，就会看到侯风般的眼神。

看到曾通询问的好奇眼光，狱长将手摸向茶杯："我从来不抽烟。烟不是我的。这与你们无关。"他喝了一口茶，又道，"是不是可以这样理解：既然如果是看守们在盯梢，那完全可以不发出声音。那么以此推断，发出声音的监听者就不是看守？"

"不是这样，"侯风回答道，"任何人都可以不发出声音。不管是看守还是犯人，大家都穿平底的布鞋，当然不排除也许有没有经验的人存在。我刚才已经说了，那声音不是鞋或者衣服发出的。你是凭空朝门外开枪吗？"

"当然不是，我听到了门外的动静。记得那天我把曾通找回来之后的事情吗？我是说，我们听到了动静，出门看到一个看守的背影，当然最后我们没有追到他。"

侯风断然否定："不是这种声音。那声音很奇怪，很古怪，怎么说呢？就像……就像……"

狱长一摆头："说话一样。耳语那种？"

"对！"侯风一拍大腿，"就是那样！对、对，对极了！我一直想不出那是什么样的声音，对极了，他妈的，就是那样！"

屋内烟雾缭绕，狱长厌恶地一摆手，似乎对这样污染空气并毒害他人的做法非常不满。对于一个不吸烟的人来说，这是正常的，尤其是鹊山监狱所有房间都缺乏对流空气的情况下，但是曾通觉得狱长并不是真的对他和侯风的二手烟厌恶。在以前无数次和狱长闲聊的时候，狱长总是端着茶杯看着曾通一支接一支地吸烟，毫无介意之色。曾通觉得，狱长不会因为多出一个人就如此地敏感，他是在借此掩盖什么东西。

曾通问道："狱长，你以前听见过这种声音吗？"

狱长并不回答这个问题，而是反问道："你们，注意过油灯有什么古怪吗？"

曾通和侯风一齐摇头，狱长道："我听过类似的声音，只不过，不是那种沙沙声，而是油灯的声音。似乎是因为没有灯油了发出的声音。这个问题我们以后再谈。刚才说到枪声，乌鸦该来了吧？"

"不错，是乌鸦来了……"

曾通踮着脚尖，将脸贴在透气孔的木栅栏上，看着乌鸦被两个看守押送进来。他们将乌鸦关进了侯风对面的牢房。曾通感叹自己没有侯风那样魁梧的身材，这样艰难地观察实在不是一个轻松的活儿。

侯风冷笑着看着乌鸦牢房的透气孔。两个看守照例是一顿踢，不过和马宣不同的是，他们选择的是闷踢，"啪啪"声如同在打一个没有生命的沙袋。侯风摇摇头，他虽然知道看守拿囚犯活动活动筋骨、锻炼锻炼身体是天经地义，但是乌鸦这么瘦弱一个人，似乎应该有更好的对付手段才对。乌鸦比他想象中有种，没有吭一声。

待两个看守走后，规规矩矩蜷缩在炕上的乌鸦站起来，他对对面的侯风道："侯先生，我来了。"

"是你啊，我还以为是谁，原来是个他妈的熟人，"侯风看着乌鸦肿得半边高的脸说，"这个世界真鸡巴小——是狱长安排你来的吧？"

"对。侯先生，可不可以问一句你怎么来了？"

"哦？"侯风眉毛一扬，"凭什么断定我不会失手？夜路走多了，总也得遇上三两只鬼，那不是很正常的事情么？"

乌鸦无奈地摇摇头："抱歉。外面的看守，不要紧？"

"没事，老子担保他现在睡得比埋在地下还踏实。好吧，跟你说了也无妨。我是进来做一只的。"

"谁？"

"你。"

仿佛有一只强力血泵从乌鸦脚下抽去了他所有的血液，乌鸦红肿发胀的脸突然变得惨白，但他很快反应过来："侯先生还是那么爱说笑。上次的事情，真是谢谢你了。"

"没关系，我只收钱，不用谢我。该谢谢我的是那个让我服侍上路的人，他也确实非常领我的情，脖子断了还瞪着双死鱼眼睛笑眯眯地看着我。对了，上回忘了告诉你，那人死相还不错，断了的脊椎直接从后背插出来，相信会让他养成不仰卧的好习惯。"

另外他死得也挺快的,差不多有三个小时吧。"

曾通忍不住问道:"你杀了谁?"

侯风冷哼一声:"你这么关心干什么? 反正不是你老娘。"

乌鸦道:"你是曾通吧? 好奇心挺重的那个?"

"对,是我。"

"没什么,那回是我们请侯先生清理一个吃里爬外的败类,"乌鸦道,"是清理门户。你们是真的想越狱吗?"

不等曾通回答,侯风道:"你不想?"

乌鸦惨笑道:"我这辈子活到现在四十多年,进过的监狱和看守所我自己也数不过来。但我从来没有想象过有像鹊山监狱这样的地方存在。你们来的时候,总经过那些大戈壁和甬道吧?"

侯风冷笑道:"看起来,鹊山监狱对犯罪分子的威慑力还不小,可以让一个从几岁街头小偷干起的老资格惯犯产生悔不当初的心理,看来鹊山监狱是该领一个金字招牌才对。"

曾通打断道:"侯风,你杀人都是……那样吗?"

"什么那样? 哪样?"

"就是,什么脊柱……什么脖子……"

乌鸦和侯风同时笑了起来。侯风道:"你想说什么? 我很残忍是不是? 废话,如果你是只猪,去屠宰场看看那里有没有仁慈? 那里血淋淋的器官对你瘦身倒是大有帮助,说不定你会就此吃素,然后得道成仙,素食会让人长寿不是? 不过,你错了,我很仁慈。"

"你很仁慈?"

"我当然很仁慈。看看那些被我杀的人,比方说,上回乌鸦他们那伙人的败类,"侯风看向乌鸦,乌鸦点点头,"那家伙卷走了他们所有的钱,我给他留了个便条,于是他从东北一路跑到海南岛,又跑到新疆,整整三个月! 想想看,三个月! 一百天! 想想看,整整一百个焦虑、不安和恐惧,一百个战栗、悲观和绝望。他知道是我在他的后面,他知道我不急于杀他,这是我的风格,我要追到他筋疲力尽没有任何能力反抗的时候,要追到他对命运投降的时候,要追到他求生的本能消磨干净的时候,才会满足他心里涌起的让我快点杀掉他的愿望。你不知道那三个月他是怎样熬出来的,但是我知道,我天天都看着他,他起码掉了二十斤肉。到他咽下最后一口气的时候,他是怀着欣慰的心情离开的。"

"听你的口气,你很喜欢杀人吗?"

"不,我一点不喜欢。我有那样的能力,也有那样的向往,但我不喜欢。那样的工作让人经常陷入思考的泥潭。思考是件好事情,对,哲学家都是这样。我不能从杀人中体会到乐趣,我甚至也不能从操纵他人生命的过程中体会到权力的成就感。但从中我却能亲身经历并感慨人生如同白驹过隙,苦短而无常。"

"可是,如果是那样的话,你为什么不把我们全部杀光,然后一个人逃出去呢?"

侯风停了一下,然后道:"我不是告诉过你吗? 不能那样快,让人在惊惧中死亡是连一条没有打过狂犬疫苗的狗都能做的事情,我老人家怎么能这样自降身份? 当然哪,如果你有这样强烈的愿望的话,我也没有理由拒绝的,有道是恭敬不如从命——好了曾通,我已经没兴趣和你鬼扯了。老子现在的眼皮已经重得快掉到地上。乌鸦,你他妈那么处心积虑来见我,想必不是来跟老子套交情听老子闲聊狗屁的。说吧,什么?"

"是,是这样。"乌鸦吞了口唾沫,才道:"侯先生的身手本事,或者脑力,那都是没得说的。嗯,侯先生既然来了,我们也当然没有理由不为侯先生洗尘,另外,我们也听到了风声,大概是侯先生嫌弃这里,如果侯先生想出去的话,嗯……"

"什么? 捎带上你们?"

乌鸦讪笑道:"对,就这个意思。"

"那放那么多屁干什么? 直接说老侯什么时候出去老子们也一起走,不就完事了?"

乌鸦笑道:"我哪里敢,侯先生说笑了。"

"客气,客气,"侯风道,"情况怎样?"

乌鸦摇头道:"不好。非常非常不好。对了,百羽也在这里。"

侯风点头道:"我识字,也有看看报纸新闻关心国家大事的良好习惯,你们是五年前赶上严打,一起失手的。他还是跟你不对劲? 怎么,要我帮你处理他? 你现在看上去不像有什么我感兴趣的东西。"

乌鸦道:"不是。现在的问题是,大家都出不去。在这里动手没有意义。"

侯风打了个哈欠:"有屁就放,老子要睡觉了。老子起码有三十个钟头没合过眼你知不知道?"

"是,这里……这里……"

"这里什么?"

"这里有些东西,您才来,也许还不知道。"

"什么东西?"

"一些不干净的东西。"

仿佛是一只看不见的手同时捂住了所有人的嘴,突然三人之间出现了一阵让人难以忍受的沉默。除了呼吸声和自己的心跳以外,曾通没有听到任何声音。

良久,乌鸦低声道:"看来你们是知道了?"

曾通心里一突,张嘴欲答,但侯风抢先道:"不,不知道。我只是好奇世界的随机性,一向头脑很好用的你,居然会在这个鸟不生蛋的地方耽搁上五年,并把自己潜心修炼弄成神经病。"

乌鸦苦笑道:"我早就料到你不会相信。从这点基础出发,你的讽刺很有道理。"

侯风道:"难道这就是你所谓的为我接风洗尘么?"

"如果你认为我疯了的话,这些就毫无意义。"

曾通再也忍不住了:"乌鸦,我知道。我知道这里有很多不对的东西!"

这是一句憋了很久的话。从第一次看见地上的影子开始,到刚刚和侯风一起听到怪异的"沙沙"声,曾通持续不断地同自己内心的魔鬼做着艰苦的战斗。无时无刻,他都处在难忍的煎熬中。然而,狱长根本不耐烦听他说话,在侯风面前他更是提都不敢提,所以他只能将自己内心的战栗和额头的冷汗尽数交给自己的孤独予以应付。

而现在,终于有一个人和他有一样的观点!终于有人和他一样认为,这个监狱里有"不干净的东西"存在。他只觉心头如释重负,就像在战壕里孤独一人挨了几天的时候突然看到面前出现了一个盟友。尽管乌鸦未必能有多大的能力,但至少在这一刻,乌鸦一句话将他心里的恐惧分担了许多。

侯风出人意料地没有出言讥讽,乌鸦道:"不错,曾通,这个监狱有许多不对的地方。从第一次看到你的时候我就明白你知道了。记得吗? 第一次,你在地上写下老舜的字样。你还记得,第一次,你问我老舜是谁的时候,我怎么回答的?"

"你说老舜是邪恶的,可以预料许多可怕的事情。"

"不错,正是这样! 他一件一件地说着恐怖的事情,然后事情就一件一件的,按照他说的顺序发生了。"

"是什么事情？"

"许多许多，许多许多……最后，他说，除了他老舜以外，没有人能活着走出鹃山监狱……"

曾通觉得透气孔的木条快嵌进自己的脸里，但他全然不顾这些，因为他知道自己快接近一个谜团的谜底。他看着斜对面那扇门里的乌鸦，眼球拼命地往右看，直到眼球后面的视觉神经被拉扯到疼痛不已。乌鸦的声音忽然低沉起来，喃喃地似乎忘记了两个听众，转而向自己叙述。

确切地说，只有一个听众。侯风门上的透气孔里传来他标志性的呼噜声。

"你睡着了？"狱长打断曾通的叙述，转过头看着侯风，眼睛里全是好奇。

侯风耸耸肩："面对这样胡编乱造得如此拙劣的荒唐梦话，你指望我有什么其他反应？"

狱长用食指敲敲自己的太阳穴："很有意思的推断。你凭什么相信乌鸦的话不是真的？或者说，你凭什么以为它没有任何参考价值？"

侯风道："很简单，他来见我，因为出于某些原因他无法越狱成功而他认为我能。如果确实如同那个狗屁老舜大禹什么说的只有死人能出去，而乌鸦又确实相信这一套的话，他为什么来找我？来请我杀了他，好让他的灵魂出壳越狱么？"

"那么你对这个很邪恶的黑暗预言家老舜有什么评价？"

"乱屁一通。"

狱长点点头："从某些程度来说，我很高兴你这样说。这说明你思维敏捷、精神正常、意识冷静。"

侯风咧开嘴："哪里哪里，谬赞，谬赞。"

狱长又道："那么，如果我说，我不只是从乌鸦一个人那里听来的关于老舜的事情呢？"

侯风收起笑容："那说明乌鸦用心险恶，乔装成一个被孤立的囚犯意图取得我们的信任，其实却是有相当多的同伙，更有可能是有相当多的手下为了达成这个目的而说着他编造出来的废话——如果我没记错的话，在外面他曾经是个老大。"

"目的何在呢？"

"制造恐慌,乘机越狱。"

狱长道:"如果我说有人真的见过老舜呢?"

"谁?"

狱长伸出手,食指只差一点就戳到曾通的眼睫毛。

"他?"侯风一愣,继而笑逐颜开,"一提到这事他就快疯掉了,别理会他。"

"怎么?"

······

梦中的木门被人疯狂地拍打着,门外的人似乎非常想进来,曾通枯坐在地上,打着火机,将一张张报表点着,然后万念俱灰地看着它们变成灰烬。曾通知道这是没用的,因为他知道有备份存在。他只不过是在等待着门外的警察冲进来,将他提起摁进警车的这段时间里找个事情打发时间。

但是很快的,门外的人更加用力地拍打起来,他撕扯着嗓子叫道:"来人啊——救命啊——"

曾通扭过头,看见门上有一个透气孔,里面是乌鸦被恐惧踩蹦变形的脸。

曾通坐起来走到门边,刚好看见马宣和另外两个看守冲过来。他们对于乌鸦的性命是否需要被拯救毫不热心,但对他在夜半时分装神弄鬼地怪叫打断他们靠在墙上打盹的行为十分地不认同。那还有什么好说的?照例是一顿好打。

侯风幸灾乐祸地欣赏完对面的午夜暴力,对于这件事情他和看守们抱有相同的认知,因为乌鸦也惊扰了他的好梦。

"鬼叫什么?你实在无法激荡起人们的同情心。"待到马宣等人离去,侯风道。

乌鸦不回答。

"喂,乌鸦?你没被打死吧?不然是你狗日的皮很厚,刚才被挠痒痒挠睡着了?"

乌鸦仍然没有任何声息。

"说话! 他妈的! 不然你大爷会过来完成看守们未竟的事业。"

还是没有动静。

侯风皱着眉头听了一会儿,甬道那头的马宣没有声息,曾通明显是醒了并且靠在窗边,在这里都能听到他的呼吸声。他等了一小会儿,考虑到马宣的睡眠习惯,于是他轻轻地挖开墙壁上一块泥土,拿出藏在里面的钥匙打开牢房门,走到乌鸦的门口。

乌鸦蜷缩在墙角,将自己的头埋进膝盖里瑟瑟发抖。侯风摸进去轻轻地碰了碰他的肩膀。

"哇——"

侯风及时地捂住乌鸦的嘴,让这声惨叫只回荡在乌鸦的腹腔内。"还没有叫够是不是?"他恼怒地问道。

看清是侯风,乌鸦冷静下来,逐渐也不发抖了:"是你……你、你怎么进来的?"

"你爷爷要是连锁都对付不了,还谈什么对付人?真是没脸见阎王了——你鬼叫什么?"

乌鸦张口结舌,说不出话来。

"也许他是看见了什么?"

侯风回头,看见曾通不知道什么时候也跟了出来。他不理会曾通,接着问:"你看见了什么?"

乌鸦一抹尚还未断的鼻血,喘息道:"你,你来这里多久了?"

侯风皱紧眉头:"你的语言表达能力什么时候变得这么不堪?我问你看见什么了?"

乌鸦将头移向曾通,"六个月。"曾通答道。

乌鸦道:"你一直住在这里?"

"对。"

"你住在这里半年,有没有发觉,这里有什么不对的地方?我是说,就这条甬道。"

曾通疑惑地和侯风交换了一下眼神,摇摇头。

"不可能,不可能的……"乌鸦埋下头,喃喃自语起来。

侯风提起乌鸦的衣领:"听着,不管你看到什么不可能的事情,你最好现在告诉我。"

乌鸦望向曾通:"你在这里半年时间,就没有发觉,你对面那个牢房,其实一直都有人?"

侯风将他和曾通的门虚掩上,这样可以在看守们前来检查巡视的时候有足够的时间准备,甚至还可以出其不意地应用他的技巧来解决不必要的麻烦。在这短短的时间内,他甚至已经想好了在有看守前来巡视的情况下,自己用什么样的动作才最有效率地让他们不发出声音。

他凝听了一会儿马宣的鼾声，然后回到乌鸦的房间。只见曾通急切地扶着乌鸦的肩膀问道："你看到那个人了？你听到什么声音了？快说啊——"

"不得要领，"侯风评价道，"别让他激动起来，看起来他似乎有点不大正常。乌鸦，你听好了。你知道的，我从来都不欣赏你，但至少到目前为止，我不是你的敌人。你应该能了解到，将你刚才所看到听到感觉到的一切告诉我，对于不管是你还是我，都大有裨益。"

"是声音。"乌鸦道。

"什么声音？"

曾通接口道："是那种怪异的'沙沙'的声响对不？"

"对，"乌鸦道，"是'沙……沙……'的声音。"

曾通和侯风对看一眼，曾通道："你接着说。我们也听到过那种声音。是隔壁那个人的声音吗？"

乌鸦脸色惨白地蠕动着嘴唇："不是……不，不是！"

"那是什么？"

乌鸦定了定神："那不是人的声音！"

"你怎么知道？"

"我看见了！"

"看见了？"侯风和曾通异口同声，声音之大侯风自己也吓了一跳。侯风道："你看见了什么？一个人？在隔壁？"

"不，我看见，我先听见一个人的脚步声，不，是那种'沙沙'声，从甬道那头走来，然后，我就奇怪是什么人会在这里。最先我以为是你，"他看向侯风，"然后，我就在窗口上望去，我什么人也没有看到……"

侯风恼怒道："可你刚刚说了你看到了一个人在隔壁！"

"不，听我说完，我没有看到有人，然后……然后……我看到一个人，从曾通那边，爬了过来……"

曾通只觉全身的毛孔开始收缩起来，一股说不上是寒流还是热流的感觉迅速地从小腹升起。侯风接着问："然后呢？"

"然后，我被吓得说不出话来。然后，那人，一路向我爬来，在我面前站了起来，他、他……"

"你认识他,对不对?"

侯风敏锐地感觉到乌鸦的神情迟疑了一下,一秒钟之后,乌鸦断然摇头否认道:"不,我不认识他,我从来没有见过这个人。"

"那人长什么样子?"

"他……没有眼睛。"

"你是说,他的眼球被挖出来了? 他的眼球是白色的,像白内障那样?"

"不,他没有眼睛——在眼睛的地方,只有一片皮肤。一开始,我以为,他的眉毛是眼睛,所以我以为他在笑。然后,然后——"

"然后你发现了他没有眼睛,开始大叫救命是不是?"

"是。"

乌鸦埋下头去,谁都看得出来,他还没有从惊惧中恢复过来。侯风转过头对曾通道:"趴下。"

"什么?"

"趴下!"

曾通有点不知所措,不知道侯风是想干什么。侯风毫不犹豫地伸手抓住曾通的衣领,伸脚一绊,将曾通放倒在地。"现在,往前爬。"侯风命令道。

曾通开始有点明白这是怎么回事,他双手一撑,膝盖往前一挪,开始往前爬。但马上他的脸开始变白,白得几乎和面前看得目不转睛的乌鸦一样。

那怪异的"沙沙"声又出现了,正是从他自己身上传出。

侯风转头出去,窥探隔壁的那间应该是空的牢房,那里依然空无一物。他回身走进乌鸦的房间,乌鸦仍然将头埋在膝盖里,曾通却默不作声地依靠在一边墙上。这种时候,曾通应该是想到了什么? 侯风笑道:"问个问题,曾通。毫无疑问,你是个普通人。我很好奇普通人的心里在遇到这样的情况下会是怎样。为此,我曾经无数次尝试让自己表现得像个普通人。我是个普通人,这是个非常好的假设,可惜也只是假设而已。大量的事实证明,我不是普通人。"

"啊?"

"我是说,你想到什么了是不是?"

"对。"

"说说看,虽然我不抱什么希望。"

"也许,乌鸦看到的,和我们听到的那个,是同一个人。"

"你是说,在地上爬?"侯风竖起手,模仿着一个人爬行的动作。"这不好,"他摇头道,"那天我们彻底检查过,没有人。站着的或者爬着的都没有,什么都没有。"他回头看着乌鸦,乌鸦正将头从双腿间抬起,眼光闪烁。

侯风道:"行了乌鸦,别再盯着自己的鸡巴,再瞅也不会发芽。知道现在我们要做什么吗?"

曾通和乌鸦一齐摇头。

"睡觉。正常的健康的睡眠,有助于你们不再胡思乱想。想想看,一年四季白天黑夜不分的甬道,一成不变的生活,与世隔绝。在这样幽闭的监狱环境里,幻觉并不是你们想象的那样罕见和遥不可及。"

"难道你是在说,一切都是幻觉?包括跟踪你我的人?"狱长喝了口茶。

侯风连连摇头:"当然不是。跟踪你我的确有其人,除非我们两人在同一时间产生幻觉。至于曾通看到什么,天知道他的心理承受能力极限在什么地方,也许他已经疯掉了也说不定。"

狱长用食指弹弹杯子,伸了伸脖子,长时间的静坐让人浑身肌肉都不舒服。他试探着看向曾通。

曾通知道狱长的意思,他说道:"我认为我没有疯,不然,不可能我和乌鸦看到同样的事情。"

"这说明不了任何问题。"侯风毫不客气地打断他道,"你所看到的、听到的、感觉到的一切都不过是你的神经脉冲电流在你大脑里的反射活动,如果你的脑子坏掉了,你永远都不会知道。"

曾通有点听不大懂,他望着狱长,狱长解释道:"他是说如果你疯了的话,乌鸦看到过什么、有什么行为也许都是你幻想出来的以符合你自己的幻觉。一个人不可能知道自己是否疯掉,因为没有绝对客观可靠的参照物。"

曾通点头表示自己听懂了,狱长看了看手表:"这个该死的故事在什么时候结束?我认为如果我们还希望赶得上午饭的话,就需要拿出效率长话短说……"

乌鸦的到来让甬道里的气氛活跃了不少,更重要的是,让人气聚集不少。半年以来,曾通无时无刻不在诅咒建造这座监狱的人。除开每天三两个小时的放风时间和偶尔在狱长兴致高时被召去让他开涮,绝大多数时候曾通都是独自一人枯坐在昏暗的油灯下。"禁闭"这样的词语在这里是不合适的,因为没有哪天不像是在被关禁闭。在这样的时刻,曾通暗自庆幸有侯风陪伴。而乌鸦的到来,似乎在一瞬间让这条甬道拥挤了不少。

虽然每当回想起甬道里诡异的影子,或者莫名的"沙沙"声抑或乌鸦描述的恐怖的没有眼睛在地上爬行的人,曾通都会起一层又一层的鸡皮疙瘩,但隔壁侯风的鼾声总是提醒着他,他不是一个人。而另一方面,乌鸦却总是可以弥补侯风对他所有恐怖经历的不屑一顾带来的郁闷,让他在心里多少可以安慰自己并不是疯掉了。

事情似乎在朝好的方向发展,但很快他就知道自己错了。

那是他和侯风被关所谓的禁闭的第三天晚上,奇怪的"沙沙"声又来了。

侯风一如既往地睡着了。他总是睡得很早,起得很晚,除了吃饭以外,他总是喜欢赖在那张可怜得几乎容不下他魁梧身躯的炕上。偶尔他也发表一些诸如"人都该死""人生苦短"之类的观点,乌鸦无一不满脸崇敬地洗耳恭听,而曾通虽然对此毫不感冒,却也不出言驳斥。毕竟,多一个人说话,不管说的是什么,总比没有的好上太多。和侯风相处得久了,加上明知道有狱长这样的大靠山在,渐渐已经找不到当初那种惶恐紧张的感觉。

这天值班的是吴仲达。吴仲达阴沉着脸,将三人的碗取了,检查一遍牢门就自顾自去了。曾通曾经想过向马宣或者吴仲达询问爬行的人的事情,但被侯风制止了。侯风也不说明理由,但毫无疑问的是,在这三个人的小团体当中他说的话有绝对的权威。所以更多的时候,是曾通和乌鸦两人闲聊。

经过两天无所事事地聊天,两人似乎有默契地认为侯风关于幻觉的分析很有道理,绝口不提监狱中的怪事,而自欺欺人地谈一些在入狱之前的生活。闲聊中曾通发现,乌鸦并不像他在侯风面前表现的猥琐,恰恰相反,当谈到某些得意事情的时候,乌鸦的面容会冷峻而桀然,眼神阴鸷犀利。

同时,曾通也得知狱长直接透过门枪毙了一个企图偷听他说话的看守,并栽给乌鸦。这事情让侯风听得不断击节称赞,让乌鸦脸上红一阵又白一阵。在另一方面,乌鸦也了解到,曾通和狱长的关系非同寻常。而侯风也确实恰如其名的疯狂。

待听不到吴仲达的动静,曾通打开自己的牢门,蹿到乌鸦的门前。曾通那里有狱长派发的可以抽到足够让脑浆凝固的香烟,两人点上一支,隔着门说话。谁也不去,也不敢去吵醒睡梦中的侯风,去拿他那把可以打开所有门的钥匙。

"操!"乌鸦喷出一口烟,"我说你小子怎么满脸油光水滑的,来了半年越发细皮嫩肉起来,倒是把你给养胖了,敢情关禁闭吃得那么好!足两的馒头一顿五个,还有汤。我操,还有烟。"

曾通道:"外面吃得很糟么?"

"操,糟?你知道我们吃饭是怎么吃的?用手一块一块掰着吃!还生怕一口吞下去就没味道了。幸好活儿还不重,不然怕是没什么活头了。五年多了,"乌鸦拍着肚皮感叹,"五年多了,老子还是第一次吃上饱饭。"

"乌鸦?"

"嗯?"

"听说,"曾通酝酿一下词汇,"听说你跟百羽的关系不好?"

乌鸦贴着透气孔瞪着眼睛,看得曾通浑身上下不自在。

"算了。当我没有问过。"曾通退缩了。

乌鸦瞪着他:"你怎么知道的?"

"其实我来第一天就知道。我来第一天就碰见百羽,他让我给他洗衣服……"曾通将第一次看见百羽的情形说了一遍。

"哼,好威风。这个老大很是不赖啊。"乌鸦冷笑道。

"可是,乌鸦,"曾通问道,"我一直想不明白,百羽一伙人只有四个,他们凭什么在鹊山监狱里称王称霸?"

乌鸦笑道:"什么四个?他给你说他是只有四个人?那大家还不把他皮给扒了。他糊弄你的。别信他,他有几斤几两我还不知道么?"

"你们是一起进来的?"

"我才是老大。"乌鸦压低声音道,"听着,我才是老大。"

"什么?"

"那是五年前的事情。五年前我们刚到这里,我,百羽,还有其他几个人。我们手脚干净,大事都遮盖得严严实实,想最多歇上几年,吃上几顿官饭就能出去。谁知道,突然出了岔子,一锅端上去,就被弄到这里来了。一路上百羽他们就怨声载道,谁都没听说过什么鹊山监狱,加上路又远,又不好走。我操,其实百羽那逼没什么脑子,关键是一个叫小崔的,你认识么?"

曾通努力回想小崔的样子,点点头:"见过几次,后来呢?"

"我呸——还什么后来? 后来那小崔让百羽坐了老大的位子。他们在这里威风八面,那又怎样? 饭都吃不饱,一天到晚瞎鸡巴吆喝什么?"

"可是,你们来的时候不是四十五个人么?"

"上回你告诉我,非正常死亡四十个,还剩下有五个,就是你们了? 你们凭什么让原来的犯人听你们的?"

"什么你们? 是他们! 百羽他们。"乌鸦忿忿不平。

"对,是百羽他们,为什么? 就凭他们四个人? 如果我没有记错的话,一共一百二十二个犯人啊。除开你、我和侯风,还剩下一百一十九人,他们四人对一百一十五人吗?"

"当然不是,嘿嘿,那怎么能啊。"

"那是怎样?"曾通问道,看乌鸦笑而不答,他连忙将剩下的半包"楼兰"塞了进去。

乌鸦接过烟,点上一支道:"是个傻子也该明白,事情肯定不是那样简单的。谁告诉你那四十个非正常死亡的就一定是五年前进来的人?"

"你是说,其实是包括了原来的犯人是不是?"

"什么叫包括? 根本就是原来的犯人!"

"啊?"

乌鸦吐出一口烟:"小崔脑袋不错,这点他办得漂亮,也办得够狠。他知道到了这个监狱,不管发生什么事情,都不会再有什么结果。他们先下手为强,带着夹带进来的刀具削制好家伙,一个晚上的时间,冲进监仓里一口气宰了四十个。整整四十个! 剩下的人,都是些老弱病残,哪里还是对手?"

曾通倒抽一口冷气:"那后来呢? 当时的狱长就不管? 还有看守呢?"

"屁话,他们有枪,谁敢惹他们了? 他们乐得看笑话。后来听说是见杀人太多,才开枪制止的。具体的我也不清楚了,反正,他们没丢几个人手。"

"你们……他们杀那么多人,想干什么?"

"呸!"乌鸦将痰喷出来,不幸的是喷在透气窗口的木栅栏上,"你是白痴啊? 你想在这个鸟不下蛋兔子不拉屎的狗屁地方耗上一辈子? 这个计划本来是我定的,制造混乱,然后趁机出去! 当然不是每个人都有机会出去,肯定会有人没那么好运,那也只有听天由命。"

曾通后退了一步："计划……没成功，是不是？"

乌鸦瞪了他一眼，叹了口气："不错，没成功。一个人都没能跑出去。"

两人沉默了一会儿，曾通忽然想起另一个问题："乌鸦，老舜到底是怎么回事？"

"我已经说过了，这个问题没有什么好说的。"

"可是，为什么我刚进监狱的时候，每个人都不愿意提他？"

"因为他很可怕，是个要人命的人。"

"可是，我看到过他。"

"什么？"乌鸦瞪大眼睛。

"我看到过他。"

乌鸦定定地看了曾通一会儿，忽然笑了起来："别他妈蒙老子了，你小子还嫩了点儿。"

"我真的看到过。"

乌鸦摇摇头，示意这个问题没法谈。于是曾通换了个问题："百羽为什么要告诉我他只有四个人？"

"你是真的这么傻还是装出来的？"乌鸦疑惑地看着曾通，"你跟狱长关系那么近，要是让狱长知道有这等事情，百羽还那么嚣张，狱长能不把百羽收拾掉么？滚吧滚吧，等哪天老子我出去了，你爱问什么问什么？"

"你真的准备出去？你有把握吗？"

乌鸦不再搭理他。怀着一肚皮的疑问，曾通讪讪回到自己的牢房，他一头倒在炕上，合上眼睛，却怎么也睡不着。

乌鸦的解释逻辑上说得过去，但总有什么地方不对。是哪里呢？也许是证据？那么大规模的斗殴，不，是直接的火并，前任狱长不可能坐视不管。在任上那么多人一次丢了性命，前任狱长的日子一定也不好过。曾通回想起那天自己带着一身湿漉漉的泥浆来到鹊山监狱，见到前任狱长的情景。也难怪那中年狱长唉声叹气，一脸颓态。和现在的狱长相比，他确实根本就什么都不算。现任的狱长虽然独断专横，但铁腕有力地约束了囚犯们不再闹事。何况，这是监狱，不独裁，难道还让犯人们投票民主选举自己的狱长不成？那成什么话？

慢着，如果是死过那么多人的话，看守们为什么不说？就算看守们不必跟自己说，可狱长这样一个精力旺盛无事也要找人来辩论的人，一定会很有兴趣研究。可很明显，狱长对此一无所知。

难道看守们也参与其中，所以要隐瞒狱长？如果是那样的话……另外，四十具尸体，他们怎么处理的？

很明显，乌鸦有什么隐瞒着他。可是为什么呢？乌鸦是想出去的，这一点可以肯定……

曾通躺在炕上，在他的大脑渐渐慢了起来的时候，眼皮也渐渐重了。朦胧中似乎听见侯风的声息一顿，似乎翻了个身，鼾声又跟着响起。

似乎中间还有什么声音？又来了？

曾通坐在地板上，焦虑地看着门。门被窗户外面楼下的警灯映得一红一蓝，一红一蓝，警报声不断地回旋在小小的房间内："呜——呜——"他不知道还要等多久。他在长久得似乎永远没有尽头的紧张中等待着那"沙沙"声的再次到来。烟疯狂地燃烧着，它燃烧得是如此之快，几乎一瞬间就有了一寸长的烟灰。

不错，是又来了。是"沙沙"的声音。"沙……沙……沙……"

是门外那人，是那个监视他们的人，是他和侯风怎么找也找不到的人。

他只听到一声长长的叹息："唉……"

像是侯风的声音，是侯风么？他为什么要叹息？

不是，是门外那人，他已经爬到了自己的门边。他不是来抓自己的警察吗？为什么他要爬？他是什么？

曾通一骨碌坐了起来。原来是个噩梦。

汗水粘着他的头发紧贴着头皮，湿漉漉的，很不舒服。他用还在迟钝状态的大脑想着：汗水是梦里出的，却被带到了现实中来。

还有其他东西也可以被带到梦里来吗？

"砰！"一声轻响，似乎什么东西碰到了曾通的牢房木门。

思维似乎如同倒放电影中被抛出云层的水珠，它们瞬间又回到了曾通的脑海。和它们一起的还有神经的痉挛和肌肉的抽搐，还有心脏骤然的收缩带来的刺痛和仿佛是满身汗水倒灌全身的热流，还有乌鸦口中没有眼睛的爬行的"不干净"的人，还有狱长那张被火焰吞噬掉的黑色"鬼"字！

就在门外！

"啪!"又是一声轻响。仿佛是那爬行的幽灵将它的两只手都放在了门上。

难道,它想进来?

曾通拼命地张合着嘴唇,搅动着舌头,直到他的嘴唇发麻舌头发痛,他还是不能发出任何的声音来。他拼命地拍打着炕,用手胡乱扔掉了枕头,他想站起来跑,去躲藏,虽然不可能有这样的空间,但是他却无助地发现自己根本没有任何力气。

一双白得异常的手缓缓升起,紧紧地抓住透气窗上的木栅栏。与此同时,一声大喊从外面传来:"曾通!他在你门外!曾通!快起来!他就在外面!"

是乌鸦的声音!乌鸦看到了。

如同要符合曾通如释重负的获救心理一样,那双手以快得惊人的速度放开木条,消失不见了。隔壁的房门被打开,侯风的脸在窗口出现。

曾通颤抖着干裂的嘴唇,望着狱长。狱长皱着眉头,仔细打量了曾通好一会儿。曾通不知道狱长是否相信自己的话,他甚至不知道狱长是否在听他的话。

过了好一会儿,狱长才说:"有一点我不大明白。你说什么你坐在地板上?什么窗户的外面红色蓝色的警灯?这都是什么乱七八糟的?"

"那是梦,"侯风插话道,"那是他的一个梦。他给我说过他做这个梦无数次,而且每次都有所不同。而且最操蛋的是,每次来抓他的警察都不一样。不过,我认为,他每次做梦都是在发神经。我以为大可不必较真。"

"你的意思是,他只是在做噩梦?那么乌鸦为什么声称看到了?他们串通一气么?"狱长摇头否定了侯风的这个想法。

"首先,我不认为我可能比这个家伙——"侯风指指曾通,"更不小心,睡觉更不警醒。但事实上,如果乌鸦那厮不又鬼叫的话,我根本就什么都没有听见。"

"也许你没有你想象中那么警醒?继续说。"

"其次,整个事情的关键不是曾通。他有几斤几两你掂量不出来么?整个事情的关键是乌鸦!一切都是他弄出来的。乌鸦的苦肉计简直是小孩子玩的,被自己人胡乱打两顿就已经够可笑的了。我不点穿,曾通这孩子只好稀里糊涂地信进去。然后乌鸦把什么鬼啊、爬啊、眼睛啊,将这些话一股脑塞进曾通的脑袋,他不梦游就该赞美老天爷了。乌鸦只不过是在合适的时候喊了出来而已,这样的时候,是谁都可以估摸得到。"

曾通又开始觉得自己脑袋不够用了,乌鸦使苦肉计?马宣他们打乌鸦,为什么是苦肉计？但还没等曾通想明白，狱长又把话题扯到另一个方向："侯风，你相信这个世界上有鬼存在吗？"

侯风愣了半晌，猛地喷笑出来："哈哈，真是个好笑话，你问我世界上有没有鬼？哈哈……"

侯风洪亮的笑声在狱长的房间荡漾开来，狱长没有任何表情地盯着他，直到他笑不动为止。

"哈哈……哈……老子的肚子快被你逗破了……一个像你这样的人，怎么可能相信这样的话？分明就是蒙混曾通这种蠢货的……"

"相信吗？"狱长看着他的眼睛，但侯风不为所动，他脸上的笑容依旧没有因此而有任何减少："相信？哈哈，相信有鬼？老子宰过那么多只鸭子，他们是不是都要变成鬼来找我啊？哈哈！鸭子鬼？嘎嘎嘎嘎，摇摇摆摆冲过来找我算账？哈哈哈哈……"

狱长摇摇头，似乎对这样的结果很不满意，他问道："后来呢？乌鸦怎么说？"

"还能怎么说？他被吓得尿裤子了，哈哈，他奶奶的，真是装得够像。朝自己唯一的一条裤子撒尿，还不能撒太多，恐怕爷爷我还做不到呢。"

"也就是说，你完全不相信那一套说法？"

"完全不信！"侯风收起笑容，"我已经说过了，整个事情都是乌鸦越狱计划的一部分！也许曾通的浅薄让他放松了警惕，他不由地给曾通说过一部分实话，我相信他现在肯定后悔得不得了，尤其是今天，我和曾通来见你而将他留在那里，他肯定已经知道我们的关系和对他的关系是多么不同。所以我说了，现在他在害怕我们回去收拾他，在上吊也说不定。"

"乌鸦告诉我，他知道有人监视或者监听我们，能解释吗？"

"当然，"侯风一根接一根地抽着烟，"他当然知道。整个事情都是他策划的。他之所以告诉你是因为我们曾经有过待在房间里闷声不吭的时候，那时候我们都在纸上写写画画。考虑到你不大可能请我或者曾通来睡午觉，所以一定是监听者被发现了。他知道被发现了，跟你说这个你已经知道的事实是让你觉得他又忠实又诚恳值得他妈的信任，何况，如果万一你确实没有察觉，他能透过你听到这话的表情推断出来，并进一步推断出你的能力。"

曾通插嘴道："也可能——他是害怕，是害怕一个人留在那里？"

侯风恼怒地瞪了他一眼，这小子什么时候敢接自己的话了？看来他是活得太久忘了自己是什么人，也许该给他补习一下？

侯风摇摇头，拍拍曾通的肩膀："告诉我你进来之前生活在什么样的地方？幼稚园么？你的头脑还没有让你挂掉，真他妈让我惊叹这个险恶的世界原来还有这么慈悲的地方。"他不再理会曾通，转头对着狱长，"他说过五年前的事情，那基本上就那么回事。只不过主角转换，他把角色让了百羽——这老小子一贯喜欢栽赃，这我很久以前就知道了。乌鸦才是幕后老大，我压根不信什么小崔撺掇百羽翻天的事情。乌鸦安排了监视我们的人，他和一部分看守勾结起来了！但是他不能现在就跑路，因为他的弟兄，比如百羽他们不会放他一个人跑的。而他们一共好几十人，如果他们跑了，他们根本就没有地方隐蔽起来！而这么大的越狱事件，是即使和他勾结起来的看守们也绝对不允许的！知道为什么我知道是他主谋吗？就在你枪毙那个偷听的杂碎之后，乌鸦在和我们的交谈中，再也没有提到有人偷听的事情！因为他知道，根本就没有了！这也是为什么百羽假装和乌鸦打架一头是包而乌鸦却毫发无伤。"

狱长点点头："那么，殴打乌鸦的看守，要么不是和他一伙的，要么就是做给你们看的。"他又看向曾通，"为什么当那个看守说乌鸦也想来所谓反省的时候，你也和侯风一样摇头呢？他已经说明了他的理由。现在轮到你了。"

曾通迟疑道："我觉得，他的确有事情瞒着我们，但是我不知道是不是就是侯风说的那个。"

在曾通说话的同时，狱长飞快站起身来踹开门。

门外空无一人，如同刚才的结论。

狱长回头："反省得不错，通过。"

侯风的嘴角往后掠了掠，得意地摇头晃脑，接下来的事情就不复杂了。至少当时他自己是这么认为的。

狱长慢慢地在操场上踱着步子。不是犯人们的放风时间，却是他自己活动身体的时间。上回打架事件之后，狱长就有了冠冕堂皇地加强看管、减少放风时间的理由。因为比起和囚犯们的噪音一同漫步来说，他更有兴致一个人在空旷中呼吸新鲜的空气。他抬起头看看天空，天一片碧蓝如同洗过一样，没有一丝云彩。阳光直晒在脸上带来的些许温度也马上被呼啸而来的风掠夺干净。这正是鹊山长达几乎一年的旱季。

其实在狱长心底里并不同意侯风的分析。侯风整套看似严密的理论中有一个漏洞,即那个找不出来源的"沙沙"声。如果真像侯风所说的是乌鸦操纵了一切的话,那么是他找来一个看守弄出的声音吗?狱长知道,这是不可能的事情。没有人能在甬道里弄出动静之后全身而退,甚至不让侯风看见。

另一个问题,侯风认为当初第一次夜探的时候他没有跟上曾通和侯风,而是什么莫名其妙的 X 和 Y。从逻辑上说,这很好地解释了后来在一长串远距离的跟踪和反跟踪里发生的事情,但是,狱长相信自己的眼睛。他确信自己是跟在——至少最开始——是跟在侯风和曾通后面。

犯人们的放风时间快到了,他几乎已经听见犯人们嘈杂的声音从山壁内的甬道里隐隐传来。与外界异常隔绝而显得严酷的自然环境和生存条件,似乎让鹊山监狱内部争取到了某些比其他监狱多得多的东西,比方说,自由。在其他监狱,放风之前这样吵吵嚷嚷是绝对不敢想象的。

想到外面,狱长的心思转到了另一个方向。在监狱甬道外面,通往外界的那条甬道尽头,有一座靠山建的小木头房子。那里通常有四个看守轮流守卫。如果看守和乌鸦他们串通一气的话,乌鸦他们就该很容易脱逃出去才对。可是,难道这就意味着那四个看守是可靠的吗?狱长抬起头,看着操场四周的悬崖。毫无疑问,乌鸦并没有掌握多少看守或者囚犯,否则,就算用挖山的方式,或者填土斜坡的方式通过悬崖……随便怎么样都有一万种方法脱逃。

那么,现在的问题是,有多少看守是可靠的呢?中队长余学钧?不,他连基本的监狱守则都不懂。那么马宣?如果马宣不可靠,那么讨好自己是干什么?他从头到尾都表现出极力巴结的样子,那似乎不该对自己不利才对。难道说,他是戴着一张巴结的面具,背后的实质,却是试探?

忽然之间,一道闪电刺破了狱长脑海上方迷蒙一团的黑雾,他被一个想法钉在了地上:如果余学钧和马宣们都不可靠,那他们肯定知道谁是可靠的。可是如果不可靠的看守够多的话,为什么不干脆把不是他们的人包括自己干掉?如果他们的人少的话,余学钧这种既与凶犯同流合污又不称职的人怎么可能当上队长?有没有可能所有看守都不可靠,可他们和囚犯们又不是一伙的呢?证据?自从进了监狱之后,狱长就从来没有见过——虽然他毫不在乎——任何一个哪怕是一个看守对自己敬礼。就如同余学钧是不够格的看守队长一样,他的下属……

曾通和侯风走出甬道。就像自己预料中的一样,侯风的到来被某种地下途径传播开来，以至于当他们在甬道里排队的时候，没有任何一个囚犯胆敢站在他们前面一排。熟悉侯风历史的人们纷纷用某种畏惧的眼神注视着他，而不知道所以然的人则纷纷交头接耳，打听这是何方神圣。曾通心里多少有些奇怪，理论上说，在鹄山监狱里的囚犯都是亡命之徒，应该不会互相买账服气，可是，他们却在对侯风这件事情上表现了惊人的一致性。也许，这是三百六十行、行行出状元的古训的体现？妈的，侯风算什么状元？

曾通是唯一和侯风并肩走出甬道的人，看守们也默许了这样的情况。从地下消息的传播和看守们对侯风的态度来看，鹄山监狱的看守和囚犯们似乎有某些微妙的关系。考虑到看守和囚犯并没有本质的不同，这样的微妙关系并不是乍看上去那么不正常。两人走出甬道，为突然而来的阳光眯了一会儿眼睛，风带来透心凉的新鲜空气，清洗掉肺叶里的污秽连同长时间处在黑暗中带来的怪异气息。这自由是来得如此的欢畅，以至于让两人多少都有点不适应，脚步也踌躇起来。

当曾通和侯风重新适应了美好的阳光和新鲜空气，在两人视野里的是一片黄色沙土地中一个瘦高的身影，他一动不动地站在原地，却并没有阻止别人的感官觉察到他的思维和肌肉是同样的敏捷、高效。这，会是一个厚重坚实如同大地般值得信赖的伙伴，或者也可能是一个最可怕的敌人，当阳光洒在他的肩头，一层金边在他的周围若隐若现的时候，每个人都会有这样的认知。

后面的囚犯们就没有什么好顾虑的了，他们一拥而出，混乱又嘈杂，带着身体上的恶臭和洞穴里的肮脏，仿佛是一群被洪水赶出洞穴的耗子。曾通看到了百羽，看到了小崔以及其他熟识的人。百羽的脸上仍然惨不忍睹，他看了看曾通身边的侯风，没敢和曾通打招呼，就咬牙切齿地狠狠瞪了狱长好一会儿，然后带着几个人躲得远远的。

狱长的思考被非常不愉快地打断，他轻蔑地扫视着那些耗子们，然后看了一眼曾通和侯风，转身朝操场的另一边去了。

曾通询问道："去那边？"他示意狱长的方向。

侯风毫不客气地侮辱他，这是他最近发现在不能用物理攻击的情况下发泄的好方式："你最好再朝那边靠近些，好让大家都以为狱长非常中意你的屁眼。之后，就永远不要再让我见到你，以免让大家产生桃花三瓣之类既不健康又不正确的联想。"

曾通说不出话来，侯风又道："现在你带着我周围逛一下。"语气轻松得如同是来交游参观的远方客人。于是曾通带着他走东逛西，来这里半年多以来的种种被回忆并传进侯风的大脑:东南西北山的高度,操场中间已经缩小得不成样子的混沌湖泊,洗衣工地,挑水工作,蔬菜种植,劳动时间人手分配的作息制度一二三四。侯风一边听,一边眼睛不停地扫向那些遇见他们就让路,这辈子打从娘胎出来就没这么礼貌过的囚犯。

待到曾通说得差不多了,侯风背着手,忽然没头没脑地说了一句:"一棵树上有二十只鸟,你打了个喷嚏吓走了一只,再看时树上还有几只?"

曾通愣了一下:"没,没有了。"他怀疑这又是侯风嘲弄他的圈套。近来他发觉侯风言辞之犀利只在狱长之上,他可不想又触了什么霉头。

"如果树上有一百只鸟呢?"

"还是……没有了?"

"真的吗? 你确定你的喷嚏有那么响?"

"那……"

侯风出奇地没有嘲讽他:"我已经给足了条件,树上被吓走了一只鸟。如果这样说你不明白的话,那么如果树上有一百二十二只鸟,已经吓走了四十只,那么没有吓走之前呢?"

曾通有点明白他在说什么了,侯风是在怀疑囚犯的人数? 可是,这又有什么关系? 狱长不是说过吗? 一百二十二人,那是五年前那件事情发生之后的人数了。那么以前,应该是一百六十二人? 不,除开自己、侯风,应该是一百六十人。

侯风道:"别他妈白费力气了,老子今天心情好,教你个乖,没事要多想多看。树上有二十只鸟,如果吓走了一只鸟,应该还有十九只。但是如果你不去一只一只地仔细数,你还是会以为是二十只。因为,你既没有见到那只鸟飞走,也没有可能一瞬间看出那些躲躲藏藏的家伙们到底有多少。"

"你是说?"

"数目不对! 我们都不是站惯队列的人,对一百多号人应该有多少这样的印象是非常模糊、主观、不准确的。这个监狱的人数比我们想象中少得多。我已经数过三遍了,囚犯的数量怎么算也不到一百人。"

"可是,"曾通想起了什么,"有时候狱长会让他们报数。"

"你听到过? 你也参与过报数?"

"对啊。"

"这就是问题的关键! 为什么他们自己口中报数会是一个数字,而事实上我们自己数又会是一个缩水很多的数字。"

"那是为什么?"

"为什么?"侯风道,"那是因为你头壳坏掉了想不出来。谁他妈告诉你只有囚犯才有资格报数的?"侯风转身不再理会他。

曾通的心里有些不安,自己思维的触须似乎已经触碰到了一个什么东西的边缘,却又抓不住这样滑溜溜又毛茸茸的东西。

报数的人,不一定是囚犯。不是囚犯,就是看守。那时候狱长和曾通都不熟悉周围的人,那么,难道看守冒充囚犯报数?那么为什么看守们要帮助囚犯们遮掩?遮掩给谁看?

当如同岩石一般厚重的夜到来的时候,狱长端坐在桌子旁,手边是一杯茶、一把手枪、一本本子、一只手表和一张综合了侯风、曾通以及自己的地图。地图杂乱到没有可以让人产生任何的方向感觉,但是如果仔细看的话,就会发现其中依然存在有价值的东西。

基本上来说,侯风和自己的草图没有太大的出入,而曾通,走的似乎完全是另一条线。最让人感觉荒谬的是,曾通在声称自己迷路的时候,曾经两次走过一条十字路口,一次是东西方向,一次是南北方向。虽然曾通不管智力还是方向感都让狱长感到不放心,但他还是注意到这一点。

如果用迷路的说法,曾通这样走也可以成立,但他最后又是如何走出来的呢?是真的因为他所说的,阴森的影子的指点?

也许那不是影子,而是另外的什么东西?

地图的旁边,还有一本摊开的笔记簿,那是一个惊人的秘密,除了狱长知道以外,就只有侯风知道一些片段。光是这些片段,就足够说服侯风参加狱长的计划了。他已经在这本笔记簿上添加了不少东西,现在,他相信自己已经完全写完了所有的内容。

狱长瞟了一眼手表,时间差不多了,今天晚上的行动应该会揭开这些疑问的谜底。

他站起身来,将一些纸稿和那本笔记簿塞到皮带下面,将外衣放下来弄仔细,走到门边,将手放到门把上准备开门出去。他的动作很轻很慢。

然后,一声微微的声音刺进了他的耳朵,他觉得自己的影子晃动了一下。

狱长顿了片刻,目不转睛地看着门板上自己的影子,影子的右手握着他的左手,在那一瞬间他几乎以为自己摸到了自己影子的手的粗糙,但他很快意识到那是门把而已。他等待着影子的动向,曾通说过的,在那一瞬间,影子会自己动!

影子没有异常地动,背后的油灯又跳了一下。

他霍然转身,盯着那油灯。油灯的火苗在没有风的静寂房间里飘忽着,似乎是被恶魔的手捏在掌心一样,挤压成长长的一条。

"哔丝——"它跳动了一下。

狱长心里跟着一跳,他没有动弹,油灯的跳动越发频繁,每跳一下,狱长的瞳孔就收缩一下。

"哔丝——哔丝——哔丝——哔丝——"

"哔丝、哔丝、哔丝、哔丝……"

必死必死必死必死……

狱长的鼻翼扇动了一下,他忽然大步流星地走上前去,一掌将油灯扇倒在地上,一脚踏灭了火苗。

然后,他走出门去。在那一瞬间,即使强悍如同森蚺,他其实也对自己的领地困惑了起来。在猫捉老鼠这个游戏中,狱长第一次怀疑自己扮演的角色。他第一次怀疑,自己是否有想象中的那样强大。自己的计划,是否有想象中的那样严密而可靠。

走了一程,狱长忽然想起什么,他一摸腰间,发现将佩枪忘在了桌上。现在回去吗?已经太远了,何况,迟到不符合他的作风。但是,自从进了鹊山监狱之后,这把枪就没有离开过他的视线。

狱长迟疑了一下,还是决定继续往前走。他一边走,一边摇头自嘲,竟然会被油灯弄得心神不宁,方寸大乱。那声音,应该是油灯的灯芯不对而造成的正常跳动吧?

或者,那是一种警告,一种凶兆。

狱长走到了约定的地点,曾通正在那里等着他。曾通的脸色苍白,冷汗连连。

"怎么? 侯风呢?"

"侯风,他来不了了。"

"来不了了? 你的意思是,他不按我们计划的时间,先走一步?"

"不是,"曾通道,"他走了。他带着乌鸦,用你的钥匙,出去了。"

"你是说他越狱了?"

曾通无声地点点头，狱长又问道："你怎么不去？"但马上他就知道这是废话，侯风有一万个理由不带曾通出去，而曾通却绝对没有胆子跟着。他道："他说了些什么吗？"

曾通道："他说了乱七八糟的什么监狱、什么杀人的事情，然后对乌鸦说他饿了，让乌鸦带他去厨房找点吃的，然后去外面散散步、找找乐子，估计三年五载回来不了，十年八载一定能回来。"

狱长皱着眉头，然后很快就释然。"走吧，别理会他。"狱长道。

"可是……"

"没什么可是。别担心侯风，他不是你，"狱长道，"你怎么逃过马宣的视线的？他又在开小差打瞌睡？"

"不是，是侯风将他绑了起来。他吩咐我来找你，不让我跟着他免得坏了他的兴致。"

狱长已经完全明白侯风的意思，他会心地一笑，这个侯风，他什么都可能干得出来，但是不会这样就离去。狱长放心地往前走去，满肚子纳闷的曾通连忙跟上。两人走了一程，狱长命曾通拿着一个甬道边取下的油灯为他照明，他则一边读着地图，一边辨识着方向。曾通做这样的工作倒非常称职，每当他举起地图的时候，便举着灯过到身前，而当他看向一条甬道的时候，则举灯朝前照亮。他开始觉得曾通毕竟不是个纯粹的累赘。

"狱长，"曾通道，"今天放风的时候，侯风发觉了一件事情。"

"嗯？什么事？"

"侯风发觉，似乎囚犯的人数不大对头。按理说，现在应该一共有一百二十二个囚犯，但是侯风却数了不到一百个。"

"嗯？那又怎样？"

"你不认为这里面有什么问题吗？"曾通问道。狱长毕竟不是侯风，曾通大可不必担心侯风的暴力冲动会在什么时候出现，胆子大了不少，话也多了起来。

狱长点点头："监狱的人在减少，这是个事实。"他懒得跟曾通多解释，上回那个在厨房里烧火将手烧伤的家伙叫什么名字？凌超？还有那个冒失的看守。那么不熟练的新手怎么可能被安排来烧火？这不是说明那个监管厨房的看守是个白痴，而是说明，监狱人手的匮乏。

"可是，你不担心吗？那些少了的人到哪里去了？"

狱长笑了笑："听着曾通，我们现在要做的事情，比侦察不见了的囚犯们重要得多。侯风将太多的心思放在那些白痴饭桶身上，你跟他待在一起久了，恐怕受了他的影响。你要记住，在这个监狱里，囚犯的问题并不是首要的。"

"那么，什么才是首要的？"

狱长皱着眉头翻看着地图，没有回答。曾通又问："我们这是去哪里？去干什么？去那天我们走的那个地方吗？"

"不是，"狱长简短地回答道，顿了一下，又道："曾通，不要东问西问了。你的头脑决定了你知道的事情越少越好，不管是对你、对我，还是对整个事情。"

两人边走边轻声交谈，狱长不时停下来看看地图，拿出笔修正。曾通不知道狱长能从一团乱麻一样的地图线路上能看出什么。狱长手里的地图是狱长、侯风和曾通三人地图的叠加透视图，再加上原本的地图。

狱长忽然道："曾通，你对侯风的推断怎么看？你也不相信是不是？"

曾通点头道："对。"他永远无法忘记甬道里的影子，还有找不到来源的沙沙声。

狱长回头注视着曾通的眼睛不语，曾通不知道自己哪里错了。半晌，狱长道："我也不相信。因为，我相信这个监狱里有些事情是人力所不能及的。"

狱长接下来的话让曾通瞠目结舌，他道："我相信，这里有鬼。"

他接着道："虽然我知道，对于一个像我这样的人来说，结论是荒谬透顶的，但是，我们每个人都有一种奇怪的偏执，也许这是人类的天性——我们只相信自己的眼睛看到的东西。记得我们上一次会合的地方吗？"

曾通点点头，又摇摇头："不太清楚。这鬼甬道看起来到处都一个样子。哦，对了，上回我还并不知道你跟在我和侯风后面呢。"

"这对于你来说，的确挺不容易。但是我记得，如果侯风在的话，相信他也能。"狱长朝旁边的甬道壁一指："就是这里。"

甬道壁上有一盏油灯，油灯旁有被人抠下一大团泥土的痕迹。曾通想起来了，上回侯风和他走到这里的时候，曾经抓下一块泥土探听风声，并在什么都没有的情况下停留了很长一段时间。狱长回头一指："看见那个拐角了吗？油灯旁边那个。当时我就在那里，距离这里不到三十米的距离。当时你和侯风就站在我们现在站的地方，你认为，距离这么近的情况下，我能看错吗？"

曾通眺望过去，那盏油灯清晰可见。很显然，既然自己能看清楚，狱长也没有道理看不清楚。

狱长道:"所以,侯风那套什么 XYZ 的代数理论根本就不能成立。我确实跟在了你们的后面,后来侯风躲了起来,等待我好超越过去,再跟在我身后。这些都是按照计划实行的,没有任何纰漏。"

"那么?"曾通忽然想到了什么。

"那么,为什么突然之间你身后会出现一个人,并将我以及侯风引到另一个方向呢?为什么我会把他错看成你并一直跟着呢?侯风的理论已经破产了,我们只有找出新的。"

狱长回头看着曾通,他一字一句地说:"我认为,那不是人。"

随着狱长的这句话,仿佛一股黑暗中来的阴风灌进了这个从来没有空气流动的甬道深处,曾通的汗毛又竖立了起来,他从心底深处认同了狱长的判断。狱长不知道,也许是他待曾通颇好而侯风却十分凶恶可怕的缘故,狱长的话在曾通心中的分量远远超过了侯风。

"有一点侯风说得很对,"狱长道,"没有办法解释一个人会专门等候在甬道的深处,并跟在企图越狱的囚犯后面。如果那样的话,这个人必然要经年累月地蛰伏在黑暗之中,这是没有道理的。但是侯风将这个角色局限在了人的范围。人是不可以,但是不是人,却是可以的。如果他不是,也只有他不是人,那天的事情才能够被解释。"

狱长看着曾通,曾通的冷汗从他额头上的毛孔爬了出来,从鬓角的发梢滑落下来。他不清楚曾通可以承受这样的事情多久,但是,狱长想道,但愿他能坚持得久些。

"而在这个问题之上更加荒谬的问题是,你相信鬼有逻辑吗?"

"不知道。"

"你当然不知道,没有人能百分之百肯定,除非他们自己变成鬼。可是,我却看到了一条线索。"狱长忽然想道,侯风的缺席未必不是好事,至少,曾通可以做一个守口如瓶的人。他道:"你记得吗?你来这里半年多了,是什么时候开始发觉事情不对的?"

"事情不对?"曾通回忆道,"似乎……来的第一天,进鹊山监狱之前,事情就不大对劲。第一天,我看见了老舜,老舜被放出去的时候对我做了个奇怪的手势,"他用手指对自己的眼睛比划一下,又将手掌横放在喉头来回磨,"而后,我遇见了一个叫伍世员的人,他告诉我从来没有人见过老舜;再然后,是百羽他们几个人说不认识伍世员,而伍世员却说他跟他们是一伙的……而之后,伍世员失踪了,所有人都说没有这个人;然后我报告给你,你说有人监听你,然后侯风来了,我们去探路……"

狱长打断他的回忆:"而真正可怕的怪事,是你那次迷路的时候是吧?"

"不错,"曾通赞同道,"是这样。虽然前面的事情,也能感到有什么不对劲,但是却也没有什么特别的事情发生,直到——"

"直到你开始以为你要出去的时候。"

"对,是这样。当时是你们瞒着我……"

"当时是侯风不屑于对你说事情的真相,我当初是要他转告你的,但是他却想戏弄你一番,让你满腔的自由渴望成为泡影,而这一个无形中的凑巧给了我一个答案。"

"什么答案?"

"第二次呢?你听的沙沙声是什么时候?"

"是我和侯风在研究地图的时候。"

"第三次呢?你和乌鸦聊天,然后你们谈到了什么?"

"很多,我每天都和他聊天打发时间,他不像侯风……那样,也很愿意闲聊,似乎和平常没什么不同……"

"我问你们谈到了什么?"

曾通皱着眉头回忆:"似乎说了一下伙食,他抱怨了一下,然后他说他才是老大,然后说到五年前的事情……"

"他有没有提到过,想出鹊山监狱,或者让侯风帮助他出去之类的话?"

"好像……有?"

"到底有没有?!"

"有的,"曾通想起来了,"对,有的!他说出去之后随便我问什么都行,我问他有没有把握,他就不回答了。"

模式合拢了,狱长点点头:"你,想出去吗?"

曾通迟疑了一下,他看着狱长的绿色制服,忽然想起了对方还是一个狱长,这样的话是不是真的很合适?但是在狱长的凌厉目光逼迫下,他无法不说实话,"想。"他低头道。

"对了,"狱长满意地拍拍他的肩膀,"曾经有本书里说过一句话:讲真话是释放我们心灵自由的唯一途径。你讲了真话,你渴望自由。所以你会得到,今天。"

"什么?"

"今天，现在，我们出去，去呼吸自由的空气，"狱长道，"你不是问我们今天到底去哪里干什么吗？出去！我们现在就出鹊山监狱这个鬼地方，然后永远不再回来。"

狱长满意地看着曾通惊呆了的模样，他忽然笑了："由一个狱长亲自为你带路越狱，这样的机会并不太多，好好珍惜吧。"

狱长相信自己的判断，曾通内心的恐惧促使他接受自己的安排，并情不自禁地相信他关于越狱的话。经过一段分析之后，曾通应该会迫不及待地跟随他离开鹊山监狱，而不会仔细考虑他后面的话，而那偏偏才是重点。尽管他刚刚还像模像样地宣称说真话让人身心自由，但很可惜的是，那本身就是一句谎言。

两人继续往前走，熟悉的恐惧感又回到了曾通的心里。一个又一个的油灯被抛在了脑后，继续向前面下一个昏暗的油灯照亮的前方进发。走过它，再向前，又是一盏油灯。油灯越来越稀少，看得出，这是布置的人在人迹罕至的地方节省材料，于是两盏油灯之间，是近乎于完全的黑暗。曾通从来不曾记得自己来的时候走过那么长的路，也许，是对甬道的恐惧，以及对自由的热切渴望延长了时间的感觉。

油灯仿佛有无限多，甬道仿佛有无限长，一会儿爬坡，一会儿下坡，一会儿直线，一会儿弯曲。无数次，狱长是否迷路的怀疑，像到来的时候一样是否永远不能走出去的焦虑，浮上曾通的心头。每一次拐弯，他都期待着通往甬道外面的那道门就在眼前，但每一次，他都失望。幸好有狱长在他身边，狱长嘴角边的微笑让他又无数次打消了走不出去的想法。曾通知道，他是狱长，他是这里的主宰，他是这个阴森、充满邪恶和阴谋的监狱里的上帝，如果他要干什么，没有什么能够阻止。就算是他要带着自己一起逃跑，那也是必然会成功的事情。

不知道为什么，曾通的心里在自己都不察觉间用了一个"逃"字。

与此同时，狱长却焦躁起来，他期待中的事情，却总也不发生，他甚至开始验算自己的推理是否正确。甬道并不平整，是粗粗凿通、勉强可以容两人并肩前行的山洞。每次有影子的变化，狱长就将视线的焦点转移上去。但阴影太多了，甬道壁上的突起都有一个影子，而它们都会随着曾通和自己的行走而改变长度和形状。走着走着，狱长忽然有一种荒谬的感觉：这个甬道是活的。但是他又很快地摇头，与自己的推论相比，这其实也是极其类似的想法，并不怎么荒谬。

两人越走越远，狱长不时地回头望望，以至于曾通也不时和他做同一动作。狱长不愿意跟曾通多解释什么，如果他认为有人跟着，就让他这样认为好了。狱长想，即使自己跟他解释了,他也不见得就会安心多少。慢慢地,狱长的脚步放慢了,他心底的一个声音在告诉他:"快来了,快来了……"

拐了个弯,混沌的黑暗扑面而来。那黑暗是如此纯粹,如此厚重,以至于狱长和曾通同时嗅到了一丝死亡的气息。窒息伸出它的枯爪,环绕在他们二人的颈上。狱长看着伸手可及的黑暗,无法压抑的寒气从心底里升起,流动,最后汇聚到他全身裸露在空气中的所有部分,和在邪恶气氛里的阴冷汇合成一股,慢慢再从衣领里滑下去,从袖口流上去。不用看也知道,曾通的手也在颤抖,因为他举着的油灯照射不过些许的地方在不断晃动。

前面的路,没有壁上的油灯了。或者,有油灯,但是没有点亮。

狱长道:"我们走了多久?"

"不到、不到半个小时。"

"我们走了多远?"

"……"

"有上回远吗?"

"感觉上,远远没有。"

狱长不再说话,他看着曾通,曾通也看着狱长。两人在沉默中对视了良久。寂静的甬道里只有两人呼吸越来越急促的气息声和跳动越来越快的心跳声。

然后,他们一齐转头看向背后的地面。

地面上,是他们的影子。由于曾通举着的光源距离他们很近,他们的影子仿佛是被一只看不见的手捏扁,挤压得又矮又胖。

狱长注视着自己的影子,他奇怪地发现,尽管曾通距离光源比自己还要近些,但曾通的影子却比自己的长。

不,不仅仅是如此。那影子还在变化,在变长。

曾通的影子慢慢地拉长,仿佛一个蹲在地上的人慢慢地站立起来。忽然,它举起了手一晃!

光在一瞬间变化了,是曾通已经被恐惧夺走了所有的力气和镇定,他扭曲地张大着嘴,却发不出半点声音来。他快拿不稳油灯了,他的手一松,狼狈地朝甬道壁靠去。油灯如同慢镜头一般向地上落下。就在这一瞬间,狱长以难以想象的速度一把捞起快要落地的油灯,满手的灯油。但灯芯还在燃烧,光源还在。他举起了油灯。

怪异的影子不见了，狱长的影子还是矮矮一团，曾通靠在甬道壁上，他的影子也斜斜地拉扯在了甬道壁上。狱长以侯风似的粗鲁提着快要瘫痪的曾通站到甬道中央，再次仔细地观察。

影子没有不正常的地方。

狱长看向曾通，曾通的鼻翼可笑地张合着，嘴巴大张开，呼吸着这甬道深处本来就浑浊不堪的空气。狱长并不着急，他举着油灯，开始以一种让曾通心里发毛的方式走动起来，眼睛却一直盯在地面上，观察自己的影子，以及绕着曾通打圈儿的影子。他在绕着曾通走，曾通的影子也绕着曾通走，他发现自己永远也追不上曾通的影子，和曾通的影子之间，始终隔着一个曾通。这让狱长心中一动。他抬起头看着曾通，曾通的呼吸已经逐渐平息了不少。在狱长绕着他走的最初，他只觉得狱长是疯了，但随着狱长观察地面的目光让他很快明白狱长的目的。他也开始观察绕着自己打圈的影子来。狱长走到右边，他就将头扭向左边，一直跟着移动的影子到右边，然后又扭着脖子看向左边，周而复始，直到他酸痛脖子上的脑袋开始发晕。

狱长停了下来，他将油灯交到曾通手里。"刚才你看见了？"他问。

曾通点点头，他几乎被自己的冷汗湿了个透。

狱长道："你看到什么了？"

曾通艰难地慢慢举起右手，地上，他的影子也缓缓伸出右手，指向一个方向。

狱长顺着那只手的方向抬起头，看着那条没有油灯也看不见尽头的黑暗甬道。然后，他回过头，看着还在瑟瑟发抖的曾通。他笑了。

"继续往前走，会是哪里？"他笑着问道。

曾通无语地摇摇头。

狱长道："往前走，回到原来的地方，这就是我们需要被告知的。另外，很抱歉地通知你，今天我们大概是不用想出去了。"

"很多时候，人们只相信自己亲眼看见的事情，而更多的时候，人们只相信自己愿意让自己看见的事情。所以，其实人们只相信自己愿意相信的事情，而对自己不愿意发生的事情，不管怎么有事实根据，也有一种本能的排斥。"狱长举着油灯在前面带路，而曾通却与他并排前行。他脆弱的神经使他根本没有胆子孤独地走在狱长的背后，生怕狱长身后的那片黑暗随时——趁狱长不注意的时候——将他拖进黑暗的深处。其实就算走在狱长身旁,他也不时地回头看看,观察自己的影子。

狱长并不知道路,他只是随意地走着,因为他知道,如果有迷路的话,甬道壁上会有记号提醒,而那绝不是侯风留下的。他知道曾通的心里一定奇怪为什么他不会感到害怕,因为他没有时间了,他必须将事情一股脑塞进曾通的脑海里。自从侯风进来之后,他的紧迫感就以加速度的方式叠加,而今天侯风拒绝和自己一起行动,更是证明了这一点。他一边说一边整理着思路,尽量以曾通能够听懂的详尽叙述方式。

"……看看我们背后,"狱长停下脚步,转身指着背后的那片黑暗,继而又转身指着前面,"再看看前面,你能看到什么?是无穷无尽的黑暗和无穷无尽的未知。而我们,托这个油灯的福,"狱长把玩着手里的油灯,刚才那盏油灯的灯油不够了,他又取了另外一只,"我们是这个黑暗恐怖世界中心里的一个小小的温暖光明的中心。然而,就算如此,我们所在的地方也不是黑暗的,比方说——"狱长伸出脚点了点地上,他的影子也做着同样的动作。仿佛是两个人在用脚尖相互触碰致意,"这个影子。阴影是黑暗的,它和将我们包围的黑暗没有区别。你害怕影子,可是,你有没有想过,那所有的黑暗,有没有可能是由无数个影子构成?而我们的影子,不过是它们分离出来的一个小小的部分,并最终将回归到它该在的地方?"

看着曾通一脸的茫然,狱长知道自己讲得太深了,于是他说:"看你的样子就知道你不明白。鬼,知不知道?鬼!这个他妈的天杀的监狱里是有鬼的!"

"什……什么?"

狱长满意地看着曾通眼睛里的惊惶,他知道他已经在曾通的心里埋下了自己趋于疯狂的种子,现在要做的事情,是给这个种子浇浇水、施施肥:"是的,这个监狱有鬼的存在!记得刚才我问过你,鬼是讲逻辑的吗?或者用另一种通俗的说法,鬼的出现有规律吗?鬼的迹象可以被事先推测和判断吗?现在我们已经得出了答案,有的!记得刚才我让你回忆的是什么?是每次发生怪事都在什么时候?有白天?有晚上?这个狗日的终年不见日月的山洞有什么白天晚上好分辨的?每次发生怪事,都有一个前提,就是谈论出去!谈论越狱,或者逍遥自在地走出去!每次我们想出去,或者谈论出去,或者研究怎么样出去,怪事就发生了!那是什么?影子?它给你指路?它看起来似乎对你颇有好感,不忍心扔下你一人在迷宫一样的甬道里迷路最后被累死、渴死、饿死?"

曾通盯着狱长的脸,他忽然发现,平日里说话虽然偶尔刻薄,但是大多数时候平淡和蔼的狱长不见了！此刻的狱长和侯风的神态竟然是如此的相像，他们的本质竟然是如此疯狂！他发现，此刻的狱长不是狱长，他难道是侯风装扮的吗？

狱长接着道："不！不是，那是警告，曾通。那是警告！那是警告我们不要再想什么出去的事情！就像刚才一样，它给我们指路了？它只是想把我们送到原来的地方而已。那天侯风想捉弄你，不料让你真的相信了会越狱，所以它出现了！今天，我又成功地让你相信了我们将出去，所以它又出现了！"

"你是说，我们出不去……"

"不错，是它不要我们出去！你知道这里是什么地方吗？想想我们走过的甬道，谁会把监狱修成这个样子？今天我们走到这里，走了少算也有三五里路，可是我们还在甬道里绕圈，而根据我们上回探路的路线图，我们每个人画出的不尽相同！今天我刻意带着你去找那些我们曾经走过的路，但是我找不到！原本标出的路根本就不存在，也许它们从来就不存在！你知道了吧？如果甬道真有那么多，我干脆撞墙死了得了！我们根本就没有迷路，也不曾迷路，是这个监狱里存在着的某种邪恶让我们无法走出去！说到底，我们不过是在山的腹腔里兜着圈子！那天我看了你画的图，更加使我相信了这一点。"狱长说着掏出一张纸，那是曾通和侯风上一回探路的路线回忆。

"看见这里没有？"狱长指着一条路线，是一个交叉，"你在这里画上了一个交叉，好像这个路口的四个方向你都走了个遍是不是？当时你迷路了是不是？你记得你走过一个路口四个方向吗？"

"不……我当时很迷糊……"

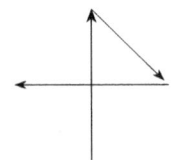

"不，曾通！如果你走过一个十字路口，你穿越经过了这垂直的两个方向，比方说，这是南和北，可是你发觉你又在东方的位置出现了，这时候你会做什么？你会去走那个西方的路口吗？不，你不会，你会从哪里来就打哪里回去，这是每一个迷路的人的想法！我们都会想，是中间的从南到北的方向没有错，是从北莫名其妙走到东的中间哪个地方出了什么问题。在你没有验证这个问题之前，你万万不会去碰那条西方的方向,因为你知道那会更增加事情的复杂性,使问题变得越发难以解决! 当你回来的时候,尽管你很惊恐地说你遇见了鬼,可是我非常清楚地知道,你并没有丧失你的理智,你没有那样走过!"

"那是怎么回事?"

"因为你不是原路返回的! 你从下方或者上方重新穿过了! 你明白了吧? 这些甬道并不是一个平面上,他们是三维的! 这些甬道也不止一个出口,它也许有无数个出口,无数个循环,无数条死路和活路,但更有可能是,它一个出口也没有! 告诉我,修这样的甬道,符合建造监狱的逻辑吗?"

"不,不符合。"

"不错,它不符合建造监狱的逻辑,不符合一个监狱建造时候应有的财力和物力,侯风也说过,不管是开矿还是战备,都有不成立的充分理由。就算是帝王陵墓,也绝对没有这么复杂的、防止盗墓的设计。所以,所有的一切指向一个结论——它不是人造的。"

寒意一阵又一阵地往曾通脸上袭来,一部分是狱长的分析,一部分是狱长的表情。曾通已习惯了狱长没有表情的脸,忽然之间,狱长的脸上的各种表情——激动、热切,都变得狰狞而扭曲。他继续说道:"所以,我的结论是,不管我朝哪个方向走,最终我会绕回原来的地方,绕回我们出发的地方,走回我们的牢房! 那,是我们的坟墓! 记得吗? 你说过的,你曾经看见过老舜? 来监狱的第一天?"

曾通点头,狱长忽然咆哮道:"那根本就不是老舜,那天只有一个出狱的人,那天是前任狱长出去的日子! 那个人是前任狱长!"

"什……么?"

"后来你看到的那个所谓的狱长不过是个看守,代理狱长事务,我来了之后说明了情况,他就卸任了。然后,他就奇迹般地蒸发在了鹁山监狱里;还有,你认识的那个什么伍世员,因为跟你多说了几句话,也莫名其妙地失踪了,所有的人都拒绝承认他的存在;再有侯风观察到的囚犯的数目,这说明鹁山监狱的人一直在莫名其妙地失踪。他们到哪里去了? 难道他们能走出去吗?"

"……为什么,没有人承认他们见过老舜?"

狱长拍拍曾通的肩膀:"这是问题的焦点,他们有很多理由不承认这个人。看,我们一直在走,走的距离恐怕已经超过了上回我们探路的距离,可是我既没有发现一条路跟上回重复,也没有发现这条路的方向。你看我是多么正确,哈哈。"狱长打了个让人毛骨悚然的哈哈,"我来告诉你他们去哪里了。他们被埋在了地下!他们死在了那些永远都走不出去的甬道里!他们想要离开这里!所以,他们必须死!这个监狱的恶灵吞噬了他们,他们被吞噬在大地的腹中!"

"是……吗?"

"如果大地不会说谎的话,我们不会再见到他们。"

"可是,如果他们又出现了……"曾通忽然想起老舜,想起令人奇怪到惊悚的伍世员。

狱长意味深长地看了曾通一眼,又道:"有一样东西,你想必很好奇。那天我第一次和侯风谈话的时候,我给他看过一样东西,说服了他让他参与进来,想知道是什么吗?"

狱长从皮带下面抽出那本笔记簿:"这是我的前任在百无聊赖中写的日记,你也许非常想知道里面的内容。即便是侯风,也只不过看到过一些片段而已。不过,在我交给你之前,你必须答应我一件事情。"

"什么事情?"

"不管发生什么事情,不管你看见了什么,甚至不管我发生了什么,你都不能将这个笔记簿交给任何其他一个你认为可以信任的人。你能做到吗?"

曾通无语地点头,他接过那本笔记簿,狱长忽然又道:"其实这是让你安全些,因为这本笔记簿,"他顿了一下,脸色忽然变得非常诡异,"这本笔记簿里有一个恶毒的诅咒!"

啊?!

"啊——"一声尖锐得让人心脏收缩的惨叫穿透了厚厚的甬道壁,从未知的空间里传来。紧接着,是"砰"的一声枪响。

狱长与曾通对视一眼,狱长道:"记住我说的话,快将笔记簿收起来,有些问题我现在来不及和你说了,不过侯风应该能探查出来——看起来,我们快到家了呢。"说着一纵而出,曾通也跑步跟上。

狱长不知道的是,枪声并不是从他预料到的那把手枪里发出的。在他的计算里,侯风是个极大的变数。

他还不知道的是,他身边的曾通并不是他想象中的那样愚蠢。事实上,曾通在跟着狱长奔跑的时候,忽然意识到一个严重的问题:为什么大家都不逃走?

与此同时,余学钧走在监狱的另一个方向。他隐隐感到,这天晚上似乎有事情将要发生。惨叫声和枪声证实了他的想法,他朝那声惨叫和枪响的方向奔跑起来。在那个方向上,侯风正狞笑着对面无人色的马宣说:"狱长不是狱长!狱长是假冒的!"

与此同时,在百羽的监仓里,百羽的三个弟兄围住了他,等待着他回答一个问题。良久,百羽冲小崔问道:"你觉得呢?"

"干!"小崔抿着的嘴唇缝隙透出一个字,细长的眼睛里闪烁着凶光。

看守们的吼叫声慢慢地从远方传来,急促的脚步声越来越近。监仓里的犯人们纷纷跳下床来,拥挤着将自己的脑袋塞向小小的透气窗口,想弄明白发生了什么事情。由于大家的脑袋都很硬,不免在互相用头拥挤的过程中有些混乱。

黑暗之中,一股骚动的气氛流动着穿过鹊山监狱的每一条甬道,仿佛在唤醒着沉睡已久的邪恶。那,是罪恶的胎动。

叁 侯风

　　他看见侯风以超出他一贯的印象和想象中最不可能的表情跳了起来,那是极端的战栗和恐惧!

　　透过锁孔,侯风看见了一个人的眼睛正在锁孔外面看着他!那是双充满诅咒和怨恨却没有一丝生命色彩的眼睛!

侯风进鹄山监狱之前，有幸见到过他无法到手的"货物"狱长。

作为一个职业卖家，侯风在这一行的声誉无人能及。和那种从勤恳上进的愣头青混到老江湖的传统职业模式不同，侯风是天才型的那一类，他与生俱来的头脑和体力，让经验的积累成为多余的事情。所有圈内人士都很难想象侯风这种人做其他任何普通人的工作，他天生就是个职业杀手的料。就像在这个世界的每一种行业一样，天才总是比勤奋更能让人崇拜。侯风想象力丰富的大脑决定了他办事的手段高效而多样，花样繁复，让所有的买家，尤其是希望他承办复仇业务的买家们都心旷神怡，在压抑住自己心里的恐惧时连叹物超所值。同时，这样的做法却可以轻易地让每一个企图捕捉他的警察误入歧途，去寻找一个他们怎么也找不出行踪的变态杀人狂。当然，他的本事并不仅仅如此，在他看来，逃脱追捕和追捕猎物——业内称呼为"货"，并不很困难。

侯风善于自我总结，他认为这是好事，所以他的言行越来越和大家的想象符合，以至于到后来谁也不知道到底是他故意装成那样，还是他本来就那么变态。

也许他自己也不知道。

不管怎么样，侯风声名鹊起，开价越来越高，却总也不愁没人找上门来。而他也总能让对方如愿以偿，并心甘情愿地将钱交给他，以至于让他想过的无数种对付企图赖账的人的手段无法实施，让他颇为懊恼。有闲暇的时候，他也曾经怀疑过，那些人那么顺利痛快地交钱，也许与他极端残暴的行为和极端诡异的行踪很有关系。他自己也承认，那是很有威慑力的。但是这样做的时候他从来没有想过那么多。他闲暇的时间很少，总是接一个又一个的订单，没有时间去证实自己这个怀疑的对错。

一次，他接到一个订单，订单的货物资料极少，除了一张远远的侧面照片，便是一个"陈"字的姓写在照片背后——甚至连名字都没有。

没有行踪，没有住址，没有年龄，没有周围人的资料，甚至没有清晰的正面五官，除了知道他是在国内，其他一无所知。订单要的是这个人的喉关节，这在其他人看来根本不可能完成，侯风却接了。他找到了那个人，他跟上了那个人，他几乎得手。

但是他毕竟没有。

他不仅没有得手，而且还被对方察觉。他反被他跟上，他几乎反被他得手。对方的手法熟练，行为诡秘，分明是个行家。侯风很快明白，对方也是一个卖家，和他一样的卖家。只不过不同的是，对方并不出名，并不像他那样泽被四方，威名显赫。侯风从来不知道，业内还有这样和他不相上下的高手。在西北荒凉的戈壁上，跟踪与被跟踪，杀与被杀，惊险与悬念，在无人知晓、除了日月星辰冷冷地注视下连连上演。

开始，侯风觉得很刺激，是对方将他引入了戈壁。通常情况下，被追杀的货会选择人口稠密的地方，比如大城市，这样容易隐藏自己，但是对方没有，因为对方也想杀他。在这种情况下，人口稠密反而会加大自己发现目标的难度，于是对方选择了荒野。目标只有一个，要么活，要么死，简单得多。对方的主动选择让侯风知道，尽管对方也很强，但事实上不如他。

无数次，侯风眼看就要得手，但对方每次都能化险为夷，并给自己造成相当的威胁，让自己也差点丢了性命。逐渐的，侯风厌倦了这个游戏。有好几次，他都想一走了之，让这个该死的戈壁生存课程见鬼去，回去一刀宰了那个下单的混蛋，封住他的口。这样他的名声还在，他还是最强的，他还能风光无限地辉煌下去。

但是他知道，这不过是想想罢了。对方是不会轻易善罢甘休的。对方只差自己毫厘之间，一旦自己退缩，就再没有足够的气势压倒他，自己就只能逃命，最后任人宰割。

所以他得坚持下去。

慢慢地，侯风得知这片戈壁的深处有一所监狱的存在，因为他无数次发现有看守押着背负着食物、饮水和其他补给的囚犯经过。补给当然变成了他的，而且他很快发现，那个只比他差一点，却怎么也打不败的对手也在干同样的事情。他从一个临死的看守嘴里得知，那所监狱叫：鹃山监狱。

但是后来情况发生了变化，忽然之间，在接连几次补给被自己劫了之后，再也没有看守押着囚犯去外面采纳，这是个严重的问题。侯风知道，对手也面临同样的麻烦。他等着对方先动。后发制人，是他一贯的原则。

然后，那对手就不见了。侯风当然知道对方应该去了什么地方，他在戈壁外面的小镇整整守株待兔半年，却发现对方根本没有想出来的愿望。侯风知道对手不一般，于是决定前往一探究竟。

但是出乎他意料的是，对手仿佛是在监狱里等待着他的出现，并欢迎他的到来，他毫不防备地对自己推心置腹。侯风记得当时自己完全可以干掉他，并割下他的喉头回去，但他没有。因为对方那身绿色的制服。

那是狱长。

侯风不知道他凭什么弄到狱长的身份并让所有的看守和囚犯都接受，侯风只知道他绝对是个冒牌货。但是这不重要，重要的是他绿色的制服可以调集大量的人手对付自己，一旦被堵在监狱外面，便也毫无办法。

所以他相信了狱长，他很快就确定这事确实是如同狱长所说的，很有趣很让人兴奋，尤其是对他或者狱长这样的人。这件事情能带来的成就感和满足感远远大于取下个别人的个别器官。相信狱长也正是这个原因认为他会接受，所以毫不防备地欢迎他的到来。

但是现在，他厌倦了。就像当初在戈壁上风餐露宿提心吊胆一样，监狱里的生活远远不能满足他的感官享受，尤其是几个月来一个女人都没有看到过，让他觉得自己已经成了这个监狱或者这片戈壁的囚徒。他是一个追求享受生活的人，否则仅仅是兴趣爱好的话，也不必去开那么高的价格。现在，他认为自己已经触碰到了谜底，而狱长的计划已经毫无价值，他打算揭开所有的秘密，然后带着狱长的喉头——也许附带上别的什么人的——回去拿他那剩下的货款。

于是他走出房门，大摇大摆地朝着蹲在地上的马宣就是一脚。

"干什么?!"马宣一惊之下醒来，乍然看见这个被风传成神话、平日里却被他打得毫无脾气的人站在面前，惊出一身冷汗。惯性思维让他忽略了侯风怎么走出牢房的问题，他大吼道："操你奶奶个熊！老子一天不打你，你就皮痒不是？居然又敢越狱，你奶奶的反了你？"马宣轻松地一记耳光挥出，却万万想不到这个囚犯还有胆子反抗。

侯风有点懊恼，本来他想留着马宣问点什么，但是这个马宣的愚蠢正在让他不断与自己肚皮里一阵阵翻涌的杀意对抗。于是他轻松地一掌击出，在马宣的巴掌还没有到他脸上的时候，他的掌缘轻轻地在马宣的后脑勺上硌了一下。马宣应身而倒。

"行了，都出来吧。"侯风打开乌鸦的牢房，逮着他的衣领将他揪了出来，回头对自己打开牢房门的曾通吼道："还愣着干什么？还不快去找你的狱长？"

曾通迟疑："可是……他？"他指着茫然的乌鸦。

"他什么他？他总知道厨房怎么走吧？你奶奶的，爷爷肚子饿了，你又猴急着要去跟你的狱长干些莫名其妙的勾当，爷爷找谁带路去厨房吃食？他妈的，吃饱了好做事。乌鸦，你爷爷要做什么事？"

乌鸦诚惶诚恐，连连摇头，侯风哈哈一笑："爷爷还能干什么？这他妈鸟不拉屎的地方，老子待腻味了！操，吃饭全是馒头，早上馒头，中午馒头，晚上馒头，馒头馒头，操你姥姥的馒头，爷爷的嘴里淡得出个鸟来，你家爷爷想吃肉了！嗯？对！乌鸦，厨房哪里走？"

"那倒不远，两分钟就走到了。不过，肉有没有，倒是不知道。"

"唔？"侯风横目一瞪，肚皮里暗暗好笑。

"啊……啊，想起来了，上回在那里干活的一个弟兄说，还有些腊肉，不过不多了，还是上年的，现在就做给狱长一个人吃。"

"我操，他倒享受！"侯风仰天哈哈一笑，在这个当口了，乌鸦居然还企图欺骗他，企图让他相信狱长、看守、狱霸、犯人，一切都井井有条，企图让他认为这个监狱是个真实的、正常的、有秩序的寻常监狱。侯风笑眯眯道："嗯，你这老小子怎么今天忽然天良发现倒乖觉得紧哪？爷爷考考你，吃饱了要干什么哪？"

"这……"

"这什么？吃饱了，当然是要活动身体。饭后走一走，活到九十九。吃完了你再带老子逛上一逛，走上一走，要是一不小心走出去了，那也不打紧。要是走出去不想再回来，就玩上个三年五载，随便找个人寻点乐子，三年五载回不来，十年八载一定回来。不错，就这样，乌鸦，知道怎么散步吧？"

"这个……那些看守怎么办？"

"废什么鸡巴话？要出去，当然就要遮人耳目，什么看守，你不会一刀把他们宰了？爷爷带你去杀人！你会杀人么？老子可记得你是老大来着，用不着脏手吧？"

乌鸦道："那倒没有，事情还是要做的。"

"兴许你很久没有杀过人了，需要找个人练习练习？你先来杀杀我热热手？"

乌鸦吓了一跳："侯先生开玩笑。"

曾通道："你……不跟我们去了？"

"去你个屁！赶紧赶紧赶紧滚！乌鸦，把这家伙扛上，咱们先去厨房看看，要是没有腊肉,好宰了他合些面粉做人肉羹。人肉其实味道不坏,你一定也想得吞口水了吧?咦?你爷爷要吃肉,你莫非也想跟老子抢?告诉你,你想吃,就只能吃人肉!想吃人肉,就自己去杀。爷爷的手要吃饭,被弄脏了你怎么负得了这个责?"

乌鸦哪里敢答话。他扛起晕倒的马宣,一肚皮不乐意地带路。正走了一会儿,侯风忽然道:"慢着,我忽然想起来了,我还有些物事放在狱长那里,现在我们去取出来。"

乌鸦无奈之下,只好跟着他到狱长的房间。狱长的门重新换过了一把锁,侯风也懒得再用他的万能钥匙,他懒心无常地晃到门口,"咣"地一脚踢开门走了进去。

"好运气!"侯风眼睛一亮,他发现狱长的佩枪被遗忘在了桌上,于是连忙抓起塞进裤腰带上,又翻着狱长办公桌上堆积的纸张。

"侯先生,这,我们这是干什么?"

侯风不理他,他翻动着狱长的纸张,将一张照片取了出来,然后将所有纸张全部堆起来,就着油灯点着。然后他将点着的纸扔在狱长的炕上:"哈哈,咱们要出去散步了,狱长这老小子一定会来个装聋作哑,偷懒睡大觉,咱们将他的炕烧了,让他少睡些觉,努力勤奋工作。"说完想了一下,最后再看一眼那张照片,扔到了火苗之上。

"现在,"侯风看了看烈焰腾腾的火炕,得意地回头道,"激励狱长的事情做完了,咱们也该照顾照顾自己了。快带路,去厨房。"

"可是,狱长要是回来了怎么办?"

"放心,他没有一两个小时是回不来的。别他妈关心火灾了,你以为你是消防队员不成?扛好咱们的肉食,把你的亲亲狱长交给你爷爷来操心。"

两人来到厨房,侯风将门关好并从里锁上。

乌鸦大惑不解,他实在不知道这个侯风要干什么。莫名其妙地说什么吃饭,他想当然地以为是越狱的另一种说法——像侯风这样的变态,当然会为了表示自己的不同而说话拐弯抹角。更何况,变态之所以变态就是因为以为自己与众不同,并努力在行为上表现出来以期待他人的认同。可是如果越狱,为什么真的来厨房?难道要带上干粮么?今天越狱,并不是在乌鸦的计划当中,但是有侯风探一探路线并不是坏事。乌鸦知道这个侯风非常善于找人,善于找人的人自然善于跟踪与反跟踪,那么也就善于寻找路线。另一方面,尽管和侯风单独相处的时候乌鸦承认自己很害怕,单挑一对一,再来五六个乌鸦也不是侯风的对手,更别说他现在手里有枪,但是乌鸦表现出的谦恭更多的是不得不装出来的,因为他认为可以利用侯风完成一些事情,而一旦让他准备好了,侯风的生死不过在自己的股掌之间。侯风给过他的屈辱和难看,他将加倍偿还。

侯风道:"吃饭时间到了。现在先去找找口粮都在什么地方?你他妈愣着干什么?库房呢?"

乌鸦指了指一道门,于是两人抛下马宣,走进库房。库房很大,和外面的厨房相比就如同一个豪华客厅。只见一袋又一袋的面粉整齐地排成一排,从地板一路堆到天花板,几乎堆满了整整一面墙,颇为壮观。看得出来这面粉墙的后面还有不知道多少袋面粉。库房的其他地方倒是非常空旷,只有几个木桶。侯风揭开盖一闻,发现是油。"唔,灯油也是用这个油吗?"他问。

"对。"

"想必是看守们每天去加灯油吧?犯人做这事可不大妥当,说不定一路添油添下去,添到外面也说不定。"

"外面还有五六个看守,不过,他们可不管添油这种事情。"

"哼,这么多面粉,也不知道再吃个五十年,吃到大家都死光光了吃得完不。"

"侯先生,"乌鸦忽然看起来有点紧张,他掩饰道:"这里都是面粉,腊肉我刚才瞧见了,就挂在灶台上。"

侯风看着乌鸦不住冷笑,这个白痴并不比曾通聪明多少,他竟然真的以为自己三更半夜跑到厨房来偷食。侯风走到那堵面粉墙前,摸出匕首,狠狠地扎进一只鼓鼓的袋子,然后猛地一划。

想象中,匕首划破装得鼓鼓的面粉袋子,应该有洁白的面粉如同瀑布一般倾泻下来,但是这个袋子没有。侯风的匕首一扎进袋子,就知道自己是对的,里面绝对不是面粉。

一些黄糊糊的东西随着麻袋被扎破撒落在地上。那是沙土。

乌鸦瞪着眼睛看着地上的沙土,侯风又随机一连扎破几个袋子,里面无一例外是沙土,没有面粉。直到他扎破第八个袋子,才找到了面粉。

侯风冷冷地转身看着乌鸦:"你真的不知道这个?"

"不……知道……我不知道,我怎么会知道?"

"哼!你不知道,又怎么知道厨房里的这扇门隔壁是库房来着?"

"我以前在厨房里干过。"乌鸦强自镇定。

"既然在厨房干过,会不知道粮食已经不够了?"

"我真的不知道。我是三年前在这里干过,后来一直没干这事。现在狱长安排我洗衣服和被单。"乌鸦分辩道。

侯风道:"操!这么多麻袋,让人以为还有大把的口粮,还有大把的时间可以消耗。那你说,这是怎么回事?"

"自从半年多以前,去外面取粮的弟兄和看守就莫名其妙地失踪,活不见人,死不见尸。后来专门有人出去找过他们,回来的人都说,那些人肯定是迷路了,被外面的莽扑吞掉了。还有人说……还有人说,是那些恶灵……后来,后来就没有人愿意出去了。"

"哼!你不是说你不知道么?怎么又知道了?还什么恶灵?你是说,你们情愿都被饿死在这里?"

"这个,知道的人很少。"

"那你他妈怎么可能知道?你是个囚犯,你知道了所有犯人都应该知道的!看守们会放心告诉你?你他妈一告诉其他人这事,这个监狱不暴动才怪!"

侯风狠狠地将匕首扎进第九只麻袋里。

"叮!"一声清脆的响声。

侯风和乌鸦同时一惊。侯风连忙划开这只麻袋,只见里面是些沙土,沙土下却有些黑糊糊的东西露出了头,在油灯的照耀下发出乌黑得发亮的金属光泽。侯风将那东西取了出来,不由呆住了。

是枪!

是一把制式步枪。侯风连忙划开他能划得到的所有袋子,吩咐乌鸦将里面的东西都掏出来。答案出来了,在西面,是差不多一百多袋面粉,剩下的绝大部分麻袋是沙土,而东面的角落里有整整十只袋子,里面的沙土埋着二十把步枪和一把手枪。另外有十只袋子里的沙土下是黄澄澄的子弹。

就在为刚才无意间偷到狱长的手枪而洋洋得意的侯风,看到这样的情况也不由有点发愣。怎么办?自己绝对没法同时用二十把枪,可如果这些枪落在别人的手里,那他侯某人的处境就大大不妥了。他和乌鸦面面相觑,只能呆呆地看着这些枪。同时,两人的脑海里都在飞快地盘算着。

侯风从乌鸦的表情看出了他对枪的出现感到的诧异不是装出来的,这和他看到面粉口袋里的沙土时硬装出来的惊讶根本就是两回事。那么,是谁将这些枪藏在这里的？拿这些枪怎么办呢？枪都藏在这里，也难怪鹊山监狱里从来没有见过有人佩枪，除了狱长。

想到狱长，侯风忽然笑了。他再仔细地看那些枪，枪身乌黑，但是长时间沙土的覆盖使得其本来乌黑的表面黯淡了不少，仿佛是被去了势，失去了武器与生俱来的杀气。看着看着，侯风脸上的笑容更加爽朗了。这个姓陈的！还真他妈有一套。毫无疑问，这样的事情只能是他干的。侯风问乌鸦道："狱长是不是下令不许人拥有枪械？"

"好像有这么回事，他上任之后就没有看守持枪了。"

"为什么呢？"

"不太清楚，不过有传言说他到来之后就要求所有的枪械都由他保管。"

"那些看守们也心甘情愿？"

"其实也没有什么，看守们不佩枪出来犯人们也不敢怎样，因为没有人知道他们的枪到底在哪里。何况狱长自己是佩枪的，所以就算有人想冒险也不敢轻举妄动。"

侯风一笑："听起来，你跟看守们可熟得不得了啊。"

乌鸦知道自己说漏了嘴，连忙掩饰道："不不，只是有些交情而已……"

"不错，有些将他们没有枪都告诉你的交情，看来交情不浅。可是为什么他们打你打得那样狠呢？做给谁看？我么？"

乌鸦的汗珠出现在他的额头，他说不出话来。侯风却嘿嘿一笑，仿佛根本没事一样："嗯，狱长怎么会把枪藏在这个地方？他是什么意思？啊？装什么老实？你他妈说话啊？别他妈再装了，乌鸦，你的演技让我很恶心。老子知道你跟看守是一伙的，现在你告诉我，他为什么要把枪藏起来？你最好回答我的话，不要忘记了！"他拍了一拍腰间。

乌鸦瞄了一眼地上的枪，侯风笑吟吟地看着他。终于，乌鸦估算完距离，认为自己绝对没有把握在侯风掏出枪之前跳过去拿上枪再上好子弹干掉对方，于是开口道："是……本来枪就放在这里。可是忽然有一天，枪全部不见了，大家怎么找也找不到。后来大家都以为是狱长把它们拿进自己的房间了。却想不到，想不到被狱长藏在了这里。"

侯风笑道："这些事情必须一晚上干完，工作量够大，他的勤奋真让人佩服啊，呵呵呵呵。不过，真是奇怪了，为什么要把这些袋子排成一面墙的模样？空地方还有那么多为什么——哼！后面是什么？"

"不……知道。"

侯风用力一拉,一片麻袋垮了下来,露出一个黑糊糊的洞口。

"这个算什么玩意儿?"侯风注视着乌鸦,乌鸦颤抖着嘴唇,答不出话来。两人之间,一股杀气弥散开来。到底杀不杀乌鸦?这个洞自己也可以钻进去探察?乌鸦还有价值活着吗?在良久的沉默中,侯风颇有点拿不定主意。乌鸦的目光呆滞,充满了惶恐和绝望,脸上布满的汗水一滴一滴地滑落下来滴在地上,想必是知道自己命不长久吧。

"啊——"

就在这时候,外面厨房的马宣忽然发出一声撕心裂肺的惨叫。

侯风霍然转身,迈出了门。马宣嘶着嗓子道:"是你……快叫狱长——"

"什么狱长?谁是狱长?这里根本就没有狱长。"

"什么?"

"那个狱长是假冒的。"

乌鸦一个箭步冲上前去,飞快地抄起地上那把手枪。多年的经验让他从枪的重量知道,弹匣竟然是满的。他没有犹豫,对着侯风的后脑勺扣下了扳机。

"砰——"

鲜血从乌鸦裂开的右手飞溅而出,染红了他的半边身体。他嚎叫着滚在地上。

"你的智商真让我失望,"侯风头也不回地说,"那些枪所有的枪管和枪身的连接部分都被人不轻不重地砸过。砸的人非常小心,乍看上去并没有破坏什么,可是这些刚好堵住了子弹的枪如果开火的话,唯一的结果就是炸膛并顺便将拿枪人的手炸掉。本来我是想干掉你了事,但是看起来你非常英勇地验证了狱长和我对枪械的熟悉程度,也省掉了我的麻烦。可别恨我,那都是狱长干的,我可最怕别人恨我了。别人一恨我,我就只有干掉他。现在,"他不再理会在地上滚来滚去嚎叫的乌鸦,转头对抱着头惨白着脸坐在地上的马宣道,"你他妈又在鬼吼些什么?怎么每个人离我近了都要乱吼乱叫?老子的面相不够善良么?你他妈到底看见了什么?"

"鬼!有鬼——"

"你说什么?"

"鬼!鬼来了,它们来了!"

门外一阵急促的脚步声越来越近,侯风盯着门,将手放在了腰间。

"是我。"狱长的声音在外面响起。看起来,他似乎知道自己在里面,侯风想。

和侯风一样,狱长一脚踢开门,和曾通前后而入。狱长一边看着侯风手指间转动的手枪,一边道:"哦呵!看看这里发生了什么!一个一身是血半死不活的人,一个被阎王遣送回来面无人色的人,还有一个洋洋得意的家伙不知道在高兴什么。"

"狱长——狱长,救命——"马宣看见狱长的到来,忽然像看见救星一样大声嚷起来。

"鬼叫什么?"侯风顺势踢了他一脚,冷笑着举起枪,闭上一只眼睛瞄准狱长:"结束了。"

"什么结束了?"狱长道。

"一切都结束了。"

"你都知道了?"

"是。"

"夸"的一声,侯风打开了保险。

狱长毫不在意地走到一张桌子旁,将桌子推到门边,刚好顶住了被踢坏了的门。桌子的另一端抵着厚实的甬壁,除非将门敲碎,否则外面的人根本无法进入。

"那么,现在我想我们还有些许时间,我洗耳恭听。"

"开玩笑,"侯风笑着摆摆手,将枪塞回腰间,"我还没完全弄清楚到底出了什么事情。让我们先来听听他们的故事。"他一指地上的马宣和乌鸦。

"谁先来?"狱长道。

乌鸦停止了呻吟,和马宣对望一眼。

"乌鸦,别他妈挺尸了,"侯风喝道,"你的伤不过是破了点皮,又不是伤筋动骨,老趴在地上想证明你的恋地情节?把你知道的都说出来,别再要花样,嗯?"

狱长道:"现在让我们回到事情最初,回到那个焦点人物身上。"他看向侯风,侯风点点头;"老舜。别再笼统地说什么这个可怕那个恐怖,说具体的。"

侯风一边听着乌鸦的叙述,一边冷冷地上下打量狱长。狱长今天的表情看起来相当怪异,白净的脸上泛着红光,仿佛是三天三夜未曾睡觉一样兴奋地急促地呼吸着,他的衣领也和他侯某人一样脏。这可是非常非常特别的事情,是什么原因让狱长这样一向对自己仪表非常重视的人也忘记了换干净衬衣了?他和曾通今天到底看见什么?侯风斜眼朝曾通望去,这是一个正常人的表情,侯风想。曾通的脸上或多或少和马宣有点相似,但他的眼睛里却透露出好奇和探索,他正紧紧地盯着乌鸦。

乌鸦道:"五年前我们来的时候,我从号子里的其他兄弟那里听到一个秘密,一个关于老舜的秘密。最初,大家都没有在意,但是接下来,大家开始发现这里有些不同寻常的东西。似乎每个人都不愿意谈论这个事情,或者说每个人都在逃避。我们不知道他们在逃避什么。后来有一天,我被分配到照顾那些快要死了的病人。那个病人是个傻子,不,是大家都以为他是傻子,我不知道他叫什么名字,我们叫他袁痴。平时,他要不就是胡言乱语,要不就是整天地一声不吭,但是在他临死的前一天,他忽然清醒了……"

"……知道,咳咳,知道老舜么你?"袁痴躺在床上,他的每一声呼吸都带着类似金属碰撞的尖锐声音。乌鸦知道,他命不久矣。

"听人说过。"

"哦……我敢打赌,没人,没人愿意跟你说老舜究竟是什么。"

"是啊。"乌鸦惊讶这个袁痴似乎神志正常了,他将脸盆放下,走到袁痴的床边。袁痴的脸上布满污垢,这是成年累月没有洗脸的结果,乌鸦想。

"想……知道么?我,我可以告诉你,"袁痴挣扎着举起右手,"反正,反正我已经活不了几天了。在鹊山监狱,我这样剩下最后几天的人,咳咳,都会被放到外面去……外面的戈壁上去等死。"

"谁是老舜?"乌鸦问。

"我不知道。"袁痴用调侃般的眼神望着乌鸦,满脸满眼的嘲弄。

"你真是疯了。"乌鸦不耐烦地将袁痴的右手甩开。

"不,你听我说。我不知道,我不知道老舜,是因为老舜根本就不是一个人。"

"什么?"

"老舜不是一个人。你来鹊山监狱多久了?"

"刚来,就两月。"

"你来的这些天里,有没有发现一些怪事?"

"……"

"你有,是吧?你有没有听见什么奇怪的声音从脚底传来,或者一些奇怪的从来没有见过的人一晃而过?你有没有注意到一些奇怪的,咳咳,和常识不符合的事情?"

"你看见过什么?"乌鸦不愿意回答,他反问道。

袁痴摇摇手:"老舜。老舜是一个人,又不是一个人。咳咳,在鹊山监狱,也许从鹊山监狱开始的时候就有老舜,一直到鹊山监狱被地陷吞掉为止,都会有一个老舜,"他举起手,压住乌鸦的询问,"我也不知道老舜是从什么时候开始在的。我也不知道现在的老舜是谁。操,反正不会是我。咳咳,但是,现在肯定会有一个老舜。一个老舜死了,另一个老舜接着。"

乌鸦侧坐在床边:"你是说,老舜并不是一个人的名字,并不是特别指向一个单独的人,而是一个类似职务一样的代号?比方说,像狱长这个称呼?"

"对,咳咳,就是这个意思。我问你,你认真地回答我,你,你相信有鬼吗?"

"……"乌鸦吞了口口水,这个问题如果要较真的话,他没法简单回答一句相信或者不相信。

袁痴看出了他的迟疑:"你回答不了,对不对?你原本是不相信的,但是进来之后,发现有些事情,没有鬼就没法解释了是不是?"

乌鸦迟疑着,最后狠狠地点了点头。

"我告诉你,咳咳,我相信有鬼的,我亲眼见过。开始我以为是我的幻觉,我以为我是被关疯了,但是后来我发现不是这样。你知道为什么吗?"

乌鸦摇摇头,袁痴继续道:"我曾经看过一本书,书上说一个人是不是疯了他自己永远都不知道。但是我想我没有疯,因为,当我看到那些东西的时候,我并没有理所当然地认为那是正常的,并且也认为自己是正常的,而是很焦虑地思考着,怀疑着自己是否正常。我猜想,一个疯子不会怀疑自己是不是疯子,而一个正常的人则会有这样的思考,你说是不是?"

乌鸦听不大懂,他问道:"你说的老舜……"

"对,老舜。"袁痴加重语气,"现在的老舜是谁,前任的老舜是谁,我都不知道。但是我知道老舜是怎么来的。咳咳,我知道!"

"怎么来的?"

"在鹊山监狱,总会有些人失踪,他们莫名其妙地失踪,就那样,就不见了。你知道吗?你才来,还没注意到。反正,他们就那样失踪了,也不是逃了。"

"死了?"

"对!被,人,杀了。"袁痴挣扎着想坐起来,乌鸦连忙扶着他。

"被谁杀了?"

袁痴看着乌鸦:"可能是被任何人。任何看守,任何犯人。这是,咳咳,一个曾经想要杀死我,结果反而死在我手里的人在咽气儿前说的。这个监狱,被恶鬼控制着。人们不知道它在哪里,却知道它要干什么。"

"那恶鬼就是老舜?"

"不是,老舜不是,老舜是代言人。"

"代言人?"

"对,有一个游戏,叫作找出老舜。这个游戏你玩过吧?"袁痴忽然笑了笑,乌鸦连连摇头,袁痴道:"你现在就在玩这个游戏了,哈,咳咳,不是吗? 找出老舜,然后干什么? 没有人知道,谁是老舜也没有人知道,但是大家都知道,老舜是邪恶的代言人,他告诉大家的那些事情,都会实现。"

"什么事情?"

"比如说,谁会死。"

"你会死吗?"

"没人告诉我我也知道我会。我也想过,会不会我是老舜? 我可以预言自己死,但是,我却不能预言你会不会死,虽然说,人人都会死,但是我却不知道你会不会死在这个号子里。所以,我知道我不是。"

"那么怎么找出老舜?"

"找出你要怎样?"

"……"

"杀了他,对不对? 咳咳,"袁痴道,"很正常的想法。我还可以告诉你一条线索,老舜是不可能被人杀死的。因为,咳咳,因为……"

"保护他,那些鬼?"

"对,"袁痴点点头,"所以,找出他,也没什么用处,最多问一问,自己会不会死。但是,如果能出去的话……不,没有人能再出去,当老舜出现之后,没有人能再出去!"

"什么?"侯风皱眉问道,他对乌鸦在关键时候打住非常不满。

乌鸦正用一只手压住另一只手止血:"没了,他忽然又不说话。我一问他,他就又胡说八道起来。我觉得那算是回光返照。"

"后来呢?"狱长问。

"后来他就不行了,第二天我和另一个弟兄把他抬出去,还没走到一半就咽气了。"

"这算什么?"侯风怒道,他和狱长对望一眼。狱长摇摇头:"这倒也可以解释为什么囚犯一个接一个地失踪。可是,如果是被人杀死的话,总会有尸体留下来。"

乌鸦道:"我揣摩他的话,最后想到,老舜就是一个杀人的游戏。杀死别人,也提防被别人杀死。最后那一个,就是老舜。这个监狱太大了,失踪的尸体总可以有不可能被发觉的地方藏起来。"

狱长点点头道:"这也是一种模式。不过,有一个很重要的问题,既然你相信这种鬼话,你为什么不逃出去?"他扭过头问马宣:"你相信老舜吗? 你为什么不逃出去? 如果你想出去,可是有大把大把的机会。"

马宣看了乌鸦一眼,正待回答,门外遥遥传来看守们蜂拥而至的嘈杂声。侯风道:"我看他暂时不需要回答这个,先让他满足我对那间房里的地道小小的好奇心。"不能让看守们看见这个乱七八糟的混乱场景,在一瞬间,侯风和狱长达成了共识。狱长点头道:"库房的地道是通向哪里? 乌鸦? 马宣? 你们谁告诉我们,谁活下去的机会更大。"

乌鸦和马宣再次对望一眼,乌鸦道:"是通向另一侧的一条甬道。"

"有多远?"

"不好说,不到一千米吧。"

"你们想通过这个越狱出去?"

"失败了,我们以为能另开一条通道,但是监狱里有太多的甬道不为人知道,结果一路挖到另一条非常罕至的甬道上去。"

侯风道:"怎么不接着挖了? 你们不是想越狱吗?"

乌鸦道:"在甬道里挖,太不安全。"

侯风了解地点点头,虽然这里离外面很远,但是如果在外侧的甬道开挖的话,很难保证不被别人发现。可是如果乌鸦的人掌控了所有在厨房工作的看守,这件事情就好办了。虽然远了很多,但是在鹊山监狱,什么都缺,唯独不缺的就是漫长的难以打发的时间。

狱长道:"开挖的时候,有不少怪事吧?"

乌鸦无声地点点头,侯风愣了一下,马上就明白过来,失踪的囚犯就是从此而来。

狱长接着忽然冷冷地笑道："如果我提议大家现在就从这里出去,有人反对吗?"他锐利到接近凶残的目光扫过曾通。

地道非常狭窄,仅仅能容下一个人半蹲着前行。五人排成一长串,乌鸦在前面带路,侯风跟着乌鸦,马宣在侯风后面,曾通在马宣后面,狱长断后。

"这样的安排似乎不大对劲。"在安排顺序的时候,侯风忽然阴阴地反对。

狱长道："这里的事情还有很多还没解决。在解决完那些事情之前,我们的事情暂时放下。"

"你凭什么相信我也这样认为?"侯风笑着拿出枪套在食指上摆弄几下,又从墙角取下一盏油灯,跟着乌鸦进入地道。他不愿意让狱长认为他害怕同时对付一前一后两个大有问题的囚犯和看守。另一方面,狱长安排自己在他在前面,无形中是承认了自己比他强。他乐于听见这样的承认。

马宣也跟了进去,曾通看着狱长,狱长看出了他的不安,冲他一笑："别担心,有我在后面。咱们走吧,我断后。"

外面的脚步声越来越响,就在狱长准备跨进黑暗的地道的时候,有看守猛烈地推动拍打着厨房的门。他们不知道,那扇门已经被封死了。

"谁? 谁在里面?""失火了! 先去救火! 是狱长的房间!"

看守们慌乱的声音从门外传来,狱长的嘴角不为人知地向后扯了下,跨进地道。

虽然自己不愿意承认,但是从心底里,侯风还是愿意相信狱长的安排。尽管前面有乌鸦,后面有马宣,尽管除了手里的油灯所能照射到的几尺地之内,地洞里一片漆黑,但是侯风却丝毫不放在心上。乌鸦根本手无缚鸡之力,而马宣虽然孔武有力,却仍然不是他侯风的对手。相比之下,其实乌鸦还要有威胁得多。当然,马宣不会这么看,他侯风一连串在马宣面前的表演,已经让这个没事就毒打他的看守认定侯风不过是徒有虚名而已。

侯风静静地跟着前面的乌鸦,事实上,五个人都在这一时刻选择了一声不吭。没有人愿意说话,压抑的气氛从众人的心中流出,渐渐扩散开来,逐渐充满了整个黑暗的地洞。走了一程,前面忽然出现一条岔路。

侯风一把抓住乌鸦："这算什么?"他指着岔路。

"死路。"乌鸦回头道,他越过侯风的肩膀,看见跟上来的马宣,马宣后面的曾通也露了个头。"开地洞的弟兄选错了方向,结果开挖了好长一段时间才发现,只好在这里重新挖过。我们没有指南针。"他继续解释道。

侯风点点头,放开乌鸦,众人继续前行。逐渐地,侯风开始焦躁起来。体格魁梧的他半蹲着在黑暗的地洞里前行要比其余的四人辛苦得多。侯风虽然认为自己无所不能,但是现在在这里,能做的事情却非常之少。他的思维运转起来,究竟什么时候解决和狱长之间的问题呢?狱长说的解决完这里的一切之后的安排很有道理,但是侯风不喜欢被别人安排时间,毕竟,从来都是他安排别人的,何况他们还是不死不休的对手。

现在动手吗?那不可能,中间隔着马宣和曾通,狱长随时都有可能让这两个家伙做肉盾,然后返身回到厨房里打开门让看守们冲进来。侯风忽然明白自己为什么焦虑,在这个站不直腰的地洞里,他的行动速度其实是不如狱长的。他开始有点后悔让自己走在前面而狱长断后,因为,如果他是狱长,他一定会在这个有利自己的地方选择有所行动。

只是,狱长会怎么行动呢?

另一方面,现在暂时和狱长是同盟关系,因为有第三股势力这个共同的敌人。可是,这个敌人什么时候消失?或者说,他侯风要在什么时候戳穿整个阴谋又同时最有杀掉狱长的把握?即便是侯风,也颇拿不定主意。现在的关键问题有几个,可是这些似乎不是马上就能得出答案的。

侯风忽然想到,有没有可能狱长已经知道了答案,现在要做的一切只不过是在为干掉他侯某人而演的一出戏?毕竟,狱长比自己早来这里半年,既然自己第一次看见乌鸦也知道乌鸦满嘴放屁,没道理狱长不知道。

但侯风很快否定掉这个假设,因为他相信,他比狱长强。

油灯跳动了一下,渐渐黯淡了下来,侯风骂了句娘。

乌鸦回过身来:"怎么?"

"快没油了,还有多远?"

"还……没走到一半。"乌鸦无法抑制心里对侯风的畏惧,忐忑不安地说出这句话,就捂着手观察着侯风的表情。但是他很快知道自己错了,因为侯风正瞪着他。

"瞅个鸡巴,那还不快走!"侯风顺势用手里的枪敲了一下乌鸦的头,乌鸦一个趔趄,已经止血的手似乎又开始痛起来。

油灯越来越暗,侯风焦躁地看着油灯,里面的油已经见了底,火苗已经是纯粹在燃烧灯芯,随时都可能熄灭。侯风将油灯朝前面扔了出去,一把抓住乌鸦。

"叮、叮、叮、叮……"油灯滚动几下，应声而灭。

众人眼前一黑，乌鸦停住脚步，后面的马宣跌撞在侯风的背上。就在此时，曾通忽然惊叫一声。

"怎么了？"侯风吼道。

"没、没怎么。"

"继续走！"侯风的喉咙里嘶哑出这样一句命令。

进入地洞之后，曾通就被不安的气氛笼罩着。这条黑洞比他走过的任何一条甬道更加阴森黑暗，更加适合邪恶的居住。很快曾通就发现，并不是他一个人这样想，因为所有人不说话，都不发出任何声音来，除了偶尔侯风时不时地小声叱喝盘问前面带路的乌鸦。整个地洞里回荡着五人的脚步声、呼吸声，和衣服不时磨在狭窄的洞壁上的声音。这不仅没有打破原有的寂静与阴森，反而更增添了一种让人心跳的紧张气氛。

最让曾通心有余悸的是，狱长最后问的一句话。

"如果我提议大家现在就从这里出去，有人反对吗？"

和狱长相处半年以来，曾通在自己都没有察觉的情况下逐渐学习到了狱长的思考和行事方式。也许只是一点皮毛，但也足够让他知道许多寻常不可能注意到的细节。

狱长的这句话是个圈套，曾通想，看似漫不经心近似玩笑的一句设问句，提议大家现在出去。他准确地掌握了所有人的心理，即没有人会真的反对。事实也证明，没有人在面对这句话时吭声。也就是说，所有人都在心里投了赞成票。

而狱长曾经告诉过自己，鹊山监狱没有人能出去，一旦当人们心中存在逃出去的念头的时候，黑暗的甬道深处蛰伏的邪恶就会出现，没有人在面对它时仍能侥幸。

那句话，是在招灵？或者，是引出黑暗中的邪恶的诅咒！

曾通打了个寒战。他走得并不快，一直与前面的马宣保持了两米的距离。与马宣相比，后面的狱长其实更加让他心里安稳些，所以他宁愿听着狱长平稳的呼吸，也不愿意贴着马宣的背。

走过岔路的时候，前面的乌鸦和侯风停了一下，讨论了两句，曾通对此毫不关心。但是很快他就注意到，侯风手里的油灯似乎越来越黯淡了。这可不是什么好兆头，在这个阴森的地洞，五个各自心怀鬼胎的人，唯一的一盏越来越黯淡的油灯，狱长的诅咒。

为什么,狱长要这样做呢?这样做又有什么好处呢?

前面忽然一暗,被那盏油灯逼退、一直围绕在众人周围的黑暗如同伺机而动的猛兽一跃而出,瞬间将众人吞噬。心里一直忐忑不安的曾通发出一声惊叫。

一只手迅速有力地抓住自己的脖子,是狱长。因为狱长的左手抓住他的脖子,右手在他的背后写字。

他写道:"别慌,曾通,是我。"

曾通费劲地辨识出这六个字,前面的侯风喝道:"怎么了?"

"没、没怎么!"

"继续走!"

狱长仍然在他背上写字:"别出声。"

曾通点了点头,他的这个动作被扶着他脖子的狱长很快感知到:"你相信我吗?"

曾通再次点点头,狱长又写道:"别想着出去,你不可能出去的。但是如果你想获救的话,想办法去西洞。"

这一段话太长了,狱长写得很快,曾通非常困难地辨认着。在此之前他从来没有这样和人对话的经历,这时候曾通才发现,不用视觉而用触觉来感知一个个的字是多么困难。而且,狱长在他背上的书写和他在纸上的笔记同样潦草。他慢慢地点点头,试着理解这句话。狱长很快解释道:"我这里有一张到西洞的地图,别理会其他的岔路,也别理会通往那里的路上是否还有油灯,也别理会路上会有什么怪事,按照地图走。"

曾通想张嘴询问,但狱长发现了他的这个极端不明智的企图,飞快地用手捂住他的嘴,继续用手在他背上写道:"别告诉任何人,记住,不管是谁,就算是任何救你的命的人都不行,否则你们会一起死。这是获救的唯一机会。"

曾通点点头,狱长忽然写道:"告诉他们,我在你背上写侯风想杀我。另外,很荣幸认识你,曾通。"

在那一瞬间,曾通几乎可以从背上的触觉感受到狱长在微笑。狱长的手离开他的脸,摸索出一张纸塞进他怀里,和那本笔记塞在一起,另一只手拍了拍他的背,然后绕到前面来,拿住他的手握了握。

这算是道别吗?曾通不祥地想。他想抓住狱长的手如法炮制地写上几个让他想不明白的问题,但是他抓了个空。

这时候，前面的乌鸦道："我们到了。"

曾通飞快地转身，极力伸长手臂想抓住狱长，却只能收获满把虚无的黑暗。他拼命地睁大眼睛，张开耳朵，希望捕捉哪怕一丝狱长的影子。在一切都徒劳无功之后，他终于忍不住大叫："狱长——"

"什么？"已经跨出地洞，头因为不慎而被地洞顶擦得痛得厉害的侯风喝道。

"是狱长！狱长……"

"狱长怎么了？"

"狱长不见了！"

该死！狱长果然行动了！侯风狠狠地想道。狱长一定是回去找那帮白痴看守们帮忙去了，随便一个劫持狱长企图越狱的借口，尽管彼此都知道是演戏，也可以让他侯风头痛半天。

这是条没有油灯，或者油灯里没有灯油灯芯，也没有点燃的甬道，可是就在前面不远就能看见光明透过甬道口传了进来，沿着甬道壁反射到众人的眼睛里。侯风看着那甬道口，脑袋里飞快地运转着。狱长这时候离开意味着什么呢？他难道已经能够解答所有的问题，所以这时候与自己分开，好准备和自己的生死约会？这倒颇为歹毒，因为自己身边还跟着这么一大帮碍手碍脚的家伙，还有那些已经接近谜底的事情缠绕着自己。而狱长现在则可以蛰伏在黑暗中，伺机而出，自己稍有疏忽，就有可能受到致命一击。想到这里，侯风对已经钻出地洞的曾通喝道："别告诉我他什么都没说！你们在后面落下这么远，鬼鬼祟祟干了些什么。"

"他在我背后写字。"

"他说了些什么？"

"他说，"曾通吞了下口水，这个事情让他大惑不解，"你，想杀他。"

侯风哈哈一笑，看来自己所料不错，狱长准备和自己开战了。乌鸦道："我们要回去找他吗？"

侯风笑笑道："不必多事，一伙囚犯回去找带了一帮看守的狱长那叫他妈的自投罗网。他还想找咱们呢。还有呢？说详细点。"后面却是对曾通说的。

曾通将刚才狱长的举动描述一遍，只是小心地将狱长说话的内容避开。一直沉默不语的马宣忽然跳了起来："你说什么？他左手扶着你的脖子右手在你背上写字！你确定吗？"

"怎么了?"曾通心里也泛起一丝不安。

马宣叫道:"他……他是左撇子!"

一股凉意从曾通的头顶一贯而入,直抵脚底。是啊,曾通也记得很清楚,狱长是个惯用左手的人!那么,刚才……难道不是狱长?难道……那是谁?

马宣叫了出来:"那是鬼!那不是人!那是鬼……"

侯风却对此毫不惊讶,他笑吟吟地看着曾通、乌鸦和马宣,直到马宣的叫声超过了他的容忍底线:"别鸡巴吼了,吼了也没你的好处。很荣幸地,我认识你们的狱长,在进鹃山监狱之前。"

马宣还在叫嚷:"那是鬼!有鬼!我看见了的,我亲眼见了的,就在门外……"

"住嘴!"侯风喝道。但只是让马宣停顿了一秒钟,他眼睛里滚动的惊惶让他继续吼叫道:"你给我走开,你这个欺世盗名的孬种别以为我怕你。"他对侯风叫道,又转向乌鸦,"大哥,真的有鬼啊——你们,你们真的不知道?相信我,我看见过,吴仲达就是鬼!刚才我在厨房又看见了!真的,我刚才在厨房就看见一个!鬼!鬼就跟在我们身后……"

大哥?曾通奇怪地看向乌鸦,发现乌鸦的脸上在不住地颤抖,仿佛大势已去的样子。

"别他妈放屁了!"侯风终于按捺不住了,在马宣面前的表演所产生的马宣对自己的轻蔑让他觉得这出戏该完了。他招牌似的一把抓住正在乱叫的马宣的咽喉,将他提离地面,一如当初对待曾通一样,转头用非常温和亲切的声音说:"我认识你们的狱长,他左右手都惯用的。他在你们面前用左手只是想留下一个误导你们的伏笔,就像我情愿让这个小子毒打一样。可惜的是他不是我,这个预留的伏笔没有起到什么作用。而我,"他举起马宣的手晃了晃,"却可以充分享受这一刻。"马宣口吐白沫,发出"呀、呀"的嘶哑惨叫,双脚不停地在空中蹬腾着,双手拼命想掰开侯风铁箍般卡在他脖子上的手。

"顺便说一句,他不是狱长,他是个冒牌货。"侯风继续道。

"什么?"曾通惊道。

"白痴,一个不抽烟的人,背那么多烟到监狱来干什么?没有哪个不抽烟的正牌狱长会这样干,他可不必讨好谁。现在,乌鸦,嘿嘿,或者我应该说,是乌老大,你的同伙在神志不清的时候不经意地出卖了你,你该用什么样的故事来满足我小小的好奇心呢？"

乌鸦慢慢往后退却，直到自己的脊背抵到甬道坚实阴冷的洞壁。他脸上的颜色一片死灰，映着洞口光亮的眼睛里充满了血丝。他知道，自己根本就不是这个侯风的对手，就算现在拔腿就跑，到甬道口的那一段距离也不可能比侯风扔下马宣拔出枪对着自己射出子弹来得快。

侯风笑道："为什么呢？一个囚犯却可以知道看守们秘密地在一个隐秘的地方挖掘？一个囚犯可以让一个看守尊称为大哥？曾通，这是为什么？"他转头看向曾通。

曾通脑袋里一团乱麻："不，我不知道。"

"我知道你不知道，你叫曾通？你通个屁。你怎么不叫曾桶？饭桶的桶！"侯风轻蔑地将马宣扔向洞壁，马宣砰地撞在洞壁上又跌落在地。"我来告诉你，"侯风道，"要么，这个囚犯不是囚犯，要么这个看守不是看守。考虑到老大这个称呼不大可能出自一个正经的看守，我们有充分理由认为，他，"他一脚踢在马宣的肚子上，"不是看守，而是个囚犯。他是这个乌鸦的手下。是不是这样，乌大哥？"

"我不知道你在说什么。"乌鸦小声地做着最后的抵抗。

"我在说什么？五年前！我在说五年前究竟是怎么回事！"侯风道，"你曾经给曾通说过一小段关于五年前的事情，你在不经意的时候说了部分的实话，想必你现在已经后悔得很了？你说是百羽抛弃了你，策划的暴动？这真他妈的是可笑的掩饰。"他看向曾通，"他们成功了，暴动。他们杀掉了所有的看守，然后自己的人穿上看守的衣服，你这位，就是我们的狱长，"他一指乌鸦，"至于百羽，恰恰相反，是他们抛弃了百羽，将百羽一行排除在圈子外面。"

乌鸦嘶声道："如果是这样，我们还穿什么看守的衣服，一股脑跑了就是。"

侯风道："不错，这样的理由应付像曾通这样大脑皮层神经元严重缺乏的家伙非常有效，但是你忘记了老子是什么人。我是谁？一个惯犯，一个职业卖家，一个和你用同样思维方式思考问题的人。你们为什么要装扮看守而不跑路？在理论上有他妈一万个理由，也许你们有扮装癖，但更合理的是，大家都是命案在身，从监狱杀掉看守越狱暴动而出之后，你们这些人要是再次失手就会直接枪毙，所以到那时候，每个失手的人会在第一时间供出这里的事情期待宽大处理。而你们这些惯犯，出去之后能靠什么讨生活？你们有多少人会走上正途而放弃你们狂热迷恋、奉献青春的犯罪事业？你们又有谁才能保证自己绝对不失手？所以，为了大家的安全，在找到一个大家都能放心的解决方法之前,没有人可以离开,否则他们每一个人都会被身边的同伴第一时间干掉。乌鸦,你想到解决办法没有?"

乌鸦瞠目不答,侯风继续道:"你有的!我来帮你回答,你从老犯人那里听来了老舜的故事,你开始觉得这一切都能为你所用。不错,甬道深处的邪恶,任何人都不能逃脱,邪恶的代言人老舜,杀人的游戏,地上爬行的没有眼睛的人,多么有趣的故事!配合鹊山监狱阴森的环境,真他妈是一出恐怖大戏。统统都是扯淡,统统都是放他娘的屁!很可惜,乌鸦,你实在没有编造故事的天分,那个没有眼睛的人我曾经在一本很有名的武侠小说里看到过,也不知道你给人家版权费没有?任何人都不能逃脱,因为任何逃脱的人都不能确信自己不被往日越狱的同伴出卖,至于老舜,根本就是子虚乌有从来没有存在过,我甚至相信连你说的什么袁痴都不曾存在,这都是你编造出来的谎言,为了你最后的目的,那个杀人游戏!这就是为什么鹊山监狱的囚犯会莫名其妙地失踪,他们都被你一个个杀掉了,到最后你杀完所有的人,就可以和五六个心腹一起出去!这就是你想出的解决方法!"

"可是……"曾通插话道,"他,马宣,一直和另一个看守出去采购补给,我来的时候就是被他们押送进来的,他们完全都可以逃走。"

"是么?那么另一个看守肯定不是他们的人,他大概是个老囚犯,让他和马宣在一起,可以互相监督。巧妙的力量平衡,最后大家都不敢动。"

乌鸦道:"不是。吴仲达不是囚犯,他是个看守。这样也只有他才可以带着人去采购补给。"

躺在地上的马宣渐渐苏醒,他张合着嘴发出"哑哑"的声音,似乎想说什么。三人的注意力都被吸引了过去。

"你说什么?"曾通蹲下身子。

"吴仲达……"

"什么?"

"吴仲达……不是人……"

"什么?不是人?"

"我……暴动的时候……我追着他……一直追到监狱外面……我亲眼……看见他被莽扑吞下了……"

曾通疑惑地抬起头,看着侯风,侯风正皱眉看向马宣。

马宣继续道:"刚才……我真的看见了……是鬼……是……"

曾通道:"是谁?"

"是伍世员……他拿着灯,从门外……经过……笑着看……看着我……"

伍世员!

终于,第一次,有另一个人承认有伍世员这个人的存在! 但是和第一次听到乌鸦承认老舜的存在不同的是,在这一次的一瞬间,曾通不知道如何形容自己的心情,他不知道自己是该笑还是该哭。按照侯风的说法,老舜是乌鸦编造出来的,可是在侯风否定掉狱长推论的一切之后,伍世员,他们承认有这个人了! 可是,马宣却说伍世员是鬼!

他死了?

"伍世员? 就是你说的那个人?"侯风皱眉问曾通道。曾通无语地点点头。

"毫无疑问,他是个囚犯! 而且他是乌鸦的人!"侯风道,"他在跟你曾通说话的时候,不小心透露了太多的东西,所以死在了他们的手里! 死在了那个杀人游戏里。这就是为什么他们不承认有这个人存在! 乌鸦,你什么时候动手的? 你不回答? 还是你压根儿忘记了这个毫不重要的小人物?"

乌鸦无法回答这个问题,侯风嘿嘿一笑:"杀人游戏,也真亏你想得出来,这倒是很符合老子的口味。现在让我们来试试看,"侯风和蔼可亲地转过头对乌鸦道,"怎样? 你认为,我和狱长,谁的枪法更好?"乌鸦苍白的脸上没有任何血色,于是侯风道,"那就让咱们开始吧。马宣,你相信你大哥的话是不是? 老舜?"侯风狠狠地一脚踢在马宣的肋部,伴随着肋骨的破碎和惨叫,马宣飞出了三四米之远。他痛彻心扉的惨叫声贯穿众人的鼓膜,振荡在整个甬道。

但是侯风并没有因此减少对马宣的攻击,曾通第一次真正意义上体会到了侯风的力量,每一次他的出手,都快得能带来一阵拂面而过的阴风。另外,他从来不连续打击,而是小心地控制着动作的节奏,让马宣的神经能够及时将所有的疼痛贯穿到他的大脑里。于是,马宣的惨叫和骨头碎裂的声音交替着起伏在曾通的耳边。

曾通终于忍不住了,他小声道:"侯风,小声点,这样会把看守引来的。"虽然话是这么说,更多的,是他不愿意马宣这样受苦,情愿侯风给他来个痛快。

"小声? 为什么要小声? 我不会那样安静地杀死一个人。我会杀得惊天动地,杀得鬼哭狼嚎,杀得全世界都知道,杀得他地下的祖宗十八代都为之胆寒。当最后时刻来临,他走完我为他布置的痛苦之路而看见地狱大门的时候,他会对我由衷地赞美并怀着感恩的心情舒心地微笑。曾通,不要充滥好人,滥好人的特征是忘掉别人做过的事情。他犯了个大错,他毒打我的时候,真的相信了我在他面前软弱无力的表演。人犯了错,就该付出代价。他没有毒打你,那是因为有你的狱长的存在。像他这样的人,这辈子不知道干过多少那样的事情,也不知道将来还会干多少,所以最好的解决方式是在此中断他罪恶的一生,让他了解人生的意义。让他明白,他来到这个世界上是老天爷不开眼,是个极端的错误。"

侯风一边滔滔不绝长篇大论,一边继续干着他的工作。乌鸦悄悄地向曾通挪过来:"曾通,别让他这么快把他杀了,他杀完了,下一个不是你就是我。"

曾通点点头,又摇摇头,他倒不完全同意乌鸦的这种判断。和狱长以及侯风相处的时间长了,耳熏目染之下他也学到了一点他们看问题的方法。很明显,乌鸦是想拖延时间让马宣的大喊大叫把看守们引过来。但是侯风很快停止了对马宣的打击,他伏下身去,摸了摸马宣的脖子,然后大摇其头:"我将他全身主要关节全部弄碎了,好让他从此不再迷恋体育活动而转向哲学的学习,他居然就这样辜负了老子一片栽培他的苦心,就这么挂了,真让人失望,"他回头,看向乌鸦和曾通,"热身准备结束了,谁是下一个?"

乌鸦和曾通同时后退一步,但是他们又同时停住了。逃跑是不可能的,因为侯风已经把那把狱长的佩枪掏了出来。

枪响了。曾通看见枪口随着一声剧烈的响声冒出的火花。他下意识地将自己的意识分散到身体的每一处,却发现自己感觉不到任何疼痛。与此同时,乌鸦倒在了地上。

侯风将枪插回腰间,走了过来,乌鸦的右腿被击中,他倒在地上死死地抱着伤腿,额头上瞬间冒出无数的冷汗,他的嘴唇被巨大的疼痛扭曲得不住颤抖。他嘶声道:"侯风!我操你妈!你他妈不要得意,你……你很快就得意不起来了!没有我,你根本就不可能逃得出去!告诉你,我就是老舜!所有的事情我都知道!你……还有你!"他转头看向曾通,"你们他妈都得死!"

侯风不理会他,只是皱眉看着乌鸦的伤腿,又看了看远处的光源。他问曾通道:"这么近的距离居然没有击中膝盖……曾通,你有没有发觉这里的人眼睛都不好用?"

曾通点点头,他忽然想起一件事情:"对,崖顶,崖顶有棵树!那棵枯树!没有人看见,除了我,我问了许多人,他们都看不见。"

"什么树?我可没注意。"

曾通将树形容了一遍,侯风点点头:"长期生活在幽暗的环境里,又缺乏维生素 A,必然的。我猜想这里没有人会有机会尝到胡萝卜吧?"

"可是,可是我告诉过狱长,他也看不见。"

侯风耸耸肩膀,曾通又急道:"可是连你也没看见!"

侯风不耐烦道:"我他妈是没注意!这可是完全节外生枝的事情,你的眼睛到底有没有焦点?你以为这是什么?醒醒吧,放弃你粗劣的思考,结束你混乱的推理,忘掉你那些该死的什么树,回到现实中来。你他妈的别以为我不知道你在想什么,想转移话题不是?"他一把抓住乌鸦的伤腿,将他倒提起来。

乌鸦兀自叫嚷道:"我操你姥姥的!侯风,我变成鬼也不会放过你!告诉你,我就是老舜,我预言你他妈的死得很难看!"

侯风冷笑道:"不错,你当然可以以为你就是老舜。你一次次谋杀那些囚犯们,除了你又有谁能预言他们谁跟谁是下一个死的?如果我没有想错,这是你在那些白痴面前建立威信的把戏!"

曾通将脸扭向一边。混合着乌鸦的惨叫,侯风一边做着某些动作,一边喝道:"曾通,你为什么不看?你不敢看?我还以为你跟那些人有什么不一样,其实你不过是妇人之仁而已。你就没有想过,在鹊山监狱,我杀掉谁都是合理的,我怎么杀都是天经地义。这个乌鸦,谋杀掉本来的看守和狱长,谋杀掉他们的同伴,制造了这个恐惧构成的监狱。在这里我们每经历的事情,都会越来越诡异,事情就会慢慢变得像疯了的噩梦一样,让人心惊肉跳。作为我,这个故事的终结者,你该怎样定义呢?当这个世界只剩下邪恶的时候,当这个邪恶终结另一个邪恶的时候,在这个邪恶的世界里,在善与恶已经无法定义的情况下,正义应该怎样理解呢?"

"扑哧——"一阵曾通闻所未闻的怪异声音从乌鸦的身体发出。

"我还可以告诉你,我杀的人从来就是该千刀万剐、禽兽不如、该被枪毙一千遍的东西,否则如果我胡乱杀好人的话,早就被警察捉去枪毙无数遍了。你也不想想,老子那么大的名头,为什么全国成千上万的警察都不会跟我过不去?对我来说,这只是生存的策略而已;但是对你来说,在客观上老子压根儿就是正义的代表,还节约了警察的子弹,为国家做出力所能及的经济贡献,哈哈哈!"

"我是老舜！啊——"乌鸦又发出一声撕心裂肺的惨叫。

"看看面前这个人。他疯狂地胡言乱语，他以为他就是自己想象中的那个人物！你是老舜？不错，你可以说你曾经是，但是从现在开始，老舜是我！老舜，是力量的代表！老舜是控制一切的强大邪恶。除了我之外，没有第二个人选。曾通，你来看看，当人们快要死的时候，他们会疯狂，他们疯狂的脑浆不断地沸腾，不断地回忆起这一生的历程。这样的回忆不仅徒劳且于事无补，更增添他们的痛苦。比如说，这个乌鸦，他回忆到他创造出来的那个人物，就以为自己就是自己想象中的人物！所以我，他们的人生导师会在最后关头再给他们上最后一课，在他们回忆自以为丰富多彩的可怜的人生时给予最为合适的当头棒喝，让他们能够面对现实，增加他们的人生经历、丰富他们的生活阅历、陶冶他们的坚强品质、培养他们的心理承受能力。他们为什么要回忆？因为他们还想徒劳地伸出手去抓住些什么。瞧瞧，就像这个乌鸦一样，我操，把你的爪子拿开！当人们在被死亡征服的时候，应该有足够的理智认识到死亡的强大和不可战胜。所以，我斩断他们伸出的小爪子，他们想要人生，我给他们一个概述：人生——充满痛苦的不幸经历。"

"咔嚓！"乌鸦停止了叫喊。

曾通闭着眼睛大喊："不要再杀人了！"他的脚一软，坐在地上。

"你的意思是，你来？"侯风眨眨眼睛，满手是血地来到曾通面前。他摊开着满是鲜血热气腾腾的双手，几乎要触碰到曾通的脸。鲜血一滴又一滴地滴落着点点艳红，在曾通的脸上，衣服上，鞋上。

曾通睁开眼睛，看见那一片鲜艳。透过那片鲜艳，他看见自己坐在那空旷的屋子里。鲜艳的红色怎么也挥抹不去，他努力地睁大眼睛。他看见一滴又一滴的鲜红将他手中有自己名字的报表染红，窗户外面，是警车尖锐刺耳的鸣叫，是警灯红蓝相间的闪烁。他一回头，胖胖的老板正在他面前，他说："就是你了！以后你来做我们的财会，一个月六千元。""我不会啊——"曾通喊道，"我根本就不懂财会，我根本就不会——""那没有关系，年轻人，学得快，慢慢来嘛……"老板阴险地笑了。忽然门外传来一阵脚步声，越来越近。他要逃！他不能坐以待毙！他拼命地爬向窗户，却发现窗户根本就打不开。因为窗户外面有一棵大树，大树的枝干挡住了窗户。那树干是黄黑色，那树没有叶子，那树早已枯死了不知道多少年。他拼命地推着，却发现一切都是徒劳。他回头，看见自己站在崖顶上，身旁那棵枯树包围了他，那些枯死的枝干忽然又像有了生命一样，将他包围，缠紧，再举起来。无数细小的枝条不断地在他身上摩挲着，扭动着，仿佛要钻进他的身体里。他拼命地扭动身体挣扎。忽然，枝条们刺破了他的皮肤，一拥而入，将他占为己有。他一声惨叫，回头一看，是侯风。侯风将他举了起来，抛向空中，他向悬崖落了下去。下面，就是鹘山监狱，充满了黑暗和阴险的地方。他第一次看见了鹘山监狱的全貌，但是他却没有多少时间细看。他落了下去，坠向地面，他已经看见操场上的人群，那是乌鸦！他满脸是血，怪异地歪着脖子，狞笑着——不，那是伍世员！他那双死人才有的空洞眼睛正冷冷地注视着自己。不行，绝不，他不能到那里去，于是他选择坠向那个小小的因为雨季积水而成的小湖，那黑色的水张开吞噬的大口，越来越近……

"哗啦——"水泼在曾通的脸上，他睁开双眼，看见侯风提着个空了的水桶在他面前。

"什……么？"曾通抹抹脸上的水，已近冬季，冰得刺骨的水减缓了他狂乱的心跳和血压，心脏仍然余悸般颤动着。

"什么什么？"侯风摇头晃脑道，"百密一疏啊，人总是有心理承受底线的，啧啧，真是百密一疏。"

"我们……乌鸦呢？"问完这句话曾通就知道自己是在说废话了。

侯风冷笑道："他？他被我送到另一个时空里寻求宇宙的真理去了。那老小子要是知道还有人这么惦记他，说不定会感动得热泪盈眶。"

"我们……"曾通环顾四周，"我们这是在哪里？"

"水房。"

"我，刚才，好像做了个梦，做了个噩梦。"

侯风将桶倒扣在地上，一屁股坐了上去，从怀里摸出烟点上："你不是发梦，你是他妈的差点疯。看着一个人从清醒变成疯子再变回正常可是不大多得的经历，值得纪念。你也许想吃点东西了？来支烟？当过一回神经病，似乎需要来点食物好让你不断痉挛的胃安静下来，或者来点尼古丁让你抽搐的肺沉默下来。"

曾通接过侯风抛来的烟，点上一支。

侯风道："你刚才大喊大叫，横竖不听老子的，老子开始可很是不爽。最让人厌烦的是打都打不晕，也不知道这是不是疯子的特性？"

"……"曾通这时才觉得自己头痛得厉害，他一摸后脑勺，发现肿了老大一块。

侯风道："不过我后来听出名堂来了,这么说,你是被人陷害的?"

曾通无声地点点头。

侯风哈哈一笑："像你这样什么都不懂的崽儿,当然只有被人玩弄在股掌之间,你也没有什么好抱怨的。你是一个普通得不能再普通的人,看你说一句话,你的一生就在人家的眼睛里:上学,毕业,工作。如果可能的话,将来结婚生子,孩子大了之后退休,孩子有了孩子之后差不多该死了。简单幸福,一生充满了这个世界虚情假意的和睦和温馨,多么美妙,"他将手放在曾通的肩膀上,"可惜你运气似乎不太好,你的人生历程在此被打断了。"

曾通无语地看着侯风,侯风继续道："其实这并不怪你,如果我是生在你那样的环境里……"侯风的眼睛第一次有了一丝迷茫。他想起了他的少年,想起了他走过的路,少年时代在街头饥一顿饱一顿,靠打架的技巧吃遍整条街,第一次杀人之后在惶恐中的逃亡,然后是第二次,第三次,无数次……

侯风摇了摇头,现在不是感慨的时候。他斜眼望向曾通,发现曾通正好奇地注视着他。他怒道："看什么? 不要忘记了咱们的游戏还没有结束,你现在最好老实点,否则你还是去见你妈的乌鸦或者马宣的好。"

"侯风,"曾通鼓起勇气道,"你为什么要杀狱长?"

"这是生意,有人买,自然有人卖,你那么好奇干什么?"

"那你为什么刚才不杀我?"

侯风冷冷地看着曾通："你以为你还和我有什么交情或者友谊存在? 我没有杀你还把你弄清醒是因为你还有利用价值。现在告诉我今天晚上狱长和你看见了什么,他告诉了你什么,确切的。"

在一瞬间曾通无法否认自己心里涌起的失望和泄气。他慢慢将晚上和狱长外出的经过复述一遍,只是小心地避开了那本笔记簿。他一边复述,一边脑筋飞快地转动着。

"等等,"侯风打断了曾通的回忆,"你们看到了什么? 影子自己又动了?"侯风的眼睛里满是嘲弄的不信任。

"狱长也看见了,这回。"

"狱长?"侯风将身体后仰,他认为曾通在说谎,就像乌鸦和马宣一样。他压根儿就不相信所谓什么老舜或者恶灵之类的一套,在这个世界上,侯风唯一相信的就是他自己。有没有可能狱长和曾通串通起来对付自己呢？侯风有点吃不准，按常理说，曾通如果刻意说谎的话，绝没有可能逃过他侯某人的眼睛。难道曾通是个很好的演员？也许是……也许连他被人陷害进监狱的事情都是编造的，毕竟，鹊山监狱里的犯人不该是因为经济类这样温柔的罪名被送进来……不对，自己得知他被人陷害是刚才曾通精神错乱时的胡言乱语，而这，他可以肯定，曾通绝对不是演出来的。第一次，侯风觉得曾通非常难以对付，他决定看看再说，于是问："后来呢？"

"后来，狱长给我分析说，鹊山监狱里有鬼，无论是谁都无法逃出去，想办法逃出去的人都只有死路一条。他说这个监狱建造得不合乎逻辑，没有人有任何理由在这里建造这样一个东西，所以他的结论是，这个监狱不是人造的。他通过我们第一次夜探时我的一张回忆图说明这个监狱大得出奇。另外，还有，我给你说过的，我见到过老舜。狱长说那天我见到的其实是前任狱长，那天正是他退休的日子。他还说，这个监狱里在闹鬼，有鬼的情况下，没有人能出去，而只要有人想到这个念头，或者有类似的举动尝试，就会有鬼来给予警告。"

侯风终于不耐烦了："我操，这都是什么漏洞百出的东西。没有人能出去？那为什么那个前任狱长就能出去？如果真有什么鬼封锁了所有出去的路，我们又为什么能进来？我们的存在，就是所谓老舜那一套鬼话的反例。你也不想想，监狱这么大也许不合乎逻辑，可他妈的如果这里真的闹鬼，我是说，如果有鬼的话，那帮家伙不一哄而散就合乎逻辑？谁他妈会在闹鬼的时候考虑什么日后会不会被什么人出卖这类狗屁大的事情？别的不说，如果闹鬼的话，马宣还有其他在外面的、有机会跑路的看守早就逃了，何必还等着被我或者狱长挨个收拾掉？这都是什么屁话！我问你，狱长说这些的时候，表情是什么？"

曾通心里一惊，接着对侯风的预见能力大为钦佩：他竟然能跟亲眼看见似的料到当时狱长说话的表情不对劲！"不错，我也发觉了，"他高声道，"狱长今天很不正常！他在跟我说话的时候根本就跟平常不一样。"

"不一样？怎么个不一样法？"

"这个，很不好说，"曾通努力回想狱长的表情，揣摩着词汇，"似乎……似乎有一点……"

侯风探出身子，说出一个字："疯！"

"对！难道——当时你在我们后面？"

侯风哈哈大笑着耸耸肩膀："你愿意这样想就这样想好了，哈哈。"他对自己的推理能力很满意。

曾通也知道侯风当然没有跟在自己和狱长的后面："那你，怎么知道的？"

侯风道："来，我来告诉你，他疯了。每个人都有心理承受底线，我应该早想到的。"

"什么？"狱长疯了？曾通无法相信这样的事情。自己意志薄弱也不说了，像狱长这样的人怎么会疯掉？

"你没听错，我说，他疯掉了。我操，他居然被乌鸦的谎言打败了，真让我失望。来，我来告诉你到底发生了什么事情，"侯风重新点上一支烟，"半年以前，我正在和你的狱长在这里，在监狱的外面兜着圈子。我接到过一个订单，是要取狱长的喉关节。你也许不知道，他是和我一样的人。虽然是这样，但是我还是不得不想办法杀掉他。这是行规，一单接下了，就得下手，无论对方是什么身份。一旦退货的话，名声就毁了，再也没有办法在圈子里混下去。总而言之，我和他在外面那片戈壁上你来我往地斗几个回合，他很强，我几次都差点得手，也几次差点死在他手里。但不管怎样，他都比我差上一点点——现在看来，当然不止一点点——我们当然没有那么多食物和补给，于是从监狱里外出采纳生活品的看守就是我们共同的下手目标。我想，也许这就是没有人能出去的由来。"

"后来呢？"

"后来？后来忽然有一天狱长不见了——我操，他是什么狱长？不过我真不知道他的名字！后来再没有看守出来采纳补给，我们的补给线也跟着断了，于是他进了这里来，刚好比你晚上那么几个小时。而我则在外面又等了他近半年的时间。"

"可是……"曾通的大脑飞快地盘算着，他不愿意接受狱长疯了的说法，他要驳斥侯风！他说道："可是狱长怎么会成为狱长的？这里的看守和犯人怎么可能接受他？"

侯风没有马上回答，曾通的表现已经说明了他可以被信任。如果他和狱长串通的话，这时候就应该附和自己对狱长的轻蔑而不是出声反对。但他没有马上回答更多的原因是他突然问发现曾通慢慢有了变化，也许是在曾通自己都没有意识的情况下——他学会了思考！

侯风对自己的这个想法很满意，脑袋里闪过一个绝妙的念头，比杀一个人绝妙得多："问得好！他怎么能让这里接受？这要从另一条线说。这个监狱，现在你也知道，曾经发生过暴动。看守和以前的狱长被人杀害了。五年前进来的凶悍的乌鸦和他的手下们接管了看守的角色，我说过的，他们没有一个保险的办法出去之后能让自己不被全国通缉，所以他们在这里滞留了很长一段时间。而乌鸦，毫无疑问，他扮演了整个鹊山监狱的狱长角色。我们在外面杀看守取补给让他想出了一个点子，利用闹鬼的借口杀掉所有自己不信任的人——也就是被他们监管起来的，原来的囚犯。我想，他一定帮我们把我们做掉的看守栽赃在虚无的幽灵的头上，顺便说一下如果真的有鬼的话，乌鸦的这种不够恭敬的举动恐怕早就被鬼报复了。我说了，这个监狱，不是正常的监狱，没有人知道外面派来一个新的狱长该怎么处理。所以我想，假冒的看守和假冒的狱长在交接过程中一定非常有趣，他们都不知道规则，所以反而没有察觉对方的真实身份。"

"可乌鸦怎么不干脆干掉狱长呢？"

侯风赞赏地看了曾通一眼："干掉，当然省事。可不要忘了，乌鸦在玩一个危险的游戏，他需要一个人站在最前面顶着，一旦他的游戏失败了，有一个人可以来接受那些发现事实真相的、原来的囚犯们的疯狂报复。狱长的出现一定让他大大地惊喜，他觉得这个人可以利用。我推测，本来假冒的狱长是他的一个手下，而后来的狱长的到来，这个手下当然就不用站在这么危险的位置了。不过，这个人知道得太多，恐怕不会有什么好结果。"

曾通想了一下，点点头："对，我来的时候，见过一个狱长。可后来我再也没看见过他。"

"这就是了！他要么被乌鸦做掉灭口，要么是被狱长干掉了——乌鸦是不仅不会反对反而乐于见到的。我说过的，这个游戏非常危险，所以知道真相的人越少越好。在这个杀人游戏里不断地有人被杀，不断地有人失踪，可是，你什么时候见到失踪的是那些看守了？不会！失踪的只能是犯人，那些乌鸦的下手对象。等他们都死光光之后，乌鸦才会对自己这边不够信任的人下手，在之前，也一并用老舜的鬼话来哄骗着。马宣，就是这样一个例子。假冒的看守和囚犯不能出去，因为他们互相监视着，那些到外面采纳补给的也一样。狱长的到来并没有在本质上改变这一切，虽然他高高在上，自以为能控制一切，可是他一个身边的人都没有，所以他才会和你这种鸟事不懂的菜鸟打得火热。"

"可是，那沙沙的声音呢？"

"那是乌鸦弄出来的！我操，不然就是乌鸦让手下比方说马宣弄出来的。你自己也知道，当时我叫你在地上爬，也是一模一样的声音。"

"还有影子？"

"什么鸡巴影子？你自己疯了你知道么？刚才我不救你，你知道你会一直那样疯多久么？同样，狱长产生了幻觉也非常正常。你不知道精神疾病里有一种叫群体幻觉么？在同一环境下很多人做同一个梦！你的心理承受能力很差，所以第一次我将你扔在黑暗的甬道里时你最早开始产生幻觉，由于你绘声绘色的描述给了狱长心理暗示，他并不见得比你好多少。虽然肯定他的心理承受能力比你高出老大一截，可是他面对的人是我！不要忘记了，我就守在外面，随时准备取他的性命。他和我都心里清楚，咱们一直这样耗下去，死的肯定是他而不是我，不管脑力还是体力，我都比他强！在这样的压力下，加上乌鸦时不时地刻意安排，让他也产生了幻觉。"

"幻觉？"曾通无法接受这样的说法，自己也许产生了幻觉，但冷静一如狱长也产生了幻觉并还和自己一样，他觉得那根本就不可能。

"幻觉！"侯风用结论的语气。他看得出，狱长在曾通的心里有着偶像般的崇高地位，他很乐意看着在自己一锤一锤地敲打下这个偶像正在逐渐支离破碎，直到崩溃。

"可你又怎么进来的？"

"我？"侯风嘿嘿一笑，"我看见外面躺着五六个人干，就知道是狱长干的好事。我当然就不请而入了。"

"你是自己进来的？直接进来的？"

"有什么不对吗？当然，在有鬼当道的前提下，这样有点不合逻辑。可是你怎么知道我是不是鬼？你怎么知道你自己是不是鬼？我操，你怎么知道你是不是死了？你是不是被枪毙掉才到这里来的而不是被看守押送？"

曾通拼命地思索着，他觉得侯风的推论不对，可他又说不出是哪里不对？树？侯风解释的缺乏维生素似乎很有道理……失踪的犯人？老舜？伍世员？马宣也看到了！伍世员！

一张脸闪过曾通的脑海，他抬起头叫道："伍世员！我想起来了，那个人就是伍世员！"

"什么伍世员？早被乌鸦干掉了。"

"不，我看见了伍世员！马宣也看见了！"

"马宣看见个屁，也许是马宣干掉的伍世员，他心理崩溃得口无遮拦将乌鸦称呼为大哥是你亲耳听到的,他的话也能听么?"

"不,我是说,"曾通咽了口唾沫,润润干得冒烟的嗓子,"我看见了伍世员! 记得那天我们去夜探吗? 后来我们在狱长的房间,有人在外面,你们出去追,我一个人留在那里,然后我看见一个人托着油灯从门口一晃而过!"

"那是伍世员?"

"那是伍世员! 我记起来了,当时我只注意看他的眼睛,可现在我想起来了! 他是伍世员!"

侯风耸耸肩膀:"也许是你的幻觉,也许是伍世员压根儿没死。这有什么好奇怪的? 一个小囚犯而已。"

"可伍世员对我说过,老舜就是那天我进来的时候被同时放出去的! 老舜是前任狱长!"

"压根儿就没有老舜! 我还要说多少遍!"侯风开始怀疑自己的计划能不能成功,看来曾通心里对狱长的崇拜压过了他的理性,以至于相信狱长相信的一切,"我再说一次,没有老舜,也没有鬼! 狱长在我给予他的巨大压力下思考偏离了本来应有的理性方向,他没有去研究那些暴动的囚犯的阴谋,却专注在乌鸦编造的一套漏洞百出的谎话上!"

曾通站起来道:"那你说呀,你说我们现在出去啊? 你说啊?"

"什么意思?"

"每次有人说这话的时候,就会有鬼来给予警告! 这是句招灵的诅咒! 你说啊!"

侯风开始觉得有股杀意从小腹冒出,但另一方面,他却越来越赞赏地看着曾通的表情,他强压着性子:"今天我们在进那个乌鸦他们挖的洞之前,狱长说过类似的话,有鬼出来吗?"

"那是因为后来我们没有人真的那样做了! 你说呀! 现在,我们,出去!"

"现在我们出去?"侯风无奈地摊开双手说道。

曾通定了定神:"光说不行,还得有行动。"

侯风冷笑一声,一指门:"这样的情况下请你告诉我怎么出去?"

曾通这才发现刚才自己一直没有注意到的门已经被封死了。似乎和厨房一样,门被一张桌子抵住,桌子的另一端抵住墙壁。恍惚间曾通有种时空错乱的感觉。

"他们听到了动静,追上来了,"侯风将枪取出,摆弄着弹匣,"还剩九颗子弹,除开必要时候必须预留给我自己的那颗,还有八颗,扛着你我可没办法面对几十个人用八颗子弹扮演上帝。"

"什么?"

"暴动,小崽子们像上瘾了一样,又玩儿起暴动来了。"

曾通无语地坐了下来:"他们,就在外面?"

"谁知道?"侯风不屑地一笑,"老子可不在乎。时候不到,他们自然在。时候一到,他们就不在了。"他也不理会曾通是否听得懂,自顾自地问道,"狱长在你背后写字,还说了些什么?"

"他说你要杀他,我说过的。"

"不可能只有这一点。还有呢?"

"他说他有个计划。"曾通尽量让自己看起来自然,他自己不知道为什么,但是侯风百般诋毁狱长让他非常想反击。

"什么计划? 针对谁? 我? 还有什么?"侯风抬起头。

曾通不知道该说什么,他只能看着侯风。"他写得太快,我分辨不出是什么字。"他慢慢说道。

侯风貌似无所谓地耸耸肩膀,他没有从曾通的眼睛里看到说谎的痕迹,他自己也不知道该哭还是该笑。是自己刻意引导他成这样的,还是他确实没有说谎? 侯风不知道,不过现在更应该考虑的是,狱长的计划? 侯风相信狱长的精神已经不大正常,可是疯子常常干出些惊人的事情来,这点不可不防。天知道狱长这样的人发起疯来会是什么样,尽管他侯风一贯标榜也表演得很疯狂,可他清楚自己是否正常。

"赞美老天爷,"侯风抬起头,"人人都疯了,我到底在什么地方? 鹊山监狱? 我看干脆叫鹊山疯人院好了。"他打了个哈欠,"老子要困觉了。警告你,别学乌鸦打搅你大爷的好梦,不然后果非常严重。"

他躺在地上,合上眼,不一会儿,呼吸就开始沉重起来。

受侯风的影响,曾通也开始觉得眼皮重了起来。刚刚的紧张、惊惧和亢奋现在被侯风的鼾声赶走了,带来的是一夜未曾入眠的疲惫。于是他也找了一处看起来稍微舒适点的地方,躺下来合上眼。

可是曾通睡不着,尽管他的身体已经疲倦到了极点,他的大脑却还在依照刚才的思维速度惯性活动着。也许是这晚上经历太多的缘故吧,狱长的脸不停地在眼前晃动。侯风的话似乎有什么不对的地方,可是为什么自己就偏偏想不到呢?不,应该说是,自己能感到侯风的话不对,却不能想到是什么地方不对。

是因为狱长吗?自己真的很早以来就精神失常了吗?可是为什么自己现在又清醒了?也许还没有清醒?就像乌鸦描述的那个袁痴说的一样,人不知道自己是否疯了……袁痴是乌鸦捏造出来的人物吗?

带着满脑袋的疑问,曾通注视着乌鸦和狱长不断盘旋的脸孔,意识逐渐模糊起来。

"沙……"

这是什么声音?很耳熟的。曾通想着,但是体力透支的他懒得动弹一下。

"沙……"

严重疲惫的身体阻止了曾通起来看一看的想法,他光凭着自己半睡眠状态下的模糊浅层意识思考着。这声音似乎在什么地方听到过。算了,睡吧……

"沙……"

越来越近了,想干什么?实在太想睡了,这时候起来,吵醒侯风难保不会被他暴打一顿,像第一次那样……他说过的,外面有暴动的囚犯或者看守守着呢,也许是他们打瞌睡发出的声音吧……侯风今天怎么没有打呼噜?

"沙……"

尽管声音间歇很长,但是下一次依然顽强地响起,持续不断。那声音古怪至极,仿佛一个人的耳语一样。

"沙……"

沙?

杀!

是鬼!来了!侯风说了那句话,不,自己也说了的!曾通一睁眼,心脏勃勃的跳动声不断冲击着他的鼓膜。那是鬼!那是真的!乌鸦也许真的看到了什么?那是在地上爬行的声音!

"沙……"

就在门边!

曾通张大嘴巴,大口大口地呼吸着室内污浊的空气。他死死地盯着门,室内唯一的一盏油灯将门照成一个长方形的空洞黑暗,仿佛是地狱的入口。

"哒!"

一声轻微的声音从门上传来，接着就是一阵摩挲的声音，仿佛是门外的那东西在门上摩擦着。那是什么？它想怎样？曾通吓得不敢动弹。他求救般地看向睡着的侯风，却发现侯风正让人惊讶地皱着眉头看向门口。他没有睡！

侯风本意确实是想小憩片刻。但是他根本就没有睡着，门外的动静在第一时间传到了他的耳朵里。那声音竟然又来了！乌鸦已经被自己做掉了，按理说，现在门外那帮小耗子们闹腾了那么久，也该一哄而散了，那么门外的是谁？

他冷冷地摸出枪，对准门口。门上的摩挲声却让人意外地停止了。他看向曾通，却发现曾通正像看着天使的罪人一样用等待救赎的目光看着自己。于是他慢慢地站起来，轻轻地向门走去。

水房不是牢房，没有透气窗口可以窥视外面。但是水房的门锁依然如同鹊山监狱所有的房门一样，都是那种老式的锁。侯风埋下头去，从锁孔向外窥探。

曾通的呼吸也跟着急促起来，他不知道那一瞬间侯风从锁孔里看到了什么。但是之后的事情他一辈子也忘不了。

他看见侯风以超出他一贯的印象和想象中最不可能的表情跳了起来，那是极端的战栗和恐惧！

透过锁孔，侯风看见了一个人的眼睛正在锁孔外面看着他！那是双充满诅咒和怨恨却没有一丝生命色彩的眼睛！

侯风的身体反应超过了他的大脑，他猛地一个后跃，手中的枪接连朝门锁处咆哮了两声巨响。紧接着他一脚踢开阻挡门的桌子，一把拉开门。

门外，一个人仰面躺在地上，他的额头上两个小孔只有很细的两丝鲜血挂了下来，但这只是假象。在他仰着的脑袋后方，让人作呕的惨白脑浆喷出了很远。

但他并不是自己打死的，侯风对自己道，因为他的喉头已经被嵌入了一块半只巴掌大的碎瓷片，可以看出曾经有大量的鲜血从那里宣泄而出。从他爬过来的地上一直到门边，有一道鲜艳的红色。那瓷片看起来有点眼熟，侯风蹲下，将那瓷片取下来，那是破碎的茶杯的一部分。

他被人用锋利的茶杯碎片插进了咽喉，然后他一路爬了过来。他是想干什么呢？没容侯风多想，他背后慢慢走出来的曾通大叫道："狱长！"

侯风冷冷地回头："是狱长。"

狱长……死了？

曾通的双腿再一次无法支撑他的体重,他蹲了下来,瘫坐在地上。

"狱长,怎么会……死?"他无法理解也无法接受这样的事实。

"他也是人,为什么他不能死?"侯风冷笑道,"他能杀掉别人,别人也一样能杀掉他。本来这是我的工作,只是不知道是被他妈谁代劳了。"

曾通没有理会侯风,他愣愣地看着地上躺着的狱长。狱长死不瞑目,他的眼睛里写满了让人不寒而栗的仇恨。为什么是这样的眼神?狱长非常丰富的眼神一次次浮现在曾通的脑海,有嘲讽,有疑惑,有轻蔑,有赞赏,有锋利,有困顿,却从来没有过这样的狰狞。狰狞,而没有生命。

他死了。

就这样死了,就这样扔下了他。

两行无可抑制的热流从曾通的眼睛滑落而出,灼热着他的脸。

……"欢迎来鹊山监狱,我是这里的狱长。"狱长似乎得意地冲曾通眨眨眼睛……

曾通伸出手,他颤抖地张开手指,压在狱长的眼睛之上。

……"很好,读书人就是明事理。"狱长高兴地拍拍曾通的肩膀……

他轻轻地将狱长的眼合上。

……狱长捧着热气腾腾的茶杯:"抽烟吗? 这里有你抽不完的烟,不,我不要,我不会。"……

眼泪,滴在狱长的脸上,曾通连忙用手将它擦去。肮脏的手反而把狱长的脸弄花了。

……"给你个单间应该是明智的,你似乎不大会跟那些老油条打交道。以后,有空的时候多来聊聊,不必拘束,你想来的时候,通知那些看守一声就是了。"……

曾通慢慢地脱下外衣。

……"由此可见你对物理学停留在三十年代相对论统治地球的时候,量子力学对这个问题的解释完全不一样,而且更合理……"

他轻轻地用衣服擦去狱长脸上的污垢。

……狱长威严地站在囚犯面前,"报数!"他说……

他轻轻地将衣服盖在狱长的脸上,仿佛害怕惊醒睡着的狱长一样。

……狱长托着茶杯,金色的阳光将他的背影勾画出一道炫目的轮廓……

狱长的手满是血污,曾通尽量地将狱长的手擦干净。

……背上，狱长写道："很高兴认识你，曾通。"……

侯风冷笑着看着曾通的举动。他不知道曾通是在什么时候内心产生了对狱长这样的感情，但是，他知道这离他的计划又近了一步。只需要做一点点小小的调整，一切如常。

侯风不愿意面对的是，在看着狱长惨死的尸体，他的心里却也翻腾着各种滋味。有爽快的一面，毕竟，不用再担心这个可怕的对手。自己毕竟是坚持到了他死之后，以后，他再也不能威胁自己。但是又多少有点惋惜和遗憾，不管怎样，这样的对手不可多得，能和这样旗鼓相当的对手交锋也是值得怀念的经历。侯风非常清楚，今后要再遇见这样的对手几乎是不可能的了。

然而，在侯风的内心深处，也有一点点淡淡的哀伤，毕竟，曾经一起生死与共，一起面对共同的困局……侯风一摇头，甩开这种愚蠢的想法。至少，在共同对付某个敌人的时候，这个人是自己可以信赖的同伴，这一点毫无疑问。他将手放在背后腰间，那里插着他用手捏扁的锋利的铜质油灯匕首。但是曾通已经将狱长的上半身盖住了，连同他想要的喉咙。

算了吧，侯风笑了笑，将手放了回来。是谁杀了狱长？侯风不关心，他知道一个人精神失常之后也许可能强大到可怕，也许虚弱到不可想象。如果是后者的话，监狱里任何一个人都能这样做。现在看起来，恐怕那些平时被他打压惯了的囚犯更有可能性。乌鸦那伙假冒的看守需要狱长来顶缸，但是在老大已经挂了的情况下面对那些暴动中的囚犯们肯定毫无办法。侯风忽然想到，乌鸦容忍狱长的原因还有一点，尽管他听说了狱长对全体人都打压得厉害，包括了囚犯和看守，但事实上在这种情况下乌鸦一伙得利更多。他回头看看曾通，曾通还在恍惚中瞪着狱长的尸体发愣。这是进行自己计划的时候了。

"外面应该只有那些假冒的看守，"侯风淡淡道，"我早说过，时候一到，那些看守们自然就会不在门外……狱长，如果他不是被乌鸦的话迷惑的话，他不应该失手的……"

百羽一行来到水房外面的时候，正看到侯风长篇大论地对蹲在地上的曾通说着些什么。百羽很奇怪为什么每个他惹不起的人都对曾通青眼有加，但现在不是考虑这些题外话的时候。他们一行四人现在人人挂伤，阿丁被人在背上接连用菜刀砍了三刀，老罗的脚跛了，小崔最惨，整只左手以后怕都别想用了，至于他自己，倒是只受了些皮外伤而已。当然，做这些事情的人也付出了相应更大的代价。到目前为止，百羽还是认为自己一行人是赚了。

他连忙道："侯先生，可把你找到了。"

侯风眨眨眼睛，才认出他来："我说是谁呢，原来是百哥啊，怎么，什么风把你吹来了？"

百羽一边走近一边说道："侯先生还是那么爱说笑。"他咽了口唾沫，因为瞥见塞在侯风腰间的枪。他道："侯先生，大事不好了。"

"怎么？你又犯了什么事？"

百羽叫道："出事了你不知道？暴动！又暴动了！你们也是趁乱出来的？咦？这是……"他大声喊道，"狱长！"

百羽一行下意识地站住了脚步。侯风正站在狱长的尸体旁嘲弄地看着自己，百羽不知道这时候该怎样判断侯风的立场，但是现在外面大乱，狱长又已经挂了，自己一行唯一能指望的人就是这个曾经有过交情的侯风。他求助地看向小崔。

小崔道："侯先生，狱长，是你做掉的吗？"

侯风耸耸肩膀，既不承认，也不否认，他不认为自己有必要给这帮人解释什么。

小崔露出恍然大悟的神色，他道："侯先生，现在外面已经乱了起来，咱们来找你，是想让你指一条明路出来。你看，这个……"

侯风摆摆手："等等等等，什么暴动什么乱了？我怎么不知道？"他皱着眉头，按他之前的想法，那些看守们看到自己扛着曾通把他们关在水房外面，留下几个看守那是做做样子。其他人想必是去探路去了，没有了乌鸦镇压，那些没有大脑的家伙唯一能想做的一定是把所有囚犯都关起来，然后全体逃亡。

"暴动！"小崔道，"是我们弄出来的。"

"是你们弄出来的就你们去收拾吧，和我侯某人又有什么关系？曾通，咱们该走了。"

"侯先生，"小崔急道，"现在的情况，你们要走也走不了，监狱里到处都在乱，也许每条甬道里都有看守和囚犯在互相砍人。"

"他们怎么出来的？那些犯人？"

百羽道："是我们，我们把他们放出来的。"

"什么？百羽，不清不楚可不是你的风格，我认识你的时候，你可爽直得多。是不是这几年在号子里被人把球下了？话说不透像个娘们儿。从头说！"

"是这样的。我们早就对乌鸦不满了。乌鸦，你知道的，他是咱们的大哥，他说什么，那就是什么，咱们也没什么可说的。五年前他说咱们逃不掉了，自首争取宽大处理，我们照做了。结果被弄到这个地方来，咱们也没抱怨什么。进了监狱，哥几个说想办法出去，他也不让。后来他跟看守们关系搞好了，就撇下咱们兄弟们不管，跟那帮狗卵子打得火热，于是我们弄了一截铁丝……"

"行了行了，别他妈满嘴跑屁了，"侯风不耐烦地打断，其实他只需要听几个字就明白是怎么回事，他道，"什么跟看守打得火热，你真他妈没有出息，这么没有想象力的说法也能说出来。我来告诉你是怎样的。五年前你们来到监狱里，你们暴动过一回，杀掉了所有的看守，也许还捎带了一部分本来这里的犯人，然后乌鸦成为了这里实际上的狱长。但是你们不能就此出去，因为你们害怕出去之后有人失手就供出所有的事情来争取宽大处理，于是你们想出个什么老舜的点子，说这里闹鬼，让这里的人一个个被你们做掉，当所有人都被你们做掉之后，你们就可以出去。你们一部分人穿上了看守的衣服，一部分人继续当犯人，混在那些老犯人中间，两边下手。老犯人们不敢反抗，因为你们手里有枪。可是你们人少，不敢大肆屠杀，否则如果走漏一个人的话也是致命的。另一方面，你自己是个最好的明证，你们一伙也不是铁板一块，不过是前往监狱的路上临时的同盟，每个人都需要防备自己身边的人，而如果大家杀得性起的话，难免会有些自相残杀的事情发生。你们都采用这条计策，那些老犯人们果然被你们干得差不多了，但是同时，你百羽却发现乌鸦不仅想干掉原来的犯人，他还想干掉你们！那个老舜的谎言，更多是对他自己的同伴用的！因为你们跟乌鸦最早时间最长知道他底细最多，所以乌鸦不时用看守那些人打压你们，你们气不过，同时，你们发现看守们很久都没有佩枪了，于是弄了一截铁丝，将所有的老犯人放了出来，制造第二场混乱，你们好乘机脱逃。可是那些老犯人当然认为你们和那些看守是一伙的，他们在对看守们报复的时候当然不会放过你们，于是你们失去了对局面的控制，你认为，我这样的说法如何？"

百羽讪笑道："原来你早就知道了啊。"

"同时，我还可以告诉你，正是监管那么多人的乌鸦产生了对权力的迷恋，这是乌鸦不愿意轻易离开的另一个重要原因。另一方面，像你们这帮亡命之徒当然是不相信鬼神之说的，而更重要的是，你们因为了解乌鸦的底细而知道乌鸦将会对付你们，不是么?"

百羽道:"侯先生果然名不虚传,料事如神!"

"别他妈拿这些肉麻的话来折磨老子的皮肤,去找你们的老大乌鸦吧。"侯风阴阴地笑道。

"他失踪了。他早已经不是我们的老大。他不够格。"

"谁够?"

百羽一行互相对望一眼,百羽上前一步:"是您。我们认为,只有您可以。"

侯风注视百羽的眼睛良久,忽然哈哈大笑起来。他洪亮的笑声不断地撞击着甬壁又传回众人的耳朵,刺激得众人的耳鼓膜嗡嗡作响。

百羽也跟着不自然地笑了起来,他不知道小崔的计策是否可行。小崔的意思本来是投靠狱长的,可是侯风,也不失为一个非常合适的人选。他斜眼望向小崔,小崔轻轻地难以察觉地向他缓缓点了点头,眼睛里写满了赞同,于是他的心稍稍放了下来。

笑了一回,侯风敛容道:"你不知道,我一向独来独往么?"

"可是,侯哥,现在的情况下,独自一人没有好处。何况,您也是想出去不是?"小崔插话道,"就算您觉得咱们几个入不了您的眼,可是在出去这条路上,您也和我们是一起的。"

侯风笑了笑,看得出来,这个小崔要比百羽会处事得多,他马上就明白百羽只不过是个空心老大的幌子,这一行人中真正的头脑是这个小崔。很明显,百羽他们遇到了很大的麻烦,所有才会有投靠这种如此下作的招数。而他侯风,则绝对是个合适的人选。

他点了点头,这和他的计划不谋而合。"那么,"他说,"从现在起到出监狱之前,你们都应该听我的,按我的吩咐行事。我想这一点你们不会反对吧?"他的目光扫过众人,最后落在小崔脸上。小崔点了点头。

"首先,谁告诉我你们遇到什么麻烦了?"侯风问道。

小崔没有回答,而是反问道:"侯先生,你知不知道这里的粮食已经不够了? 另外,在那个库房里有个密洞?"

侯风像一只看着爪子下老鼠的猫一样轻描淡写道:"什么密洞? 不知道。"

"是这样的,既然侯先生你知道暴动的事情,那也没有什么好隐瞒的。半年以前,我们外出的弟兄们一个个地接连失踪,冒险出去查看的弟兄发现,他们大多是采购好补给之后在回来的途中被人杀死了,到后来,没有人再胆敢出去了。监狱里流传着一个可怕的传说,据说这里有个叫老舜的人,老舜一出现,就会有人死,就没有人能够出去。很多人都相信这样的说法。当然,我们几个是不信的,因为我们很了解乌鸦,他肯定是想利用这个机会将所有的人杀死,然后自己脱身。暴动是我们干的,而我们的麻烦也在于那次暴动。我们的人太多了,鱼龙混杂,很难保证谁出去之后不被出卖。而且,我们杀的人也太多了,罪太大了,在这个问题不被解决之前,没有人愿意冒险。刚开始的时候,乌鸦说过的话上算,我们成了所有犯人的老大,在监狱里横着走路。但是后来的保证全部没有兑现,他让我们几个继续做犯人,混在那些人中,偷偷做掉了不少囚犯,可是,我们渐渐发现他越来越疏远我们,在那些流言传出来之后,我们曾经去询问过,可他竟然有声有色地说那是真的。后来狱长进来了,不知道为什么,他居然接受了这个狱长,不让我们碰他。我们本以为他跟狱长谈了什么条件——不管怎样,情况对我们很不利,我们很有可能被他最后灭口,后来您进来的时候,我想出一个法子,假装打架,按照我们对新来的狱长的观察,我们肯定会被关禁闭。由于禁闭室已经没有了,只有单间比较合适,而我们知道您是在单间的,我们是想来见您。可是狱长似乎看出了我们另有图谋,他只让乌鸦进去了。"

侯风点点头:"那时候你们还没有和乌鸦破脸,所以将这个计划说给乌鸦,和他演了一出戏? 这个说法有点不大对头,乌鸦想见我,随时都可以见到,用不着费那么大的劲。不是所有看守都是你们的人么?"

"不是,暴动的时候,这里原来的犯人也参与了的,他们人比我们多,本来大家没想到这一点,后来因为乌鸦说害怕万一外面派人来,又给跑了出去,走漏了风声,所以大家决定有一部分人来冒充看守。在分配上,并不是所有看守都是我们的人,有些人是他们的。他们也有枪。后来狱长收缴了所有看守的枪,但是大家还是半斤八两,都不敢动。我们双方的关系,不大好,基本上来说,是互相监视,以前去外面采纳补给的时候,也是一半我们的人一半他们的人。枪被缴了,反而乌鸦是乐于看到这样的情况,毕竟他们不能让人放心,大家都没了枪,事实上反而大家都安全了很多,所以都同意了。当然,偷偷做掉犯人的事情,是我们这边的人干的。我们也不敢做得太明显了,失踪的犯人太多,又一个都没有我们的人,那样很容易让人猜到发生了什么事情。"

"那么为什么那些囚犯会心甘情愿地让这些本来和他们一样但是找了身绿皮就神气起来的人管教?"

"侯先生，您想，谁有资格当看守啊？当然是暴动时候那些领头的、下手最狠的，现在他们又有了枪，当然更让人害怕了。您没去监狱看过，看看就知道了，看守、犯人们在一起打牌聊天，根本就像过年一样热闹。再说了，平时也没有事情，无非做饭洗衣而已，都是必需的。要在外面，做小弟的还不给老大端茶送水？所以也没有什么关系。后来狱长来了，把规矩弄得很严，大家心里都不乐意，都说干脆做掉算了，可乌鸦一力保他，说必需这样，而那边领头的也说这样也好。"

"那边领头的是谁？"

"余学钧，看守队长。我看，他多半也是做了一辈子贼，忽然一天变成看贼的，越做越上瘾。"

"哈哈哈！权力，不错，对权力的迷恋是人类卑鄙灵魂中一个重要的组成部分。"侯风听得哈哈大笑，"乌鸦也是如此，甚至狱长也未必能够幸免！他为什么要管那么严？关他屁事！可他就是乐意这样。他们都想成为乌鸦编出的人物：那个老舜。多么可悲的人性啊，一群在这个暗无天日的老鼠洞里挣扎的人，居然也要想争夺权力，争夺对他人的控制，争夺成为那个虚无缥缈的人物，争夺那种似乎可以满足他们的、饿了不能吃、冷了不能穿的东西，他们凭什么不去死？我操，都他妈该死。"

小崔的眼睛里透露出迷惑的神色："您，之前就认识狱长吗？"

"那是我和他的事情。你不要多问。"小崔脸上露出了解的释然。侯风接着道："刚才说到哪里了？因为乌鸦没有控制住所有的看守，所以乌鸦才说，这里在闹鬼？"

"对，所以他才这样说。我猜测，他对我们这边的人说实话，对他们那边的看守说闹鬼这个借口，可是，我们问他的时候，他却怎么也不承认。所以我们认为他是想把我们一起做掉。可是后来，情况又有些变动。"

"什么变动？"

"你知道的，我们这些人，除了我们四个，其他人都是在来的时候临时认识的，有些没有头脑的人认为出去就好，根本不考虑以后。所以他们有些人一直都在想出去，也一直都在这样做。"

"他们没有能出去？"

"没有！刚开始有些人失踪的时候，我们以为他们逃了出去，很是紧张了一阵子，天知道他们出去会乱说些什么。可是后来，有人偷偷对我说过，他们晚上摸出去的时候，居然全部迷路了。有些迷路的人发现了之前失踪的人的尸体。"

"怎么死的?"

"不知道。"

"不知道?"

"不知道,没有伤痕,就那样死了。据他们说,那些人脸上被扭曲得不像样子,几乎认不出来,似乎是临死的时候看到了什么极端恐怖的东西。还有些人说……"

"什么?"

"他们看到那些本来应该死了的人在监狱里走动! 那些真正的看守们!"

侯风微微沉吟,道:"那是那边的人? 我是说那些失踪又死掉的?"

"两边都有。"

"不是你们做掉的?"

"不是,肯定不是!"

"如果是他们做掉的话,你们怎么知道是不是?"

"这……"

"发现全部失踪的尸体了吗?"

"也没有,不过这个监狱其实非常大,有许多地方大家都没有去过……"

侯风打断道:"如果他们失踪了,你们又没有发现尸体,那你们凭什么认为他们没有出去?"

"外面的监狱门口一般有五六个人,这些人一半是我们的人,一半是那边的人,他们都说没有看到有人出去。再后来,这些人不见了。我们不相信他们一起串通跑掉了,因为有几个人是我们的拜把子。"

侯风当然知道,那几个人都被狱长进来的时候做掉了,他潜伏进来的时候可还看见了这些人的尸体。这样那些失踪的犯人依然有可能是脱逃了。他问道:"这是什么时候的事情?"

"大约半年前。"

"老舜的流言是什么时候的事情?"

"差不多同一时间。也就是狱长——还有他,"小崔一指曾通,"他们两人进来的时候。"

"也就是说,五年以来,没有人能越狱,但可以有人出去采购补给;而半年以来,没有人再能出去过了,不管以什么方式。"

"根本就没有人能再找到路。弟兄们都迷路了。就像乌鸦说的那样。"

侯风笑道："你们不是告诉我你们也相信那什么老舜的屁话吧?"

"当然不,可是我们不明白这他妈是怎么回事。"

"你们还发现什么?"

"后来,乌鸦开始秘密地安排我们的人占据了厨房的工作,弟兄们都开始控制口粮,因为口粮没有补充,已经快不够了。有人还尝试种些粮食,这鸟不下蛋的地方能种得上什么粮食啊?再说就算种上了,还没等发芽大家就都饿死了。只是因为在厨房里做事的都是我们这边的人,而且是很小一部分,大家都把这风声盯紧了,才没有引发骚动,不然还不乱起来。后来开始挖掘一条地道。这让我们很不明白,因为根本就没有这个必要,大家都知道怎么出去。所以,这让我们很困惑,乌鸦不快想办法弄些粮食,或者解决掉出去之后不保险的问题,反而挖什么地道?后来狱长下令调换工作,于是地道也没法挖了,但据挖地道的兄弟说,本来是想挖地道出去的,但是并没有成功,因为挖到了另一条甬道上去。所以我有点怀疑,也许乌鸦说的是真的。今天晚上,我们听到了枪声,知道有些乱子。于是我们冒险把所有的犯人都放了出来,告诉他们乌鸦的阴谋。可是,我们怎么想,怎么也不明白。"

"不明白什么?"

"侯先生,"小崔拼命压抑自己的声音,仿佛不这样做从心里冒起升到咽喉的恐惧就要夺口涌出来,"我们迷路了! 我们走不出去! 我们怎么绕来绕去,都是回到这里来。我们知道狱长手里肯定有一本地图,于是想来找他。"

侯风看着他的眼睛,好一会儿才道:"你们想来找他?"

"不——我不是那个意思,我的意思是,想让他交出地图来。"

"他可是有枪的,唯一有枪的。"

一旁的百羽眼睛里放出精光:"我们找到他藏的枪了。在库房里。在他们堵住地洞入口的土袋里。"

"你们拿到枪了? 我怎么没有看到?"

"不,"百羽的眼神黯淡下去,"不过,他们有人拿到了。"

侯风笑而不言,在地上蹲着的曾通忽然抬起头:"狱长说过,活要见人死要见尸,那些本来的看守们,你们把他们埋到哪里去了?"

小崔有点拿不定曾通的角色,他看了看侯风,侯风耸耸肩膀。于是小崔答道:"在西洞。本来的禁闭室，他们被活埋在里面。"

果然，狱长竟然什么都知道！曾通想起狱长临别的赠言，看了一眼地上躺着的狱长，可惜脸被盖住了。他道："那么，那个前任狱长呢？你们为什么不把他一起埋在那里，而是等到我入狱的时候把他放出去？"

"乌鸦说要留着他，因为有些事情我们不大懂，留着他可以知道很多东西，比如维持大家的生活。他被单独关在一个房间里，后来乌鸦禁止大家去看他，据说他开始语无伦次起来，乌鸦说他大概疯了，于是大家一致同意把他放到外面去。你进来的时候，刚好看到了的。"

"你们不怕？"

小崔的嘴角挑了起来："怕？怕一个疯子？他被大家弄死了。大家想拿他开心，哄他说要放他走，到外面再埋了他，也算是找了回乐子。对了，你要早一天来，应该还能看见他。他平常就被关在你那里，单间，你是靠里左边那间房是不？他就在你对面。"

对面！那间空房！

乌鸦说过的，他隔壁的那间空房一直有人！

没有人留意曾通，侯风对一干新的手下道："那么，现在，我们要做的事情是找路出去。你们怎么迷路的，咱们边走边说。看守和囚犯，我是说，那两边的人，开干了么？"

"都是小打小闹。刚开始有看守发现狱长的房间莫名其妙地着火了，狱长以及你们三个在单间里的人不知所踪。后来乱起来之后，那些犯人们一窝蜂的像没头苍蝇一样，成群结队地想找路出去，结果他们大多数人都迷路了，又绕了回来。剩下的人，要么是还在甬道里绕圈子，要么永远都不会再出现了。两边的看守们刚开始想阻止，后来见阻止不了，于是也跟着自己那边的弟兄想走出去再说。我们把乌鸦的真相告诉了他们那边的人，结果当然会引起一点骚动，但大家更想出去。也许相互间有点摩擦，有的人的弟兄被人害了，当然有人想报复，但是大的仗还没见。"

"真是失败的计划啊，"侯风摇头道，"错误估计了人的心理。当有机会脱逃而又不能脱逃的时候，当这种被压抑的心理一旦得到机会释放的时候，没有人会有心思关心曾经弟兄的死活。多么可敬的义气！"

"现在我们走吗？"

"当然，"侯风道，"不过，如果遇见那些人的话，我们——我们不必说废话，因为他们已经来了。"

大队人的脚步声从前面的甬道传来,中间夹杂着囚犯们被压抑太久而突然释放的兴奋的呼喊。"走!"侯风道。他一把拖起曾通,朝另一个方向走去。但是才走出两步,他就退了回来。百羽等人也停住刚挪动的脚步。

余学钧带着另一拨看守和囚犯从另一个方向出现,两帮人无巧不巧,刚好在水房外面的甬道相遇。侯风回头看看,背后的那帮人已经注意到了自己一行,也看到了侯风另一侧的余学钧等人。

"嚓!"双方排头的人都拿着枪,见到对方在前面不到十米的地方出现,同时端起枪打开了保险。丝毫不顾被夹在中间的侯风一行六人。双方的人都出奇地沉默,似乎只等一声令下,就朝对方开火,然后背后的弟兄再蜂拥而上将对方撕成碎片。

"这可不是什么好情况。"侯风嘟囔一句,笑逐颜开地对前面的余学钧道:"余队长,兴致不错啊,怎么,迷路了么?"

余学钧冷冷地"哼"了一声,高声道:"侯先生,你怎么和他们混在一起?你们到底是哪边的?"

侯风尚未来得及答话,背后一个同样端着枪的看守模样的人道:"侯先生,如果你不参与的话,请你让到一边去。虽然你很强,到底你不会比子弹更硬朗。至于你们,"他用枪口指着面无人色的百羽四人,"你们这四个吃里爬外的东西,今天咱们来做个了断。"

余学钧哈哈笑道:"我看你未必能够随心所欲。"却是对那看守说的。

那看守道:"大家彼此彼此。"

余学钧冷笑道:"你是什么东西,也配跟老子彼此彼此?你们的老大乌鸦呢?我只和他说话。"

"你端着枪叫我老大出来,好威风啊,只是不知道我手里的枪做何感想了。"

余学钧稍微压低枪口,上前几步:"这样吧,现在不是火并的时候,看得出你们也迷路了。大家都拿出诚意来,我数一二三,大家把家伙收起来,有什么话,出了监狱再说。怎样?"

那看守和身旁一个看守交换了一下眼色,似乎准备同意。这可不是侯风愿意看到的,他连忙道:"我说,我说,余队长,或者余哥,余老大,你到底把事情做了没有?"

余学钧不知道他在说什么,不过他知道这个侯风绝对不是好相与的角色,他又将枪端平了,对面那边的人也相应地做了同样的事情。

"什么?你忘了么?你跟我的计划?现在我搞定了我的事情,东西也交给了你,你搞定你的事情没有?"

"什么计划?什么事情?什么东西?"

"我操,你怎么现在越来越不说人话了!"侯风愤怒道,"你说让我偷偷做掉狱长,像你偷偷摸摸做掉些犯人那样,我照做了!狱长,狱长就在这里!"侯风掀开罩在狱长头上的曾通的外衣,一时间,狱长狰狞的死状吸引住了所有人的目光。侯风继续道:"地图也他妈交给你了,你说你来搞定他们剩下的人,看起来你是没有搞定是不?你真他妈让人失望,你有地图怎么会迷路?你是他妈想做掉所有的人是吧?你他妈一直就这样干的!"

"你他妈说些什么?"

"别管我妈妈说过什么,"侯风愤怒地拔出枪指着余学钧的脑袋,"你想干什么要我说么?老舜!你和乌鸦串通编造出了老舜的事情,为你们暗中一个一个做掉囚犯找到非常合适的借口!现在你明明有地图,为什么不走?还有你!"侯风回头用枪指着那边那个看守的脑袋,"你们明明串通的,你们为什么不走?你们想让出去的路线无限延长,在迷路这个借口中做掉所有的犯人,然后你们这些拿枪的老大们才好高枕无忧不是?你们已经各自背叛了自己的弟兄,不错,老子也是犯人,自然也在你们的铲除计划之列了,是不是?"

百羽一行人露出困惑的神色,侯风的这些话似是而非,又似乎都和他们所了解的情况近似。只有曾通忽然明白了侯风的意思,由于他们已经告诉了余学钧那边相当数量的犯人关于乌鸦和老舜的事情,而这边本来乌鸦自己的一方又有很多人知道乌鸦的谎言,所以双方都开始怀疑。不仅怀疑对方有杀人灭口之嫌,更怀疑前面那些拿枪的老大们和对方结成的同谋。"借刀杀人",在茫茫词海上方的阴霾中,这个词忽然如同闪电一样划过曾通的脑海。

侯风再次回头用枪指着余学钧,他根本就无须废话了。"砰!"余学钧应身而倒,栽在狱长的身旁。

仿佛是导火索被点燃了,所有拿枪的人同时扣动手中的扳机。

"砰、砰、砰、砰——"

"上啊!杀!"

"拼了！"

"杀了他们！"

"干掉他们！杀光他们！"

"啊，啊——"

配合着惨叫声和喊杀声，所有的枪都炸膛了。但是没有人注意这种小细节。伴随着冲杀的呼喊，被侯风调动起来的人类嗜血的本性从无数个压抑已久的喉咙里喷发而出，他们疯狂地冲倒了前面的穿着看守制服的同伙，两股灰色的潮流碰撞在了一起。他们狰狞的面孔布满了杀戮的气息，呼喊着冲向认识或者不认识、自己这边或者另一边的看守或者囚犯。他们用菜刀，用从各种物事上卸下来的棍棒，用炸了膛的枪的枪托，更多的人用拳头，用脚，用牙齿，朝最近的对手发动攻击。由于地方太小，空间的狭窄让他们不能放开手脚，于是他们更多地搂抱在一起，滚落在地，扭打，纠缠，掐住对方脖子的人往往被对方抠出眼睛，一个人被击倒了往往另一个人马上补上，并将本来受伤的同伴踩得奄奄一息。逐渐地，鲜血在杀戮与惨呼声中蔓延开来，双方更多的一波又一波的人拥进这片鲜血杀伐阵中，让这片鲜血的面积越来越大。在这片鲜血的混乱中，所有人都被卷入其间，包括百羽、小崔，也包括侯风和曾通。

侯风高声叫道："弟兄们，拼了！他们串通了的！"他一脚踢开一个冲过来的囚犯，再次开枪，伴随着枪声的响起，另一个捂着手朝自己扑过来的看守倒在了地上。他回头对如同菩萨一般一脸凝重默然看着面前杀戮的曾通喝道："动手！还他妈等别人来杀了你?!"

曾通木然地看着侯风，侯风愤怒地一耳光将曾通扇倒在地："你想死，就去死吧！没人能救你！"

曾通跌落在地，他感到似乎有无数只脚踩在自己的背上，有更多的脚在面前晃动。在这片活着的腿脚森林的深处，他看见狱长正躺在那里。他的表情安详而解脱，几乎带着满足的微笑。

狱长，他不再狰狞了。

曾通想往前爬过去，但是他发现自己根本做不到。狱长的脸上忽然被一个人的脚盖住了。是谁？谁踩在狱长的脸上了？一个人倒了下来，盖在狱长的身上，仿佛是将狱长当做肉垫一样，那人又撑着狱长站了起来。

你该死！

曾通感到沸腾的血液将血管炸开了。他站了起来，猛地朝那人扑过去。那囚犯的脸上如同看到死神狰狞扭曲的面孔一样写满了不可思议到极致的恐惧。

昏暗的甬道，墙壁上忽明忽暗的油灯，狱长躺在他自己的脑浆和血泊之中。曾通跪在狱长的尸体面前，想要安静片刻，可是侯风却在一旁絮絮叨叨："不错，狱长是死了。你很伤心，很难过，为什么？你和狱长素昧平生，你们的交情只限于喝茶聊天，他又不是你亲爹，他死了你为什么要落泪？你是为他落泪吗？你真的为他伤心、为他难过吗？"

在那一瞬间，曾通的心脏猛然加速到几乎不可辨认的程度，他的呼吸急促到必须要大张开嘴来适应。曾通第一次发现原来自己的动作竟然也可以这么迅捷而有力。当他把手叉到对方的脖子上时，发现对方根本就没有反抗的余力。他没有犹豫，不知道什么时候被侯风塞到自己手里的尖锐油灯匕首瞬间刺进了对方的左胸。油灯匕首并不适合长穿刺，但从要害部位喷出的鲜血已经足以让对方倒下去了。

"不，你不是！"侯风道，"你伤心难过的是你自己！你是什么？你什么都不是，你安于现状，玩弄小聪明，并以为自己多么了不起，当你被人陷害的时候，你才知道，你，什么，都，不，是！但是你进了鹊山监狱，你遇见了狱长！不知道为什么他对你有好感，他让你在鹊山监狱里的地位超然，你住在单间，你的伙食和他一样好，你可以随时见他，你知道他高兴和你聊天消磨时间，你知道如果你愿意他会和你分享他最喜欢的茶，你知道他对你的态度让看守们也对你非常友善，你需要什么他都尽量满足，你可以尽情地在别人羡慕的目光里享受狱长提供的香烟。这些不管是其他任何看守或者犯人都无法享受到的特权！这是什么？这是高人一等！这是你梦寐以求的！终于，你发现在外面什么都不是的你，在这个阴森得不同寻常的监狱里高人一等！"

一旁两个囚犯模样的人正互相掐着脖子。曾通狠狠地一拳击在了其中一人朝他亮开的后脑勺上，在另一个人惊诧的目光中，匕首刺进了他的咽喉。

"曾通，你真的想离开这里吗？不，你不想！你不愿意，尽管这个监狱阴森可怕，尽管这个监狱恐怖至极,尽管你是蒙冤被陷害进来的,你都不想离开!你告诉了我一个谎言,你说狱长告诉你我要杀他,你说狱长有个计划要来对付我!这是真的,但是狱长不可能告诉你他还有什么计划,因为我比他强,所以我他妈知道,狱长如果有计划的话会告诉你他要逃跑好让我松懈下来失掉防备之心!你告诉我狱长有计划做掉我,因为你希望这样!你希望一切都恢复到当初你和狱长单独相处的日子里。那段日子是你可怜的一生中最辉煌的时光!这是你的谎言,你想留在这里,你想一切如常!你害怕我真的赢了,你害怕真的回到那个你失败了的世界!"

一个满头是血的囚犯高声嚎叫着扑了过来,曾通还以更加大声的咆哮,他闪开了对方的扑击,狠狠一脚踢在了对方的裆部。一股快感从脚背的撞击直传到了他的心里,但他还没有来得及享受,另一个人将他扑倒在地。他身体的反应速度超过了他的思维,他的牙齿狠狠地咬在了对方的脖子侧面,在对方松开他之前,他的匕首连续从对方的小腹扯出了几道血线。

"你为什么失败?你懦弱,你自私,你无能!在外面那个世界,你发现你根本就不能适应那里的游戏规则!你玩不过人家。在这里,你是在几乎和狱长平起平坐的地位,在众人之上!为什么?因为狱长主宰了这里,这是他的监狱!也许他并不是一个真正的狱长,可他是你的狱长,是你的主宰!他愿意做的任何事情都可以实现,他要你好,于是你就好过。现在,你他妈的像条死了主人的狗一样倒在这里埋头哭泣,为什么?因为你知道,狱长死了,你再也回不去那段辉煌的时光了!"

他不知道是第几个了,他浑身上下沾满了鲜艳的红,他的右手被人咬了一口,他现在只能用左手拿捏匕首。他渐渐明白侯风为什么那么喜欢抓捏别人的咽喉——那确实是个非常致命而又非常容易得手的要害。他再次将匕首拔出,欣赏带出的那一丝鲜艳的红。

"你为什么玩不过人家?为什么狱长和我就可以这样强,强大到随意主宰别人的生死而得到别人的尊敬,而你却会被你那什么狗屁老板玩弄陷害?那是因为那里的游戏规则是别人制定的,你玩的一切都是别人玩过的,都是在别人的控制之下。你是一个普通人,出生的时候不登记就是黑户,上学的时候考试不能不及格,毕业上班之后要努力工作否则就没有饭吃,一切的一切都是沿着别人为你制定的规则。当你遇到一个比你更适应这个规则的人的时候,你注定将要失败。你失败了! 什么都不能埋怨! 因为你已经从心底里接受了那样的规则,你会偶尔小有成就,你会更加嘲笑和看不起那些比你更不适应这种规则的人。"

渐渐的,他感到疲倦了。好在侯风在他身旁。侯风的枪很久才响一声,但是枪枪弹无虚发,都是在他最需要的时候响起。而一旦囚犯们稍微退后,或者忙于互相厮杀的时候,侯风就开始往弹匣里压子弹。他不知道从哪里弄来那么多弹药,但曾通很快明白,那个藏弹药的库房侯风既然进去过,没有理由不带一些在身上。所谓只有八颗子弹的话,恐怕也是留一手而说给他听的了。

"谁让你接受那样的规则的? 狱长或者我会接受吗? 当人人对你头上撒尿,并对你说这就是雨天的时候,你认为你没有办法抗拒吗? 错了,你想要回到那段辉煌的时光,你想要出人头地,你想要在众人之上,你不需要接受那套你并不适应的游戏规则。聪明人都知道,规则人人都可以定! 这就是狱长到来之前乌鸦用一个老舛的游戏操纵了这个监狱五年之久的原因! 这就是我到来之前狱长掌握了一切的原因! 这就是我打破了狱长所维持的稳定局面的原因! 现在狱长死了,你还有一个希望,我! 看看我怎么做的,照着学吧,用你的手,结束阻挡你脚步的人的生命,结束他那种该死的人生。让他和他善于应用的那些规则下地狱去! 从现在起,你的世界,由你自己主宰,你不再是条人见人欺的可怜虫,因为你的游戏,由你自己制定的规则来玩。在这个游戏里,没有人能玩得过你! 站起来,你这个孬种! 如果你真的为狱长的死伤心的话,你要做的是为他报仇而不是在这里哭哭啼啼,外面只有那些假看守和囚犯,杀了他们! 杀光他们! 为了狱长,为了你自己! 这个世界有一项规则是共同的,即便你要建立自己的规则也一样,那就是人要往上走,必须踩在别人的脑袋上。你不明白,我告诉你,你的规则第一条是,人要往上走,必须踩在别人的尸体上! 踩在别人的鲜血和脑浆上!"

终于,周围除了侯风以外,再也没有一个站立的人。曾通疲倦地弯下腰,头上的鲜血一滴又一滴地顺着他的脸滑下来,再滴落在地上。他大口地喘着气,污浊的空气中弥漫着的杀气已经被充斥死亡的血腥味取代。他斜眼看向侯风，侯风看样子也累得够呛。

"做得好！"侯风竖起大拇指，也不知道是在说曾通，还是在说他自己。他非常满意自己的计划按照预想一步一步地实现了。他看着面前这个自己不断给予心理暗示引诱培养出来的血人，如果不是实在太累的话，他几乎要忍不住开心得哈哈大笑起来。多么爽的一件事情啊，除了杀人之外，这个世界上居然有这么美好的工作。他不由又开始佩服起自己来，培养一个杀人的人，比杀一个人来得有快感多了。他看看自己的手，一只手被枪的后坐力震得泛红，另一只手却像从血水中捞出来一样。"宰断过多少人的手，也不知道哪天会被谁来宰断呢？"他感慨道，又转而看向曾通，"前途无量，我没看走眼，我操，我老人家怎么会看走眼——你真他妈是前途无量！"

曾通道："好像，还有其他的人……"

"看到我手里的枪似乎有源源不断的子弹，谁他妈敢找死了？"侯风哈哈一笑，"别管他们，祝贺你，你成为了一个坏人。你已经知道你的游戏规则该怎么写了，首先，要纠正所谓的善与恶的概念，杀人是不是对的？人是不是都是该死的？在这个鹊山监狱里，答案是显而易见的。希望你出去之后，能更上一层楼。现在我们走吧。"

"走？上哪里？"

"当然是出去。你奶奶的，才说你几句，你就他妈乐得什么都忘了？当然是出去了。"侯风不满道。

"刚才……我杀人了么？我杀了多少？"

侯风大笑道："我操，你杀个屁。你不过是干了干替我抵挡那些耗子们让我有时间给枪上老鼠药的普通工作而已，有什么好得意的，还问杀了多少？想在老子面前炫耀，你他妈还早得很。"

曾通四下望了望，他沸腾的血液渐渐平息下来，心跳和呼吸逐渐平缓起来，他看见许多人躺在地上默不作声，更多的人正扭曲着身体发出痛苦的呻吟和嚎叫。他看见了许多熟悉但不知道名字的面孔，他也看到了他认识的人，余学钧，百羽，小崔……忽然之间，他心里涌上一股不可抗拒的恶心，在浓郁血腥味的诱导下，他痛苦地弯下腰，哇地一口将那股恶心呕吐了出来。

"我杀人了！"他想。

侯风耸耸肩，这是必要的过程，走过了这一步，曾通就再也不可能回头。他熟知这

过程的每一步骤,因为他也是这样走过来的。他看了看四周,忽然有一声叫喊:
"侯……先生……救救……救救我……"

侯风走近一看,是小崔正挣扎着想从压着他的一个人下面爬出来。侯风温柔地蹲下身去:"怎么,伤在哪里?"

"背……还有肩膀……被菜刀砍的……"

"痛吧?"侯风笑道,他站起来对曾通说,"你知道怎么止痛么?"

曾通默然,侯风抄起地上一只被抛弃的棍棒,对准小崔的脑袋狠狠地戳了下去。侯风挥舞着棍棒笑道:"这家伙倒是趁手了许多。"他将枪扔给曾通,曾通接着,和带血的匕首一起插到腰间。

"曾通,"侯风看向曾通,"知道我为什么放心把枪给你吗?"

曾通摇头,侯风道:"你说,这个世界上什么东西最能够代表权力?"

曾通没有跟上他跳跃式的思维,侯风哈哈一笑,晃动着手指向枪:"有人说,这是。你相信吗?你不知道?可是你崇拜的狱长却相信这一点,我早就知道他是这样的人。他偷走了所有的枪,却给自己留下一把,然后就以为自己能控制一切了。他控制一切了吗?他没有,他这样错误的观点让他付出生命的代价。他迟早得死,不是死在这里,就是死在我手里。如果要我说,这个世界上最能代表权力的是人的谎言。不是吗?权力不来自于枪,而来自于计划,操纵自己的言行,就可以操纵别人的思想,让他们一步一步按照你安排的路径前行,让他们一幕一幕按照你导演的剧本演出,这,不是权力是什么?你不明白?你当然不明白,你不善言谈,你不善于动脑筋,因为你从来不希望,你的地位也决定你从来不需要。你就没有想过,你为什么会来到这里?你来到这里,就是最有力的证据,证明谎言的力量!"

侯风从墙上取下一盏油灯,两人慢慢越过地上的众人,朝监狱深处走去。曾通只觉得自己的头很沉,脚下轻云一片,侯风的话伙同各种乱七八糟的感觉在他心里不断地翻滚着。他回头一看:"他们……"他示意那些还在血泊中挣扎的人们。

侯风摇头道:"让他们在那里吧。其实他们没几个是真正挂了的,大家手里都没有什么家伙,不过他们在那里躺着,也就死定了。也好,算是给狱长陪葬,这老小子倒命好,居然有那么多人陪葬,哈哈哈哈……"

曾通道:"你确定,你确定是他们杀害狱长的吗?"

侯风摇头道:"我当然不知道,我也正奇怪这事儿。就算他信那个什么老舜的屁话,也不该这样不堪一击。刚才你自己也体会到了的,那些狗卵子们恐怕已经很久没有吃过饱饭了,哪里有什么力气。如果他是被偷袭那还罢了,可是他的正面咽喉被人切开,却让我感到很不理解。如果是要折磨他的话,为什么又让他爬了出来?想不通,真是想不通,监狱里有那么强悍的人,可以轻易切开他的喉咙,岂不是也可以轻易做掉我老侯?"侯风皱着眉头摇头晃脑。

曾通打了个寒战,侯风刚才分明斩钉截铁地说是那些人杀害了狱长,可是,现在他却不承认了,为什么?他知道侯风现在的分析才是真话,难道他是……他是引诱自己杀人!

"怎么?"侯风看出了曾通的异样。

"你……为什么要这样做?"

"为什么?哈哈,问得好,问这个问题说明你已经想到了!"侯风笑道,"现在,你已经体会到了人黑暗面的强大,已经知道自己不是任人玩弄的可怜虫了。同时,也没有人再能轻易地骗你。你看,人的黑暗面是多么的强大啊。你应该为你现在的蜕变感到欢欣鼓舞才对。为什么?因为我要拯救你,我告诉过你,我很仁慈,我看不下去了,所以我要拯救你。在我的帮助下,你终于将你的懦弱塞进你的内裤重新站了起来。我对你说了一个谎言,因为我要塑造。你根本就还是块白板,你的言行充分说明你不明世事,同时,你愿意思考,你有思考的能力,这都是你的潜质。这就是狱长真正喜欢你的原因。可惜他浪费你这块良才美质,他只将你做个传话筒而已,哼,曾通,倒和你的名字匹配。现在他抛弃了你,将你送到我的手里。现在,我满意地看到我的努力接近尾声,你,曾通,是我这个天才艺术家的作品,从今以后,无论你走到哪里,身上都有我的烙印,你都永远无法忘记今天的事情。"

曾通一边听着侯风标志性的长篇大论,一边跟着他在甬道里前行。他当然不舒服,原来侯风一直在像设计一件物事一样设计自己,可是心里却隐隐地感到一丝兴奋和解脱,他知道侯风在某种程度上是对的,他改变了自己,自己跟过去再也不一样了。

拐过一个弯,两人同时停下脚步。由于一直心乱如麻,侯风又健步如飞让几乎脱力的曾通不得不拼命地迈动双腿才能跟上,曾通一直没有注意方向的问题。而事实上侯风因说得兴起,也没有注意行走的路线。这时候两人才发现,面前是一条似曾相识的甬道。

黯淡的油灯,昏黑的甬壁,以及最让曾通心悸的,甬道尽头通往未知的黑暗。

在这一刻两人都没有说话，他们注视着这条看不到尽头的黑暗甬道，良久，侯风的喉咙里挤出一句话来："是这里。"

"是这里。是我们上回来过的地方。"

曾通记得很清楚，这是前次和侯风夜探的时候，被侯风抛下的甬道，也是自己迷路的开始。

是看见那恐怖的影子指示方向的地方。

曾通下意识地埋下头，自己的影子并没有任何异常。他道："你是，有意来到这里的？我记得，进来的时候，似乎并没有这条路。"

侯风皱着眉头："你确定吗？"

"你看这里。"曾通指着甬壁角侯风刻画的痕迹。

侯风没有吭声，他慢慢地往前走去。曾通不得不跟上，渐渐地，他再一次经过了曾经被侯风殴打过的地方，渐渐地，那片黑暗越来越近。

"叮……"侯风的脚踢到了什么东西，他停住脚步，将那物事拾了起来。那是一盏油灯。

曾通心里确信无疑："这是我们到过的地方。"

"我们迷路了。"侯风郑重其事地点点头。

"侯风，你有没有想过一件事？"

"什么？说。"

"我一直在想，这么多的甬道，这么多的油灯，这些油灯常年燃烧着，那么，肯定有人在不停地给这些油灯加灯油，换灯芯。"

侯风点点头："你的意思是，既然这个人，或者这些人要给所有的灯添灯油，那么这个人必定知道所有的甬道，也就必然不会迷路，必然知道出去的那条路。"

曾通点了点头。

那么，现在的问题是，那个人是谁呢？侯风和曾通都在脑海里回忆着监狱里所有认识的人，狱长是不可能的，会是乌鸦一伙吗？不会，如果是乌鸦一伙，他们就不会那么大费周章煞有其事地在库房里开掘那条地洞。那么，是一个囚犯？

"不能断定那个人是谁，但是有一点可以断定，这个人乌鸦必然认识。"侯风道。

"为什么？"

"因为添灯油的油肯定不是在库房里就在厨房里，而乌鸦的人控制了整个厨房。"

"可是为什么乌鸦不去利用这个人找到出去的道路?"

"那需要问问这个人,"侯风耸耸肩膀,忽然警觉地将棍棒竖在身前喝道,"谁?"

曾通这才发觉面前的黑暗之中竟然有一个朦胧的人影。他的心一下子提到了嗓子眼。

那人影不断地晃动着,越来越近,伴随着沉重的脚步声。渐渐地,曾通看出那人手里还提着一件物事。

曾通叫道:"是谁?"

"添灯油的人。"

吴仲达的脸出现在两人眼前。曾通倒抽一口冷气,马宣说过的,他不是人!他在这里干什么?在黑暗之中添灯油?

相反,侯风明显松了口气,也放心不少,他知道,吴仲达似乎对他并不能构成威胁。只不过,这人怎么会忽然出现在黑暗里?侯风瞥了一眼吴仲达,看见他正提着一只桶子,想必里面定是灯油。

曾通颤声问道:"你……怎么会在这里?"

吴仲达诡异地笑笑:"添灯油的人,自然是在这里添灯油。"

侯风问道:"你是哪边的?"

"什么哪边?"

"你是乌鸦那一伙的,还是原来那帮犯人?"

"我都不是。"

"那你是什么人?"

吴仲达放下手中的油桶,指了指自己的绿色制服,阴恻恻地笑道:"难道你们看不出来,我是个看守。"

侯风沉吟道:"就我们现在知道的,所有的看守都已经在乌鸦策划的那次暴动中死掉了。你不是说他们剩下你一个吧?"

"不错,是这样。"

侯风冷笑道:"那么他们为什么天良发现,让你继续你的工作,而不做掉你灭口呢?难道是他们人杀得太多,手软了不成?"

"不是手软,是必须这样做,否则他们都得死。"

在一瞬间侯风几乎要以为这个吴仲达是个和乌鸦一样装神弄鬼的家伙,但是他看到吴仲达眼睛里一丝冷光闪过。他知道，这个人非常清醒。他问："怎么个死法？"

"饿死。"

"饿死？"

"饿死。"

"就凭你？"

"就凭我，因为我是个看守。"

曾通看了出来，也许马宣真的如同侯风说的那样疯了，因为这个吴仲达怎么看怎么不像个鬼而是个人。而且他还听出，这个吴仲达似乎是个极关键的、他和侯风都想找出来的问题人物。只不过这样的话不得要领，吴仲达对侯风似乎有相当浓重的敌意。没有了鬼的恐惧，曾通镇定了下来，他圆场道："吴大哥，你瞧，今天晚上出了大事，想必刚才你也听到枪声？五年前的暴动你是否知道？大概你是知道的，今天恐怕比那次还乱，两边的犯人们相互砍杀了起来，我们现在趁乱逃了出来，可是又迷路了，也不明白你是个看守怎么没有被他们杀害。这是怎么回事，能给我们说说吗？"

吴仲达注视着他，半晌，他点点头，道："曾通你是个好人。你是整个鹊山监狱里我见到过的唯一的好人。我不知道你为什么会被弄到这里来，不过，我想，错不在你吧？"吴仲达叹了口气，"我是个看守，五年前乌鸦暴动之前我是看守，之后我还是看守。他们没有杀我是因为我运气实在太好。"

"运气？"

"是运气。曾通，你知道外面的戈壁上，有流沙陷阱吗？"

曾通和侯风一起点头，曾通道："不错，马宣说亲眼看见你被莽扑吞了下去。"他放心地看着吴仲达，因为吴仲达身上有充分的阳气让他安心。他已经肯定这个吴仲达不是鬼而是人，马宣说的肯定有什么纰漏。

吴仲达点头道："对，当地人称为莽扑，并当作一种神怪。马宣告诉过你，我来解释。据说，被莽扑吞下去的人，都是被挑选好了的，因为莽扑吞人，从来不留活口，也从来不留尸体，仿佛从来没有这回事。所以，莽扑吞的人，都是挑选好必须死的。"

侯风皱着眉头，半年前，他和狱长在戈壁上相互刺杀的时候见过这样的玩意儿，他还记得自己是从一个陷进去大半个身体的看守嘴里得知鹊山监狱这个名字。但是这个吴仲达此时说起来却不着边际不知所谓，和他侯某人关心的话题一点不沾边。他耐着性子听下去，只听吴仲达继续道："并不是乌鸦他们不想杀我，而是那天——真是讽刺啊,就像今天一样,我也在给油灯添油。暴动开始的时候我并不知道,直到听到第一声枪响。"

"我从来不是一个胆子大的人,我也不想当英雄,当听到枪声之后,我也试着说服自己不要慌乱,赶快回去。监狱是有章程的,看守开枪,意味着局面已经完全失控了。我想赶快回去支援弟兄们,但是事实上我做的却是朝监狱外面跑去。我给自己的理由是,去找守在外面的弟兄们回来支援。"

"我低估了那些犯人,他们那次暴动组织得太严密了,所以他们最后成功了。后来我才知道,乌鸦让一部分人互相假装斗殴,做出仿佛不共戴天的样子——说是假装,可是为了要让看守们相信这一点,所有人其实都是真的开干。就在看守们冲过去想从中间分开众人的时候,他们突然一起朝看守动手,抢枪,接着马上杀掉看守。同时,另一拨早就准备好了的人偷偷潜伏在通往外面的那条甬道上,就在那道门里面。外面的弟兄听到了里面开枪,想赶快进来支援,一开门,他们就一拥而出。最后,他们杀掉了所有的看守,当然,我们的弟兄也不是白给的,至少一个换他们三五个吧。"

"趁他们和外面的弟兄在监狱外面那个小房子里相互抢夺枪械、相互争夺打杀的时候,我刚好来到那里。一个弟兄冲我喊,要我不要再管他们,赶快出去,走出戈壁去求救,调集外面的武警。我现在还记得,他当时已经受伤了,可是为了让我能冲出去,他拼死拉住向我扑过来的两个人,那两个人不知道在他的胸口刺了多少刀,最后我冲出门外,回头看了一眼,看见他们在割他的手指,因为他死也不松手!"

"我冲出了监狱外面那道铁丝围墙,但是他们也冲了出来。他们当然不会让我有机会活着出去,否则的话,几个团的武警带着机枪一来,他们就算有十来支步枪也没有任何机会。我拼命地跑,他们也跟得很紧。但是我是这里附近的人,比他们熟悉地形,最后几乎甩掉了所有的人。就在我以为成功的时候,我发现还有一个人跟在我后面。很明显,他也是这里的人——那是马宣。"

"马宣?"曾通道。

吴仲达点点头:"马宣。他一直跟着我,我不敢朝外面那个小镇走,因为一路都是平地,一望无际的戈壁,而我不知道他手里有没有枪。于是我朝戈壁深处走,虽然这样做我很害怕,但我知道他也一定同样害怕。我希望他没有胆子跟我来,但他一直跟着。也许他也知道不能让我脱逃,我们都以为,他追上了我,我死,他活;他追不上我,我活,他死。"

"结果呢?"

"他追上了。"

"什么? 他饶了你一命?"曾通一声惊叫,侯风则发出轻蔑的笑声:"那么你是不是五年前就已经被他杀了呢?"

吴仲达摇摇头:"都不是。最后我们都到了体力的极限,在戈壁里走了很久,整整一天一夜,白天烈日当头,晚上冷得人骨头发痛,最重要的是,我们都知道对方要杀死自己,而自己却没有吃过一口东西,喝过一口水。"

侯风深有感触,这是他和狱长充分体会过的经历,只不过,吴仲达和马宣只是这样过了一天一夜,他和狱长在那里待了好几个星期。当吴仲达所说的这一切还要再添加无法安然入睡休息这项可怕的条件时,已经足够让即便强悍如同侯风也发自内心抗拒再经历一次这样的噩梦。

吴仲达继续道:"最后我们都没有力气了,但是他比我年轻不少,体力比我好很多。眼看他越来越近,我慌了神。因为我已经看见,他有枪。"

吴仲达奇怪地停顿了下来。

曾通追问:"然后呢?"

"我踩进了流沙。我被莽扑咬住了。"

曾通瞪大眼睛,连侯风也收起嘲讽的笑容,留神听着。吴仲达又道:"很难想象是不是,慌乱中,我糊里糊涂只顾注意后面越来越近的马宣,结果没有仔细看地面的情况。我一脚踩进一个软软的温暖的沙洞里,那一瞬间就知道,我完了。那莽扑吞得很慢,仿佛是无数只小牙齿一样,就在我的腿上慢慢啃噬着往上爬,就像蛇吞食东西一样,下面有一股大得惊人的力量在将我吸下去。尽管知道徒劳,我还是拼命地想拔出那条腿。于是我换了个姿势。结果更糟,我的另一条腿也陷了下去。

"被吞食的速度加快了,因为我努力地挣扎。最后,马宣来到我的面前。他累得上气不接下气,但是他看着我笑了。他说,要不是一天没喝水没有尿了,肯定会在我头上尿一泡,他还说如果我求他喊他大爷的话,就赏我一颗子弹给个痛快。我说操你姥姥肯定很痛快,他也不说什么,光是笑。他一来害怕也踏进去,二来也没有力气再折磨我,毕竟他还要节约体力走回去。于是后来看着我被吞下去,我想他就走了。

"鼻孔被埋之前,我努力地反复深呼吸了几次,好扩大胸腔,让肺尽可能多地装满空气。最后,我猛地吸了一大口气,然后什么也不想,什么也不动,等着最后的时刻来临。

"渐渐地，我感到全身都被沙包围了，越来越热，里面的那股吸力还在不断增大，我动得越来越快，而且感到身体不再是垂直往下，而是渐渐倾斜起来，最后几乎是横着的。但我还是在动，被吸到一个不知道的地方。后来我肺里的最后一口气用完了，开始挣扎，因为肺像被点燃了一样难受，没有用。不过很快这种难受就过去了，我开始什么都感觉不到，只懒洋洋地看见前面一片亮光。我最后想到，这样也好，不难受了……

"后来我时常回想，当我醒来的时候，就算看到牛头马面，或者什么血池啊地狱啊修罗场啊什么的，都不会有我看到鹊山监狱惊讶。有一段时间里我就那样躺着，看着鹊山监狱外面的铁丝网。我想，也许鹊山监狱就是地狱吧？也许这是专门为我准备的地狱。我就那样肯定地以为自己死了，直到我伸手，摸到身边的沙子和另一侧的温度不一样，才隐隐感到也许我没有死。

"太阳已经落山了，戈壁表面的温度应该都一样才对，可是我身下的沙子明显要烫得多，而且，颜色也要深得多。我想起了失去知觉前，身边的沙子越来越烫，最后想到，也许是那个流沙陷阱不知道什么原因没有吞下我，而是在另一端有一个排泄口，将我排了出来。

"我几乎没有力气站起来，可还没有等我高兴自己得救，就被乌鸦的手下发现了。他们要杀了我，但是我却居然是被乌鸦救了。"

"被乌鸦救了？"

"是，他要手下的人不要动我，说我也许有用。后来，马宣一天之后才回来，是被人抬着进来的，他几乎断气了。他很得意地对他的老大说，他杀了我。结果当他看到我时，我就知道，他害怕了，他以为，嘿嘿，他以为我不是人。再后来，果然他们没有对越狱之后的事情商量好，决定在这里暂时住下去。这一住就住了好多年。他们剥了我弟兄们的衣服，一些孔武有力平时又有势力的老大们做起了看守。粮食和一些必需品要从外面取回来，这件事，只有我能够胜任，因为我以前也去过，外面的人认识我，而他们全是些新面孔，言谈中难保不会露出马脚来。于是他们两边的人，每次各派几个，相互监视，也监视着我，去外面取补给。马宣非常怕我，他其实不知道，我也害怕他。我怕他哪天如果受不了了，忽然给我一梭子，那我就完了。除开这个不说，这小子其实很机灵，装看守就他最像，有时候连我也甚至怀疑是不是他本来就是个看守，只不过犯了些事被送到这里来的。虽然他害怕我，但也因为如此，他对我监视得最严，每次看到我时，都似乎将眼睛盯在我身上。我好多次写了字条，但每次都因为马宣寸步不离而没有机会递给外面的那些武警。平时，我还是干些以前的工作，添灯油，因为我有用，他们也没有为难我，只是看我看得严，不让我有机会脱逃……"

"等等，"曾通道，"半年前那次是你和马宣两人将我押到这里来的。那次你为什么不趁机跑掉？"

侯风道："我倒想知道，老舜的传说是什么时候开始的？"

吴仲达将脸朝向一边，对曾通苦笑道："那次你以为我手里的枪有用么？我手里的枪根本就没有子弹，只是个摆设，后面马宣的枪才是真能打死人的。就算我装成是鬼，可他一害怕，难保不开枪，那我还不死？"

曾通看了一眼一脸铁青的侯风，道："那么老舜呢？老舜是什么时候的事情？"

吴仲达看着曾通的眼睛："你也知道老舜，老舜的事情是真的。这个传说很早就有，我来之前就有，也在告诉我这事情的弟兄来到这里之前。也许这个监狱建成那一天就有了。但老舜并不一直出现，只有在秩序混乱的时候才重新现身。平时正常的时候，老舜就蛰伏起来，就像莽扑……这就是为什么马宣不趁外出押送曾通的机会逃出去的原因。"

"什么意思？"

"自从五年前那件事发生之后，老舜就出现了。马宣必然是不敢逃走的，因为他一旦心存逃走的念想，就根本走不出甬道。老舜出现的一个明确的信号，就是外界会逐渐遗忘鹳山监狱，慢慢地，鹳山监狱会成为另一个世界，一个被遗忘的世界。除了里面的人，没有人会记起，这里有个监狱，这里原来还有些人，当然，也许已经不是人了。所以，外界的联系会越来越少，先是探监的，接下来会是出狱的，然后是新的犯人和看守，最后是外出采购粮食也不能了。"

"胡说八道！采购的明明是我下的手！"

"是真的。你知道老舜是谁？"

"是谁？"

"是狱长！不，不是后来那个陈狱长，是原来那个狱长。乌鸦没有杀他，因为我的原因，他说也许留下个狱长以后更有用。他们将他关在了单间，就是后来你住的房间对面。"

曾通心中一跳，第二次，一个知道事情原委的人坦白，确实有老舜的存在。乌鸦也许是临死前的疯狂,可这个吴仲达,却怎么看怎么不像有精神错乱的迹象。他感到一丝寒意慢慢渗出自己的毛孔。他颤声问:"你怎么知道,他,是老舜?"

"刚开始的时候,我根本不相信,直到暴乱之后也没有相信。他们先将我和狱长隔离开来,不让我去见他。时间久了,管得也就松了,我慢慢也有机会接触到他。我们开始讨论该怎么办,他告诉我,别害怕,他们所有人都逃脱不了。他告诉我,这个监狱里有鬼。"

侯风扑哧一笑:"我明白,原来你鸡巴也疯了。"

吴仲达不理他,接着道:"我根本不相信,可狱长反复地说,他确实知道,因为他能看见鬼。刚开始我确实觉得他疯了,可是后来我却发现,除开这件事情,狱长说的每一句话都非常理智。"

曾通点点头,乌鸦又何尝不是这样?

"他告诉了我,他被选中了,他就是被选中的老舜,他告诉我,没有人能够从这里活着逃出去。他告诉我,不必冒险,因为我本来就胆小,胆小的人往往死得更快。那天押送你来这里,本来是我最好的机会。我只要能避开马宣的第一枪,招呼你一句,我们肯定都能逃得出去。可是,狱长的话,一直让我不敢冒险。"

侯风冷笑道:"所以你就一直用一个疯子的话来掩饰自己看到自己怯懦软弱的痛苦?你无法面对自己了不是?"

曾通道:"后来呢?"

"后来,狱长越来越趋于疯狂,我有时候去看他,常常看到他自言自语,不,不是自言自语,而是对我看不到的什么东西说话。他的话很奇特,常常是他问,那什么东西回答。后来有一天,他告诉我,有几个人当晚想偷偷逃出去,他们全都得死在路上,"吴仲达的脸上浮现出恐怖的神情,"你知道的,我是负责添灯油的,我得走很多平时没有人到的甬道。所有的甬道我都很熟悉,可是从那天开始,我发现,甬道不对了。"

"什么不对了?"

"那些甬道的位置变了!它们不在原来的地方,它们像有生命一样,自己变动了位置!有些地方开出了新的甬道来,好像自己长出来的一样。"

曾通倒抽一口冷气,吴仲达继续道:"后来,我发现有些甬道我从来没有去过,那里的灯油仿佛是永远烧不完一样,油灯一直都亮着。就在狱长预言的第二天,我第一个在甬道深处看见那些人的尸体。那些人,身上什么伤痕都没有,仿佛是看到了什么非常可怕的东西……他们,他们全是给吓死的!"

曾通接着问:"那后来呢? 你也不能出去吗? 那个狱长——老舜也不能出去吗?"

"我问过他,他说,我们是狱长和看守,监视这些囚犯是我们的职责所在,我们不能擅离职守,当需要我们出去的时候,自然会通知我们。后来,老舜越来越疯狂,他快要死了。犯人里有一个以前是医生,他来看了看,说老舜是肝癌,没救,我想,就是能救他们也不会救他的。后来就是你和陈狱长来了。我曾经很多次想告诉陈狱长这里发生的事情,可是他似乎有点不大对头——他不大像个狱长,倒是很像个囚犯,像那些杀人犯。开始我以为他认识乌鸦,他和乌鸦是一伙的,因为乌鸦没有原因不做掉他,因为他将他们打压得非常厉害。后来我才渐渐明白,也许乌鸦是希望他这么做,这样对乌鸦有好处。老舜死了,这个狱长又不令我放心,于是有一天晚上,我想到了也许我能自己逃出去。"

"你没能,对不对?"

吴仲达恐惧地点点头:"对,我没能出去。我假装给油灯添油,来到这条甬道,"他一指前面,"我开始想从这里应该怎么走,应该怎么避开那些守在外面的人——他们是对乌鸦和余学钧最忠心的犯人。就在我回头的一瞬间,我看到一件可怕的事情。"

曾通叫道:"影子! 影子自己动了! 影子在给你指方向!"

吴仲达脸上露出不可思议的表情:"你也看到过! 对! 是影子! 老舜说过的,只有清白的人那些鬼才会出来给他们指路,不让他们最后迷路死在甬道里! 看来你确实是清白的! 我当时吓得将油灯一扔,没头没脑地跑……"

早已不耐烦的侯风终于忍不住了,他大喝道:"够了,你们两个幽灵迷,闭上你们的鸟嘴! 吴仲达,你看什么看,瞪着我以为你还是个清白的看守? 你有无数次机会逃出去完成你的职责可是你却贪生怕死! 那个什么狗屁莽扑更是可笑,先不说流沙吞人还吐出来、还比人的行走速度更快这一切合理不合理,它既然要帮忙为什么不帮到底把你拉在外面那个小镇,送你回来岂不是让你送死? 清白的? 既然你是清白的为什么你也出不去? 当然,也许你的贪生怕死让许多同事含冤九泉,所以他们不让你出去? 至于曾通,你以为他很清白么? 你知道他刚刚杀了多少个人么? 还有什么老舜,你真是吃条拉筐真他妈能编,你看着我干什么? 你还看?"

侯风狠狠地一棍将吴仲达打翻在地,他竖起棍棒准备插进吴仲达不屈的眼睛里,但在这时曾通拦住了他。

"怎么,好你个小子,这么快就叛变了。好在爷爷也没想过跟你同生共死。"

曾通摇摇头:"他认识路。"

侯风看看他,又看看地上的吴仲达,举起棍子的手终于放了下来:"我卖他一个人情,记得,你的命可是他救的,他的命是我救的,他是个传话筒而已,所以你应该非常感谢我才是。"

曾通回头拉起吴仲达:"吴大哥,你还记得路吗?我们出去再说。"

吴仲达迟疑着,终于点了点头。

吴仲达走在前面引路,侯风和曾通在后面跟着。曾通越是走,越是心里发毛,因为吴仲达领的路是向那尽头的黑暗甬道深处走去。他看到一切似乎都似曾相识,路口、转弯、上下、斜坡,可是,监狱里的甬道实在太多太复杂了,有许多地方看上去一模一样,他不知道上回莫名其妙地回去是不是这样走的,他留意地看着甬壁脚是否有自己曾经看到过的篆字,却发现那里空空如也。

他想起狱长的一句话:"监狱造成这样,不合乎逻辑。"确实,除非是特意造一个迷宫,否则不管是建造什么,都不符合人的逻辑。

可是如果不是人呢?

三人越走越远,侯风手中的油灯再次发出"哔丝"的跳动,油又不多了,如同在库房里那个黑暗的地洞中一样。他一把抓住前面的吴仲达。

"怎么?"吴仲达微微侧过头。

"你他妈到底在往哪里走?"侯风怒道,"到现在都没有能走回去,我们来的时候可没有走那么久。"在漆黑的甬道里走得久了,就算是侯风也焦躁起来。漆黑的甬道壁上确实是有油灯的,可是不知道这个吴仲达多久没有来这里添灯油了,没有一盏油灯是亮的。而自己手里的唯一光源马上就要熄灭,这实在是很难让人安心。

"谁说往回走的?你想回去?"

"……"

"我们是在往外面走。"吴仲达想摆脱肩膀被侯风的控制,但侯风强有力的手抓得牢牢的,于是他只好放弃。

侯风冷哼一声,将另一只手上的油灯递给曾通:"你拿着这个,把你的另一只手给我。"

曾通伸手接过油灯,另一只手朝侯风的手伸过去。

就在那一瞬间,曾通又看到了一件让他非常熟悉却也非常毛骨悚然的事情。

他的影子动了一下。

在地上的投影,他伸向侯风的手忽然在空中转了个弯,向另一个方向指去。

他的手一松,油灯跌落在地上发出清脆的响声,火苗闪动几下,灭了。黑暗扑面而来,吴仲达发出一声惊叫,而侯风则发出一声怒喝:"曾通,你他妈想干什么?"

曾通的手在空中胡乱抓舞,但很快抓到一只手。只听侯风骂道:"我日你老娘的,好好的油灯都抓不住,抓老子的手抓那么紧打什么屁用?"他一只手抓着一个人,这样大大地限制了他的行动自由,让他非常不安,"你能看见路么?"他问前面的吴仲达。

"看不见,不过不远了,就一条路,不用转弯。"

"那好,咱们接着走。"

侯风不知道的是,前面的吴仲达对他的敌意超过了他的想象。由于长时间和乌鸦等人接触,使他疏忽了一个真正看守对暴动并杀害自己弟兄的仇恨,远远超过逃脱这个地方所带来恐惧和希望。

他还不知道的是,身边的曾通已经偏离到了另一个方向,在他以为独自培养的曾通的怀里,有狱长生前给予的一个极大的秘密。

与此同时,吴仲达的脸上露出一丝谁也看不见的诡异笑容。

打翻油灯的内疚心情根本就没有出现在曾通的心里,他脑袋里唯一想着的事情就是在油灯落地熄灭的一瞬间,那个再次出现的影子。

他们继续在黑暗中摸索着往前走去。除开三人的脚步声、呼吸声,以及耳鼓膜边上自己心脏的锤打声,没有一丝的声音。在这一时刻三人的沉默,似乎意味着事情的尾声正逐渐走近。

那是他们各自的命运。

终 老舜

那是灯油,这是刚才吴仲达抛下灯油为我们引领出路的地方,这是我们出发的地方!这是我第一次被侯风殴打的地方,这是我第一次迷路并看到可怕的影子的地方,这是我第一次知道鹘山监狱有鬼的地方!我又回到了起点,我是被那只在空中牵引着我的手带回到原来的地方!

我在鹃山监狱的经历中，从来没有见到过传说中的老舜。

传说中，老舜知道谜底，老舜知道一切黑暗的本源，老舜甚至能够预言生死。

老舜，到底是谁？这个问题，一直困扰着所有人。

狱长，侯风，乌鸦，吴仲达……

慢慢地，老舜成了一个问题，问题没有答案，成了一个恐惧，紧紧地缠着每个人。

如同面前无边无际的黑暗。

黑暗中，只有沙沙的脚步声，和若有若无的呼吸，无法辨别，那是别人的，还是自己的。突然，就在那一刻，我意识到，也许，所有人都会死去，在这片黑暗中，不会有幸存。

前面的侯风忽然之间加速了，我下意识地抓紧侯风的手，也加快了脚步。侯风的手冰凉得几乎没有一丝温度。侯风的手什么时候成这样？是不是侯风也看见了刚才地上出现的影子？侯风也会恐惧吗？那影子意味着什么？是指示着回去的方向？我不能走出去？为什么侯风突然加速？是前面的吴仲达在加速吗？在周围一点光亮都没有的黑暗中，在这个真正意义上的伸手不见五指的甬道里，吴仲达怎么会忽然辨识到了方向？我的脑海里翻腾着无数的问题，一个问题尚未有任何可能被解答的迹象，马上就被另一个问题所取代。想到前面的侯风，我的心里并没有太多的强烈的恐惧。毕竟，侯风是个强有力的人，有他在前面，我并没感到那种孤立无援的恐惧。

但是越往前走，我心里翻滚的一种不祥的感觉就越来越强烈。似乎已经走了很长的时间，但是甬道里仍然没有一丝光线。吴仲达是什么时候开始不加灯油的？就在刚才，吴仲达手里还提着一只油桶。可是这甬道就像从来没有过油灯存在一样黑暗，没有一盏，哪怕只有一盏油灯是亮的。我心里想到另一种可能，会不会吴仲达在骗人？会不会他引领走向那些黑暗的、从来没有人到过的监狱深处？我忽然警觉，不知道什么时候开始,前面的侯风以及侯风前面的吴仲达没有发出一声脚步声。走得这么快,甬道里这么安静,怎么会只能听到自己的脚步声呢?既然自己想得到,侯风也应该想得到才对,可是侯风为什么一声不吭?

我想到了狱长的方法,于是伸出另一只手向前抓去,想如法炮制在侯风的背上写字。我的手沿着自己抓着侯风的这只手,向着自己想象中侯风的后背抓去。

我抓了个空!

"侯风?"我下意识地拉住这只抓着他的手,那只被他拖着前进的手,另一只手向应该存在的手臂的地方抓去。

我什么都没有抓到!

鬼!

"啊——"我大叫一声,丢开那冰凉的手。在那一瞬间狱长的话忽然响起在他耳边:"没有人能够出去!这个监狱里有鬼!一旦有心思离开,那鬼就会出现!"

那是鬼的手!

我拼命地向后退去,我语无伦次地大声叫嚷着:"侯风!侯风——"

那是鬼的手,一直都是那鬼的手牵引着自己!就在刚才那油灯熄灭的一瞬间,那只手从冥冥中伸了过来!我一直以为自己抓着侯风的手,其实从那时候起侯风就已经不在自己前面了!

我嘶哑着嗓子往后退去,我拼命地瞪大眼睛直到眼角有被撕裂的痛楚,但是我什么也看不见!我不知道该从哪个方向才能逃避开那只诡异的手,我甚至不知道那只手还在不在自己前面,或者是在自己身边的任何一个方向。我只能拼命地大喊,拼命地无意识地挥舞着双手挡在自己前面。

"噗!"什么东西绊住了我后退的脚,我一跤跌倒在地。我明白喊叫是徒劳的,那从腿上传来的感觉,似乎那东西很硬。颤抖着双手,我硬着头皮摸上去,那是个硬硬圆圆的东西,一碰,里面似乎就有什么东西在摇晃。伴随着那股摇晃,一股我熟悉的味道窜进我的鼻了。

那是灯油,这是刚才吴仲达抛下灯油为我们引领出路的地方,这是我们出发的地方!这是我第一次被侯风殴打的地方,这是我第一次迷路并看到可怕的影子的地方,这是我第一次知道鹊山监狱有鬼的地方!我又回到了起点,我是被那只在空中牵引着我的手带回到原来的地方!

我打了个哆嗦,我的心跳狂乱起来,肺在抽搐,仿佛被电击过一样,我感到自己全身每一根神经都在隐隐作痛。我大口大口地呼吸着,这浑浊黑暗的空气已经不能满足我对氧气的超量需要。我拼命地挣扎着站起来,背上一靠,靠上了甬壁。那只手还会来找上自己吗?不,不要!甬壁抵着什么硬东西硌着我的腰,枪!不错,我还有枪!侯风把枪交给了我!

我拔出了枪,我无意识地扣动扳机,手臂朝着面前包围并准备时刻吞噬掉我的黑暗无意识地左右晃动,丝毫不考虑在这么窄小的甬道里子弹被甬壁反弹回来伤及自己的可能性是多么的大。巨大的响声贯穿着我的耳膜,连续开枪的后坐力让我的虎口发麻,肩膀被一股大力抵在甬壁上硌得生痛。借着短暂的,开枪时那一瞬间跳动的火花,我看见了四周的景象。

这确实是刚才和侯风遇见吴仲达的甬道。地上的那盏油灯还在,那油桶还在,只是现在,只剩下我一个人,以及无止境的黑暗。我记得很清楚,当和侯风来到这里的时候,后面的甬道一路的油灯都是亮的。现在,我明白了第一次他不明白的问题:是谁将那些油灯弄灭的。

我无力地垂下手臂,手里的枪仿佛有千斤之重,让我根本就没有办法再举起射击。对于人,枪是一件非常有威慑力的东西;可是对于在黑暗中未知的恶魔,枪绝对没有办法对付——要是有用的话,乌鸦他们恐怕早就出去了。

狱长是对的,他出不去的,即使跟着侯风这样的强人,即使跟着吴仲达这样知道真相的人也一样。不可否认,刚才我之所以没有再坚持狱长的预言,而是符合并跟着侯风朝自己以为的外面走去,是因为自己心里终究难免的侥幸。

我会死到这么?那只手会来再次找到我的?它想干什么?还有办法么?狱长的预言?

我忽然想起了狱长,同样是在像这样的一片黑暗之中,狱长温暖的手微笑地写道:"曾通,很荣幸认识你。"

等等,狱长温和的表情和坚定犀利的目光出现在我的脑海,让我镇定了不少。我忽然想到,狱长在我怀里塞的一张纸,那是西洞的地图!我瞬间记起了狱长还告诉过我的话:"别想着出去,你不可能出去的。但是你如果你想获救的话,想办法去西洞。"

西洞!小崔说过的,他们把那些本来的看守埋进了西洞,那个原来的监禁室!以前马宣说的什么关于西洞坍塌了的话是谎言,那是掩盖他们暴动的证据!

那里，一定埋着很多的死人。也许有很多的怨灵。那里也许就是事情的根源，是鹘山监狱黑暗和恐怖的根源吧。

西洞！狱长说过的，到了西洞就能得救！我心里忽然燃起一丝希望的火花，可是去了西洞怎么样？向那些死去看守的亡灵解释自己和这事无关？狱长并没有交代。但是狱长总是对的，这个念头却一直潜伏在我的心里深处，即使是在侯风从疯狂中救了我、和我最亲近的时候，即使是狱长惨死之后，我也从来没有怀疑侯风或者别的什么人比狱长更能让我依靠。狱长说这样，一定就是这样。我深信这一点，尽管我从来不去仔细想，但心里早就深深烙下狱长不可战胜的印象。

但现在的问题是，一片黑暗，狱长绘制的去西洞的地图就在怀里，我却偏偏无法看见。怎么办呢？我想挠脑袋，却发现自己手里却还拿着那把狱长的佩枪。

枪里应该还有子弹……我探下身去，摸向那桶灯油。

从油灯熄灭的一刹那，侯风就意识到情况似乎开始朝着超出他控制的范围发展。他的心里第一次出现了一丝恐慌。随着时间的推移，他越来越觉得自己的意识是正确的，那是无数次在死亡边缘的悬崖走过的直觉。

他忽然发现，后面的曾通似乎完全没有脚步声！他松开那只以为是曾通的手，向后一捞。

他什么都没有碰到。

"曾通！你又搞什么鬼？"侯风大喝道。

他下意识地抓紧前面的吴仲达，让他停住脚步，伸手向后一抓，还是什么也没有抓到。曾通不见了？

"怎么？"前面的吴仲达阴阴地问道。

侯风拼命压抑住自己心中那丝疯狂增长的慌乱，那不是曾通，又是谁？他用有生以来最平静的声音说道："他不见了，不要多事，管好你的事情。继续走！"

吴仲达尖声笑道："他不见了！哈哈哈哈……他不见了……"

"笑什么？领路！"

"领路？领什么路？"

"你说什么？"

"我说什么？我说谁能在一片漆黑里辨别得了方向。"

侯风知道自己已经落在了下风,他伸手捏住了吴仲达的脖子,吴仲达的声音开始走样,变得怪异地尖锐起来:"你以为我会带你们出去!你别他妈做梦了!你跟乌鸦那伙人是一路的,别以为我不知道。曾通不见了?你遇见鬼了!那些鬼已经来了!你说的,曾通也去杀了人的,不错,那么他也得死!它们不会放过任何一个企图越狱的人的!"

"看来你是已经不想活了。"

"你说对了,我是不想活了!我受够了,在老舜死了之后,我就再也不能忍受你们这些混账!你们这些杀人凶手!不要忘记了,我是个看守,你是个囚犯!你想威胁我来越狱?来呀,来呀,杀了我呀,杀了我你以为你就能走得出去吗?你以为你现在在什么地方?嘿嘿嘿,不要问我,我也不知道……"

侯风绝对不能容忍一个像吴仲达这样的人的任意奚落,他的另一只手加了上来,抱住吴仲达的头,双手一扭,吴仲达的颈关节两节骨头"卡喇"一声错位,头耷拉下去,再也不能发出一点声音来。

侯风松开吴仲达的尸体,他不知道自己现在应该怎样。唯一认识路的人已经死在了自己手里。他继续向黑暗深处走去。到现在这样的情况,也只能走一步看一步了。

忽然,一只手搭在他的肩膀上!是谁?吴仲达还没死?是狱长?曾通?乌鸦?马宣?百羽?无数人的脸浮现在他眼前。他感到自己的头皮发麻,似乎被一只看不见的手抓了起来,他挥手一斩,他自信自己一斩的力量,没有人的手臂骨能承受这一斩的力量。但是他却斩了个空。本来应该出现手臂的地方是一片空无的黑暗。

是那只手!那只手一直跟着他!现在还停留在他肩膀上!

就在刚才,他还感叹宰断过多少人的手,也不知道哪天会被谁来宰断。

他猛地转身。

借着子弹里的火药和子弹碰撞子弹的高温,我成功地将衣服上撕下的布条点燃。一大桶油意味着我暂时不需要考虑灯油枯竭的问题。再一次,我感受到了光明的力量。那力量驱走了黑暗,照亮了前行的方向,也多少赶走了些我心中的恐惧。捧着这个硕大的油灯,我慢慢往前走,丝毫不在意所有的油灯在一瞬间被扑灭掉的事情。

由于第一次夜探曾经走过这条路,我很轻易地回到了自己熟悉的甬道。厨房,水房,监仓……我走过自己曾经住过的那条甬道口,阴森昏暗,甬壁凹凸不平,四扇打开的门,想着自己曾经在这里住了半年之久,我离开了。主干甬道,看守们的寝室,一切都如初次看见的时候一样。

当然还有不一样的地方，没有一盏油灯亮着，即使里面还有灯油。也没有一个人，或者说，没有一个人还活着。

我来到狱长的房间。狱长的地图是从这里画的。我开始按照地图向目标进发。目标是西洞。

渐渐地，我看出狱长的地图似乎不太对劲。狱长告诉我前往西洞，可是这个方向却是一路朝北，径直走下去，和西不沾边。不过我马上抛掉对狱长的怀疑，我相信狱长没有错。西洞一定在这条路的尽头。再说，从来没有人给我指示过西洞的具体位置，为什么叫西就一定在西边呢。

一路上，我的头皮开始发麻，呼吸再次急促起来。到处都是尸体，有看守的，有囚犯的，有的人可以看出伤很重，淌了一地的血还没有干；有的人却一点伤痕都没有，面目狰狞扭曲得可怕。我又想起了刚刚狱长的地图，和面前被自制油灯的光亮驱走的、我不愿意想起的黑暗。

黑暗中的影子，爬行的人，怎么也走不完的迷宫，抓住我的冰冷刺骨的手……忽然，我想起了狱长的惨死。冷汗开始不停地淌下，手潮湿而冰冷，我拼命地抓住手中的油桶，希望那小小的火苗能够带给我一点温暖。

甬道还在我面前延伸，我的思维又开始缥缈起来……西洞里面会有什么？我应当怎样处理？会看见什么可怕的东西吗？谁杀的狱长？侯风和吴仲达走到哪里了？那影子还跟着自己吗？还有那只手……

恍惚间，似乎有什么跳动了一下，我停住脚步，眼角余光已经瞥见了，那是我自己的影子。

我怀中抱着的是唯一的光源，我的影子却在前面晃动了一下。

我加快脚步，走得更快了。

忽然之间，一只手搭在了我的肩膀上！

谁？侯风？吴仲达？没有死的囚犯？不，我感到全身所有的毛发都竖立了起来，我小步跑了起来。我叫喊道："别多想，别回头，狱长说过的，不管发生什么都不要去管……只去西洞，只去西洞，只去西洞，只去西洞……"

我越过了吴仲达的尸体，没有敢多看一眼。侯风躺在前面，我仅仅瞥了一眼，侯风的脸如同狱长和所有那些莫名其妙死了的囚犯一样，狰狞，扭曲，恐怖，仿佛随时要站立起来一样……我飞快地跨过侯风。

油灯不断地飘动着,桶里的油晃来晃去,几乎要被摇晃出桶,好在我撕下的衣服够长够大,足够做一个可以燃烧很久的灯芯了……忽然,前面似乎有一处光源!那是一个人拿着油灯在缓缓行走!怎么办?那是谁?我不知道,但我感到那身影有点熟悉。

那人似乎感到了我在他后面,他缓缓地停下来,慢慢地转过脸。

那是乌鸦!

"别管他,他死了,"我对自己说道,"我只去西洞,狱长说的去西洞就有救,去西洞就有救……"

我闭着眼睛,闭上眼的一瞬间,我看见乌鸦阴恻恻地笑了。但我还是越过了乌鸦。我的嘴里兀自还在念叨:"狱长说的去西洞就有救,去西洞就有救……"

忽然,我的脚步乱了一下,几乎跌倒在地。

因为我意识到一个问题:如果狱长知道去西洞有救,为什么他自己不去?

不,狱长一定有他的理由。狱长是狱长,狱长不可能犯错的。狱长说过的,不要理会发生什么事情,去西洞,也许狱长有绝症,也许狱长不想活了,但是狱长想救我。我不断如同念咒般念叨着,希望能够给自己心理催眠以忘记自己的理智和对狱长的怀疑。

"曾通。"一个熟悉的身影在背后喊道,那是狱长温和的声音。我停住了,几乎忍不住要回头了。狱长没有死!那个坚强的背影还在……这个想法是多么的诱人啊——

不,不能回头!我的脖子扭动了一下,终于又摆了回去,我更加快速地奔跑起来。我想起了狱长临别时候温暖的笑容,尽管我从来没有真正看到过,狱长说:"很荣幸认识你,曾通。"

我忽然感到自己的眼睛在发热,狱长死了,我亲眼看见他死的。他被人切断了喉管,爬来想警告我,结果被侯风用狱长的佩枪打得脑浆四射……狱长是被人杀死的?可是狱长为什么脸上一样是那么狰狞扭曲?如果不是人杀害他的话,为什么狱长身上又有那么致命的伤痕?

不,狱长救我的想法是不可置疑的……侯风说他也是个杀手,和他侯风一样的冷血杀手——可那又怎样?在面对监狱里更加冷血更加邪恶的黑暗的时候,在这个侯风所说的善与恶被扭曲,或者没有善只有恶的世界里,狱长这个职业杀手却是在正义的一方……那温暖的笑意,甚至带着点恶作剧的狡猾作弄的语气,"很荣幸认识你",那不是一个邪恶可以冒充的！

我猛然抬头，然后猛地停住脚步。

油桶"咚"的一声跌落在地上，里面的油全流了出来。被点燃的衣服的一角还在倔强地燃烧着。

那是一扇门！

西洞到了！里面是什么？我不知道，我觉得自己已经虚脱到了身体的极限，我快站不稳了。

不管是什么，让我来看看吧。就算是我的结局。

我将手放在门把上，深深地吸了一口气，因为我已经想到了狱长的话里很多疑点。但到现在，我已经不能回头了。

西洞，我来了。"吱嘎——"我拉开了门。

一道让人窒息的刺眼的光明让我下意识地闭上眼睛。一阵透人脾肺的凉风直贯进我的脖子里。那是清新的空气。我的眼睛因为不能适应阳光而充满泪水。

等逐渐能睁开眼睛的时候，我发现自己已经不能思考了。

所有窗户和门都大开着，阳光如同光明的剑一样从这些缺口穿刺进来。我机械地拖动着双腿，张大嘴巴，目瞪口呆地不知不觉走到木屋外面。首先映入眼帘的是黯淡的生着红锈的铁丝网，是一些被吹烂的挂着随风飘荡的看守制服，还有一些粮食随便堆放在外面，只不过上面蒙着厚厚的沙土，肯定早已经坏掉。

铁丝网中间，是一道铁丝网的大门，大门开着。门外是一道小径，远处是戈壁一望无际的荒凉空旷的黄色，几处石山在更远的天边。蔚蓝色的天空上轻轻地飘浮着几朵温柔的白云。日正当中，发出的光明和温暖，是我在黑暗中梦寐以求的……

我，竟然出来了？

我，竟然走出鹊山监狱了！

我慢慢地挪动脚步，却被什么绊了一下，那是一具骷髅！

人的骷髅，有五六具分布在房子外面。那应该是乌鸦一伙在外面的几个人手，他们无一例外的是被狱长进来的时候做掉的。应该，从那时候起，就没有人能够再走出鹊山监狱了吧？

可是，我为什么会莫名其妙走了出来呢？我不是一直按照狱长指示的方向去西洞吗？

我忽然想起一事，我从怀里摸出那本狱长留给我的笔记簿。笔记簿湿漉漉的仿佛是从水里捞出来的一样，我飞快地翻开，但是却看到满眼的失望。笔记簿的字迹已经完全模糊得不可辨认了。我一夜的汗水，错乱时候侯风泼在自己身上的凉水，以及在和那些囚犯的杀戮挣扎中的鲜血，已经冲洗掉了所有可以辨认的踪迹。我一页一页地往下翻动，丝毫没有看到任何可以阅读的迹象。忽然我感到另一面贴近身体的部分似乎不那么潮湿，我飞快地翻开最后几页。

　　我欣喜若狂地看到，那是我熟悉的狱长潦草的笔迹，笔迹尽管模糊，但还可以辨认：

　　"曾通，看到前面我这位前任的笔迹，想必你已经对事情都了解了吧？哈哈，我知道你是个读书人，读书人有个习惯，拿到一个自己认为一定要读的东西，就会从第一个字看起，按顺序一路看下去。所以现在才看到我，你的狱长给你的留言，不知道你做何感想呢？"

　　我苦笑一下，狱长毕竟不是神仙，这一点还是料错了。不过如果没有侯风的话，我恐怕早早就走出了监狱，笔记簿也不会被弄湿得看不清前面了。按照狱长的意思，前面应该是老舜也就是那个正宗狱长的日记，那里应该有事情的全部内容。那没有关系，乌鸦、马宣、小崔和吴仲达已经告诉了差不多全部的事情，现在在笔记簿记载事情原委的地方，充满的是恐惧之后的凉水，我的冷汗，和杀戮的鲜血。这，何尝不是形象的叙述笔法呢？我继续往下看：

　　"不敢确定你按照我的话做了没有。不过我相信你是这样做了。很抱歉，我说了谎，骗了你。不过我想既然这一点上能救你的命，那么你也应该会心甘情愿？现在你看到我这些话的时候，我已经死了。当然，你肯定没死，否则你也不能看到这些话了。哈。让自己处在死了之后的语气，写一封自己不可能看见的信，实在是个非常新奇的游戏。可惜当我们在一起的时候把太多的时间浪费在口水上，否则我们大可尝试尝试。

　　现在你想必已经知道了，我其实早就知道了事情的原委。我不知道侯风是否会告诉你，我不是狱长，而是个杀手。我和侯风，是不死不休的对手。我们曾经在外面这片戈壁上互相追杀着。我不知道他为什么要杀我，但想必也是接了别人的订单。他的体力和智力都比我强，我知道我不可能获胜。但是在我最绝望的时候，我却发现了老舜。

我看见老舜的时候,他已经一只脚踏进了流沙里。他告诉我离他远点,不要救他,因为害怕我也被陷进去。他真他妈是个好人。尽管我早就知道了这片戈壁深处有一处监狱,并从那些到采购补给的看守身上取得自己和侯风对抗的补给,但从他的嘴里,我知道了他的身份,并第一次知道鹊山监狱的确切位置。他告诉我,监狱里被乌鸦领头的囚犯控制住了。他让我快到外面去通知那里的地方武警部队。

　　但是我不能够,因为侯风还窥视着我,随时准备给予我致命一击。当然,我不会给他明言这一点。但是后来,他却又开始语无伦次起来,说什么他是老舜,叫我不用去叫地方部队了,说那些人反正也逃不出去。他还从怀里掏出他偷偷保存了很久的日记交给我。那一刻,我发现我并不是完全没有退路。

　　我偷偷进了鹊山监狱,我找到了狱长穿的制服。幸运的是,他的身材和我相近,正合我身。我成了狱长。我冒险杀掉了门口的守卫和那个冒充狱长的冒牌货,但是他的同伙却没有半点行动。这让我很疑惑。我本来是想制造混乱,让这些人都越狱出来,然后我好乘机躲过侯风的视线,但是这些囚犯的所作所为却完全出乎我的意料。我感到这里有不寻常的事情。我开始认真地读老舜的日记。

　　直到我开始写这些的时候,我才完全弄明白是怎么回事。这个监狱确实有问题。每当监狱,或者这个地方——你也看见了,这里从古代就有人,并不一直是监狱——失去控制的时候,就会有一个老舜。辨别老舜的最好方式就是,老舜能够预言别人的生死,老舜能够和那些灵魂通话。当这里失控的时候,就会有一个老舜出来控制局面。当然,事实上,是他背后的那些祖先的亡灵。最初我以为这是无稽之谈,但现在我已经完全相信这一点。我知道我不是老舜,因为我不能看见那棵树。亡灵会给老舜一个暗示,提醒他自己是老舜,除了老舜,谁也不能看见那棵树。"

什么?老舜能看见那棵树!我睁大眼睛,那我——瞬间我明白了老舜在看到我进入监狱的那刻的手势是什么意思。老舜能够预言,就应该知道我是下一任老舜。那意思是说,张开你的眼睛吧,看看这些人是怎么死的!

　　"老舜的出现,意味着混乱中秩序的重新建立。最初,在我想不通为什么乌鸦他们不对付我的时候,我尽量逃跑。可是,如同老舜日记里写的一样,我根本跑不出去。我无数次在夜里偷偷逃跑,又无数次地迷路,最后莫名其妙地绕了回来。

在那时候，我就明白，我是出不去了。那些甬道，这一次和上一次的具体位置竟然完全不一样！它们竟然像是有生命的！那是那些亡灵在作祟。

后来我想既然我出不去，不如来之则安，看看乌鸦那伙人在搞什么鬼。现在我已经完全明白了。乌鸦并不是控制着监狱的一切，五年前他们和原来这里的囚犯暴动，暴动虽然成功了，但是他们互相并不信任。谁也不能保证自己出去之后不会因为对方的失手而被供出来，所以他们并不出去，而是想找个解决办法。我发现了粮食的问题，也发现了根本就没有人能够再出去，这更加证实了我的想法。我推测，乌鸦听说了这个老舜的传说，他本来想利用这个传说，杀掉所有的人。可是后来，他却发现这个传说是真的。

直到现在我才明白过来，这个监狱是活的！监狱有灵这句话，说的是监狱本身！只有这样，才能解释为什么外面的世界完全把这个监狱遗忘了。不管这个监狱再荒僻，总要派人来替换看守，押送犯人，亲朋探望，发放薪水等等，乌鸦控制了监狱之后，这些事情再也没有过。由于乌鸦缺乏相应的经验，完全没有察觉在他控制这个监狱之后，这个监狱也做出了自己相应的变化。老舜会出现，然后在秩序建立、老舜消失之前，黑暗的恐怖将统治一切。如果一个老舜死亡，会有另一个老舜出现，老舜是不死的。他默默地看着周围的一切，记录下秩序由无序变向有序的一点一滴。监狱里的人，在老舜出现的时候，就已不存于外面的那个世界，那个早已遗忘鹃山监狱的世界。存心要走的人，监狱不会放他出去，而与外面有所接触的联系，会逐渐一一断掉。除了特别的情形，比如说我和侯风，比如说你。

后来，侯风终于找上门来。我将监狱暴动的部分内容给他看了，又给他说明了一点情况，他果然上钩了。像他那样好胜心重的人，自然不会甘于承认自己的能力不如我，当我在挑战这个其实我已经明白的问题的时候，他也参与了进来。

他确实很强，我想，最后他一定能解决所有的问题。但是，正因为他太强，他太迷信自己的体力和智力，他太刚愎自用。对于自己不习惯的事情，他不接受。他拒绝接受有鬼这样的事情，也许是因为他不能承受有人比他更强大吧。事情往往就是这样，先天条件太好，太聪明的人往往不是最成功的人，因为他们太聪明，太顺利，就不再喜欢思考，而事实上这个世界上有很多事情是必须经过长时间思考的谋划才能最后取得成功的。

我知道他不相信有鬼，我故意引导他往那条路上走。我越说有鬼，他就越不相信,更加坚定相信自己的信念。因为他始终以为他比我强。他一定能说出合乎逻辑的说法向你解释这一切以显示他的强大吧?其实,我又何尝不是如此呢?我们是一类人,只不过,因为我不够强,所以我可以虚心接受。

我设计了他,你看到我写这段话的时候,他现在肯定已经死了。因为我是自杀的。"

我瞪大眼睛,尽管狱长的字迹很潦草,我还是能认出来。可是现在,我却几乎不敢相信自己的眼睛,狱长是自杀的?!

"是的,不要怀疑,我是自杀的。我的自杀,似是而非,既符合闹鬼的情况,又稍微有所不同。侯风在这样的情况下,肯定会对他自己的想法死撑到底。因为,我告诉你,即使像我们这样的人,也会害怕,害怕比自己更强的。所以,在这样的情况下,侯风将彻底抛弃掉心里那点对有鬼的怀疑,彻底地为他的棺材钉上钉子。

至于你,刚才你也看到了,我们也曾经分析过,任何企图越狱都是不可能的。所以我骗了你。我让你心里不存任何哪怕一丝出去的想法,然后给你一张路线图。这图不可能准确,但是大概的方向却是通往外面的方向。我想,既然你心里一点出去的想法都没有,那些甬道也就没有必要被那些鬼作祟改变让你迷路。至于西洞,天才知道那在哪里。

是的,我利用了你。一个人对另一个人绝对的信任,是我打破了没有人能在秩序混乱的时候逃脱而出的传说的基石。我也战胜了那些鬼。我也战胜了侯风,他的刚愎自用最后必然让他不相信想出去就不能想,也不能说出去的说法,最后他必定会死在甬道里。

最后啰嗦一下,我很好奇的是,你出去之后又干什么呢?你可是被正经八百判刑送到这里来的,尽管我从你的为人推测,你多半是冤枉的。但你一旦出去,显露身份,立刻就会被人发觉是越狱。你不可能成为一个正常人了。你靠什么生活呢?隐姓埋名?或者,走上另一条截然不同的路?我斗胆说一句,其实在某些方面,你有我和侯风共同拥有的天赋。只是你的环境限制了你。像我,如果在你那样的环境生长下,未必能比你做得更好。可是,如果环境变了,生存的游戏规则变了,你的有些才能能够显现出来。如果你做我或者侯风那样的职业,我想你会做得很称职吧。哈哈。当然,侯风你是做不到的,他的天赋太强——虽然这一点也害死了他——但如果你走我曾经走过的老路的话,逐步累计经验,恐怕前途非常远大。当你经历过这一切之后，也许你应该会同意和接受我的建议。当你再一次看见那个陷害你入狱的人或者类似的人，我想，侯风和我这两个老师已经教给了你足够的东西让你知道该如何应对。你甚至会有一个响亮的绰号。你自己好好想想，会是什么。

好了，要出发了，我马上就会和你见面。这样时空错乱的感觉实在真的很有意思。当你看到这里的时候，记得问候一下那些我再也看不到的蓝天白云，那些我都快忘记的日月星辰，看看他们还是圆是方。"

我泪流满面地看完了最后一个字，我再也控制不住自己的情绪。我脚下一软，"扑通"一声坐倒在地号啕大哭。

然后，我累了。于是我慢慢地起身，侯风说得不错，谎言是最有力的武器，是最大的权力象征，可以操纵一个人生，也可以操纵一个人死。尽管侯风知道谎言的力量，却始终不如狱长更善于利用。我回头看了看，在我身后的，是一扇空洞的房门。房门外，是几具狰狞的骷髅，房门张大了黑暗的嘴，仿佛要吞噬掉一切。

那个传说里，有个人怎么也不会死，他的名字叫老舜。我带着狱长的佩枪，和侯风的油灯匕首，慢慢地向前走。

外一篇 寻找老舜

　　每一次有新工作的时候,他都试着去挖开就近的老坑,看看伍世员是不是在里面。睡着了的尸体,会不会又变成人呢? 凌超操起铁锹,朝墙角的方向铲去。

（一） 刘削

刘削觉得，再没有比鹊山监狱更好玩的地方了。

自从暴动成功之后，刘削就意识到，自己终于来对了地方。暴动过后，监狱里一共有两拨囚犯，不，应该是两拨人。一拨主要睡在监仓里，以乌鸦为首，控制了大部分的武器；另一拨以余学钧为首，控制了大部分的人，以及大部分制服——从被杀死的看守身上扒下来，套在自己身上。

好玩的地方在于，乌鸦不同意立即离开，而余学钧在跟乌鸦闭门长谈一夜之后，表示了意见的统一。于是，在一个已经暴动完成、成功杀害所有看守的监狱，居然没有一个人离开。余学钧等人以装扮看守为乐，乌鸦也尽力配合。

当然，即便乌鸦和余学钧的游戏有趣极了，也不见得所有人都有这个兴趣陪他们玩。一般到这个时候，刘削就知道自己出演的那一段快开始了。和那些口是心非、企图背叛两个老大意志的人不同，刘削认为现在的鹊山监狱，才是自己该来的地方。着急单独逃票离开这个地方，未免太对不起这么好玩的局面了。在刘削的哲学里，过得爽，比什么都重要。所以他并不恨那些企图跑路的人，因为他们让他的演出更精彩刺激。

当刘削看着面前这个上气不接下气、已无力再跑的家伙时，笑得就很愉快了——如果不是更愉快的话。

"兄……兄弟……别……"那人努力地张大嘴，企图在呼吸的间隙挤出一些能打动刘削的词汇。但不知道是因为剧烈奔跑过后的劳累，还是甬道里本来就氧气缺乏，或者过度的恐惧，他说得并不太成功。

打量着那个亡命的逃跑者，刘削心里暗暗摇头。那人一身的灰土，额头上老大一团不知在哪里撞来的淤青，右边的裤腿撕开了很长一道口子，里面隐约可以看见凝结的血痂拉成了长条。刘削掂了掂手里的铁棍，铁棍阴冷暗青，如同刘削的眼神。于是他笑道："别着急，慢慢说。"

"别杀我，"那人终于缓过劲来，"兄弟，别中了他们的圈套。"

刘削收起笑容，"什么圈套？"

"你不知道？"那人目光闪烁，布满污垢的脸上晃动的眼白十分刺眼，让刘削想起地洞里的老鼠。

"我不知道。"

"乌鸦！乌鸦和余学钧勾结起来！他们不让我们走，只有我们走不了，他们才好跑路！"

刘削皱起眉头，"为什么我们走不了，他们才好走？我没有明白。"

"你傻啊！"那人瞟了眼刘削的脸色，又看了看刘削手中的铁棍，"你想想看，暴动了还不走，那是为什么？这里的事一旦被外面发觉，那一定所有人都会被毙掉，没有任何商量余地。那还不赶快跑？他们一定是想把我们关起来，一辈子关死在这儿，他们才好走。说不定哪天，一觉起来，乌鸦和余学钧他们就不见了，我们还不知道。"

"啊，原来是这样。他们不要大家走，原来是他们想跑路！"

"可不是嘛！"那人脸上微露喜色，"你追我干吗？他们让你追我，你就来追我？追了我又怎样，你能出去吗？你就这么老实，说不定被人卖了还帮人数钱。"

刘削恍然大悟，"这么说来，果然不能听他们的。"

"那可不是吗？"

刘削叩了叩脑袋，"我有时候也觉得事情有些不对，但又说不上来。听你这么一说，果然要抢在他们之前跑，否则就来不及了。"

那人一脸恨铁不成钢的模样，"这会儿才反应过来？我看你这人脑袋不好用，这样吧，我带你，咱们一块儿走。我这里攒了好久才攒了些吃食。"说着那人埋头从怀里掏出一块破布做的包裹，黑暗中隐约飘来些馊臭味，"省着点，也够咱俩出戈壁了……"

刘削一扭腰，整个身体往侧面一滑，轻松闪过那人突然刺向他腰间的半截铁片。那人的眼神从狰狞到迷茫再到绝望只在刹那。刘削没有犹豫，他顺势一挥手，于是在一瞬间，那人的手臂和刘削的铁棍形成一个赏心悦目的夹角。然后那人才开始惨号，他手中的铁片也跌落在地。刘削不为所动,铁棍继续在空中划过一道阴暗的弧线,直扑那人的膝盖,那人在一声闷响中倒在了地上。

好玩!

自暴动之后,眼前的这出戏在刘削眼中上演了很多次。几年下来,他已不记得这是第几十次追杀甬道中的逃亡者,而这刺激的游戏依然那么好玩,因为每一次和他唱对手的角色总有些不一样。他不屑地看了看地上的铁片,不过是一把菜刀的残片。于是刘削点点头,"伙房的?"

"操你妈的!"

刘削终于笑得更愉快了。他蹲下来,用铁棍抵住那人的手肘,那人如同他预料一样,"嘶"地吸了一口气。刘削举起铁棍,"伙房的?"

那人缩了缩脖子,胸口剧烈地起伏着,无声地点点头。

刘削道:"除了老舜,谁也不能离开,你不知道吗?"

"去你妈的! 老子想走就走,你——啊!"

刘削再次收回铁棍,"你觉得你是老舜吗?"

"压根儿没有那回事! 都是你们这群王八蛋编出来糊弄人的!"

"你不信?"刘削奇道。

"不信!"

"所有人都在找那个叫老舜的人,你为什么不信?"

"胡说八道,哪里又有什么叫老舜的人? 没有人叫老舜! 找到又怎样? 他会大发善心带你出去?"出于巨大的疼痛,以及对疼痛的恐惧,那人稍微配合了一些,多开口说了两句。于是刘削道:"当然,不能寄希望于此。不过可以考虑把老舜腿打折,不是么?"他看向那人的膝盖,那人连忙用唯一能动的一只手将膝盖压住,声音忽然颤抖起来,"住……住手……留……留我一条命……"

一听到这话,刘削就笑了。那人也将眼睛挤起来,企图挤出一个笑容,但与其说是笑容,不如说是痉挛。

又回到最初,何必呢? 刘削笑着摇了摇头,那人也眯着眼摆摆头。

刘削哈哈一笑,点点头,那人也把眼角再使劲挤了挤,点点头。

刘削叹了口气,用铁棍轻轻敲了敲自己的膝盖。那人一脸苦相地抬起捂住膝盖的手,欲敲又止。

真好玩！刘削对好玩的事情，从来不会拒绝。追杀逃亡者是如此，按老大余学钧的吩咐跟踪乌鸦，甚至隔门偷听乌鸦跟自己心腹的谈话，也是如此。刘削至今比较得意的是两件事：一，他追杀的对象，从来没有成功逃脱过他的终结；二，他偷听的对象，从来没有成功发觉过他的存在。

相对来说，刘削甚至更喜欢干第二件事。因为在他看来，这更刺激、更好玩。他下意识地舔了一口铁棍，上面有血的味道。他忽然想起，这铁的味道和血的味道是如此相近，是不是它们注定就该黏合在一起？

那人忽然道："别……别忙动手！我……我找到了老舜！"

刘削点头，示意他继续。那人道："老舜不是一个人的名字，只是一个代号。谁都有可能成为老舜。一旦这个人成为了老舜，这个人就会被恶灵保护起来，不会死在鹘山上，也像你说的那样，能出鹘山。"

"这个你不信的事情，鹘山上每个人都知道，"刘削道："说点我不知道的。"

"我认为这是乌鸦他们编出来的把戏，要让人信进去，信进去就出不来，出不了鹘山。不过……那个给狱长送饭的人是我的朋友。他告诉我，狱长知道些什么。就是那个被关在单间里的老家伙。据我那朋友说，狱长很有可能是老舜。"

"朋友？真是可靠的关系。你那袋老鼠都不吃的干粮，是不是他帮忙准备的？咦？你不会已经把你的朋友埋进那个洞里了吧？"

"那没……我只是拿走了干粮，没按和他的约定一起跑而已。他还跟那个没死的吴仲达很熟，能搞到出去的路线。"

刘削松了口气，一脸为那个"朋友"十分担心的模样，"没死就好，他叫什么名字？"

"伍世员。"

"多谢。"刘削一跃而起，铁棍在空中再次化身成一道阴影，直扑那人的脑袋。油灯被阴影扑来的风带得摇曳不已。甬道壁上，聚集在角落深处的阴影蜂拥而出，互相纠缠、撕咬、挣扎，仿佛有自己的生命一样。

（二） 大壮

大壮举起枪对准自己的双眼之间。他很清楚自己在干什么。

他一向清楚。

和暴动过后那些活得越发暴躁的同伴一样，大壮总是很沉寂，这也让他显得和鹃山里其他人有些不同。大壮从来不会公开谈论自己的想法，辉煌的过去，牛逼的现在，得意的未来，似乎都与他没有任何关系。迟钝的眼神，木讷的言谈，笨拙的动作，才是他身份的代表，以至于人们忘记了他的本名，只记得根据这个外表所起的代号："大壮"。

　　但这只是大壮善用外在掩盖内心的手段而已。

　　所以刚才当乌鸦在余学钧等人面前推出大壮来充当冒牌狱长的时候，大壮在第一时间就清楚，乌鸦想让他成为一个他永远都成为不了的人。

　　鹃山里的传说，一段时间以来有点走样。在只有老舜才能离开鹃山的传言泛滥之后，越来越多的消息表明，那个曾独自关在单人间的老狱长就是老舜。大壮不知道消息是哪里流传出来的，但之前有过的多次传言让他心生警惕。

　　五年来，总有一些大壮熟悉或者不熟悉的人，要么自称老舜，要么被人认为是老舜，甚至还会因此有不少追随者。但这些所谓的老舜最终都没有应验那个传说。他们或者在一次争执中被人割开了喉咙，或者失踪一段时间后被人发现了尸体，甚至有一些干脆就再也没有出现过。有人说他们真的是老舜，真的离开了鹃山监狱，但大壮根本不信。因为大壮经历过一些事情。这些事情来源是鹃山中每个正常人心里都偷偷有过的逃走的念头，他们有了一些行动，行动的结果却使他清楚，鹃山老舜的传说，极有可能是真的。

　　然而现实却与传说相悖。传说中老舜不会死，但现实中的那些"老舜"却个个死于非命。传说指向了老狱长，然而病得不轻的老狱长却被一个曾经做过医生的犯人诊断出是肝癌晚期。大壮有些怀疑，是不是鹃山监狱也和他一样，有一层刻意包装过的外表。大壮知道乌鸦故意放老狱长出鹃山，是为了存心迎合那个只有老舜才能出去的传说。一想到这个，大壮就有些兴奋。

　　但此时大壮知道自己必须继续蹲在房间的角落，等待乌鸦和余学钧的商议敲定。然后他必须按乌鸦的指示为乌鸦办事，否则等不到传说成为现实的那一天，他就会被乌鸦或者余学钧的某个爪牙干掉。

　　在鹃山，威胁总是双重的。大壮告诫自己。

　　"……那就这么办，大壮！"乌鸦回头看向大壮。大壮站起身来，瓮声瓮气道："唔？"

　　"你刚才应付那个新犯人做得还算可以，是叫曾通是吗？从今天起，你是鹃山监狱狱长，专门负责接洽。都知道你嘴严，但也得小心些，别搞出什么岔子来。"

"唔。"

"这把枪——"乌鸦从怀里掏出一把手枪，大壮知道那是监狱里唯一那把、曾经属于老狱长的配枪。乌鸦将枪拿起，中间穿过了余学钧等人热切到几乎有实感的目光，最终递给了大壮："这把枪以后由你保管，但余老大要用的时候，只要合情合理，都要听余老大的。"

"嗯。"大壮的眼睛平静似水。他略显麻木地接过枪，插在裤腰带上。没有人，哪怕一个人，知道他心里到底在想什么。

乌鸦回头对一旁的马宣道："你小子这回搞出好大的事情！怎么会突然冒出个新犯人来？这几年从来没有外人进来过，连他妈个探监的都没有，不会是吴仲达那老小子在玩什么花样吧？"

马宣道："那绝对没有，每次我们都紧跟着他，他连使个多余眼色的机会都没有。而且那小子天生胆小，我们又有老狱长做人质。相信我，老大。"

余学钧阴阳怪气道："连探亲看守的都没有，没有来信的，没有过节要回家的，没人怀疑过这点吗？"

马宣霍然回头，"你什么意思？"

余学钧道："只是指出这个事实本身。"

乌鸦道："行了。余老大，我们都心知肚明，大家虽然同生共死，彼此却没有什么友谊可谈。你不信任我们，这个我理解。不过不要忘了，现在大家都还是在同一条船上。每次出去，除了马宣和吴仲达，你也派人跟着。"

余学钧道："你是说搞鬼的人其实是我？"

乌鸦道："只是指出这个事实本身。"

余学钧冷哼一声，"大家都有机会外派人供出对方来换取自己这方的宽大处理。"

乌鸦道："但几年来，这样的事情显然都没有发生，否则这里早就被推平了。所以你的担心，我认为很多余。"

余学钧道："但这次为什么没回来的人偏偏都是我派的？"

马宣插话道："你明明知道，这几回下来我们也有好几个弟兄失踪了，有些甚至连尸体都找不到。"

余学钧道："他们真的没有趁机跑路吗？"

乌鸦一摆手，"够了！余老大，几年来派出去运粮食失踪的人双方都有。他们一定是都死了，不是被莽扑吞掉，就是渴死饿死，迷路死掉。他们要真的跑路成功，再犯事总会有失手的时候，那样的话我们这里早就会被外面围个水泄不通了。无端指责和怀疑只会让你我之间那点少得可怜的信任崩溃掉，而那种情况相信你我都不愿意看到。"

余学钧哼了一声，但并不表示反对意见。

乌鸦道："那么，就按照刚才我们的约定，继续演好这出戏，尽量让这里像一个正常的监狱吧。天知道这个曾通是不是外面听到了风声、或者感觉到了什么而派来探查的。"

"当然，"余学钧点头道："另一方面，寻找老舜的游戏，继续进行。这两者的结合会是件很有趣的事情，不是吗？"

散局后，大壮回到自己的房间。他将自己平稳地放在了炕上，闭上眼睛，心里却念如电转。

不能杀掉曾通，这一点大壮同意乌鸦的判断。如果曾通是外面派来探查情况的，杀了他对外面来说就是一去不复返，一定会有更多的动作。所以在曾通面前暂时演出一场正常监狱的戏，是个比较明智的选择。

但无论什么戏，都不可能没有马脚。曾通迟早会看出端倪来，如果他是外面特意派来的话。

那么，这就意味着乌鸦和余学钧必须加快杀人的步伐，将大部分人都杀掉，最后自己和几个心腹走出鹃山。

在最初的计划中，乌鸦和余学钧一致同意不能利用手里的枪械强行杀人。这样引起的恐慌是没法控制的。保不住哪个手里有枪、心中发慌的家伙忽然想岔了，在人人自危的局面下把两个老大也用枪崩掉。所以才有利用传说一个一个杀人的计划。对于圈子外面的人，借口是老大们在考虑一个周详的、出去之后确保不会被鹃山同伴出卖的计划。当初敢于对这个借口当面提出异议的在第一时间被处理掉了，剩下的，就是老舜传说杀人计划中的牺牲品了。

但现在看来，也许这样的效率太低了。五年来，还剩下差不多一百个人。而且，经过刚才的事情，大壮忽然发觉，也许两个老大想把所有人都杀掉，甚至最后两个老大也只能有一个出去。

乌鸦给了他一把枪，然后把他推到了前台，和余学钧控制的看守队共处。这除了捅破已经很不安定的平衡、制造新的混乱之外,不会有其他更多的作用。余学钧对此并不表示反对,因为余学钧他们尽管并非全无武装,但在鹳山,有机会哪怕多获得一颗子弹也是好的。

大壮将枪举起来,枪口正对着自己的双眼,看上去,枪眼正看着他。

他清楚,自己不是什么重要人物,不过是因为口风严,好使唤,而被乌鸦看上,由此多知道了些圈子外不知道的事情。他毫不怀疑,自己是个随时可以成为牺牲品的角色。

一个不知所措的狱长,一把黑色的凶器,与一个在鹳山的混乱紊流中刚刚形成的漩涡中心,一个一直以来在鹳山中最大的现实,隔空对视。

杀人。需要加速地杀人。加速需要制造更多的混乱和事端。他就是那个事端。

大壮很清楚,自己看不到那个传说成为现实的那一天了。

人终究是人,没有例外,到最后都要死,而且没有选择余地。那么死在今天和死在另一天,会有不同吗?死在地狱中,和几十年后死在一处病榻上,会是什么不同感受呢?他的手指慢慢摸向扳机。

他没有留意,他的房门不知什么时候虚开了条缝。门后,一个大壮从未在鹳山中见过的人影正在黑暗中冷笑着注视着他。

(三) 凌超

凌超对寻找老舜完全没兴趣。如果硬要他寻找的话,他更愿意寻找一个人。一个人的尸体。

如果他没有记错的话,那个人的名字,叫伍世员。

前面的甬道并不宽,两具尸体就在甬道尽头的地上。凌超注视了片刻,暗弱的光线下,看清楚需要花些力气。这两个人生前他都认识。但现在,其中一具弯曲成一个半圆,另一具缩成一团。它们,如同一个人肉的问号,摆在甬道上。

凌超并不在意问题本身,这超出了他的思考能力。面前的场景并不能引起他丝毫的情绪波动。它们生前,其中一个竟为了在同伴面前表现自己的权威而逼迫过他喝尿,另一个则常年扔操场上的石头以击中他的头为乐。

他放下肩头的铁锹,注视着另一个方向。

凌超知道面前这两具尸体的死因。它们面色青紫,鼻孔隐隐有些血渍,全身其他部位没有任何明显伤口,身体却奇怪地狰狞扭曲——这是典型的窒息。如果他没有猜错的话,应该是睡着的时候被什么东西捂住头闷死的。

在鹊山,有许多人在睡着的时候被害。活人睡着变成了尸体,这不奇怪。即使不在鹊山,在外面的那个世界里,这种事情也时常发生。

但睡着了的尸体,会不会又变成人呢?凌超操起铁锹,朝墙角的方向铲去。

他的手在抖,他的心在跳。他记不起上一回为了活人激动是什么时候,但他却奇怪地为了死人双眼放光、呼吸急促。

这个偏僻的甬道是条死路,曾经为他所用,用来埋另一具尸体。事实上,在对尸体十分熟悉的凌超看来,每个活人的脖子上,仿佛都有一条看不见的绞索。每当有人对他呵斥、打骂的时候,他们脖子上的绳索仿佛就真会出现在凌超的视线里。这些绳索,或长或短,粗细不一,但都有一个共同点:它们在慢慢绞紧。

每到此时,凌超就会发自内心地释然,如同得到某种安慰或者许诺一样。

但现在,他却不得不承认,他很紧张。

他希望这里有他的答案。

他希望,是自己记岔了,上回这里不止埋了一个人。那个失去踪影的伍世员是埋在这里的。他希望下一锹下去,手中的铁锹能为之一顿,之后,翻出一具腐烂的尸体或者骨骸来。

不要像上几回一样……他心里默念着。

于是,黄土在凌超手中铁锹的指挥下,跳动着单调而奇异的舞蹈。"刷!刷!刷……"一下,一下,又一下……怪诞的舞蹈,透露出几分莫名的丑陋。

鹊山中众人不待见凌超,原因就是凌超很丑。

他确实很丑,他自己也承认,他确实丑得不像人妈生的。

事实上,鹊山上的众人,如果以鹊山外的世界的审美标准来衡量,很难找出几张看上去让人赏心悦目的面孔。常年的逞凶斗狠,你死我活,使得各人都开始为自己的面容负责。当然,鹊山监狱的恶劣环境也起了很大的辅助作用。

凌超的丑却是天生的。

如果从鼻梁根部往上看去,凌超的额头眼睛,其实也还过得去。但如果换个角度,从鼻梁根部往下看,凌超的鼻子嘴巴,其实也并不让人如何意外。

坏就坏在凌超的鼻梁根上。仿佛是有人将他的脑袋以鼻梁根为线进行了一次对折,再展开之后,这张脸就没法再复原了。任何人面对这样一张面孔,都很难生出亲近之情。

所以,凌超只能做监狱里最没人愿意干的事情,打扫垃圾,清理厕所,诸如此类。有时候他必须按照乌鸦或者余学钧、或者某个自以为的老大(以及他们的爪牙,以及爪牙的爪牙)的吩咐,拿着铁锹,去甬道某处清理一片刚刚形成的血渍,或者将一个刚刚失去生命的人体(及其各个部分)埋进甬道。

泥土还在上下翻飞,凌超心中的不安在逐渐放大。他开始怀疑这么深的坑是否是自己上回挖的。忽然,"吭"的一声,手里的铁锹为之一空。

面前出现了一个坑,那是凌超挖的。

里面至少应该有一具尸体,是凌超亲手放进去的。如果凌超的记忆没有错乱的话(他希望如此),伍世员的尸体也应该在其中。

凌超记得,伍世员被刘削杀掉时候的场景。那是在突如其来的新人曾通来到监狱之后的事情。事实上,在曾通以及伴随而来的新狱长,还有那个在道上有名的杀人恶魔侯风到来之后,鹊山中的世界一步一步变得越发诡异起来。

乌鸦和余学钧为了探底曾通,派了一个中间派的、无足轻重的小人物去接近,这个人就是伍世员。但当伍世员在接触曾通之后,却意外地胡言乱语起来。没有人知道,到底这曾通有什么魔力,还是因为他跟那个被传说成老舜的前任狱长有过多接触,总之,长期生活在恐惧中的伍世员受了某些刺激失常起来。为了让局面仍然牢牢掌控在自己手里,让鹊山中众人的恐惧依然在可控范围内,乌鸦和余学钧同意将伍世员从活人的名单上抹去,并要求所有人统一口径,坚决不承认有伍世员这个人存在。

凌超可以感到,不承认有这个人,还可以进一步对新来的曾通等人做出一些试探,看看他们会不会因此恐慌起来。

伍世员最终倒在了刘削的铁棍下。但具体埋在哪里,凌超记得并不清楚。几年来,他挖过太多的坑,以至于错乱了填埋的记忆。

于是,每一次有新工作的时候,他都试着去挖开就近的老坑,看看伍世员是不是在里面。

油灯远在甬道的另一头,坑里的情形并不能很清晰地看到。凌超发自内心地抗拒蹲下来去仔细看,更不愿用手摸索。于是他提起铁锹往下试探。

坑是空的！

连之前那具尸体也不见了！不仅是伍世员！

长期的善后工作，使凌超成为了鹊山系列凶杀案的活档案，他可以很轻易地指出五年来发生凶案的时间、地点、方式、凶手。对于乌鸦胡编乱造给新来狱长的所谓档案，凌超可以轻易进行更正，指出其中有多少是被乌鸦指使杀害的，有多少又是余学钧所为。

伍世员，在最初的时候，不过和其他大多数尸体一样，并不为凌超所留意。凌超也没有那个兴趣去研究一个无足轻重、被老大们授意消灭的人物。

但凌超记得，在刘削被枪杀的那天夜里，甬道里纷乱的呼吼和脚步声此起彼伏。而后，余学钧让他把刘削的尸体随便拖到什么地方处理掉，就急匆匆地走了。

凌超认为，刘削的铁棍很有陪葬品的味道，他应该去寻来和刘削的尸体放在一起。但铁棍作为一个紧俏的凶器，很快就有了新的主人。失望之余，凌超想出一个绝妙的主意。

他把刘削拖到埋伍世员的那条甬道里，他要把刘削和伍世员埋在一起。

记忆的差错就出现在那里！

坑是空的！

如同面前的这个一样！

如同之后他神经质地挖开的每个旧坑一样！

伍世员的尸体不见了！

不需要常识，凌超凭直觉也知道，没有人会干这种挖走尸体的无聊事情。那么，唯一合理的解释是……

而且，越来越多的尸体不见了。越来越多的坑，变成了一个一个空的坟墓，如同大地裂开的大嘴。

凌超回头，不由一个踉跄，几乎坐倒在地。

地上的尸体，变了个形状。

方才那个弯成半圆的、生前喜欢扔石头的尸体，现在笔直地绷着脚，身体成一条直线躺在地上。

"谁……"凌超下意识地发出一个音节。

尸体是死透的，看惯了尸体的凌超在这个问题上也许是鹊山里最有发言权的人。

谁在他背后,动了尸体?

还是……

凌超不是没有尝试过,用自己有限的脑力来回答自己遇到的难题。他找到最合理的解释,是自己有移魂症,在半夜爬起来,按照旧时的记忆挖开旧坑,刨出死人,埋在新的地方。

或者,自己的记忆并不可靠,他其实压根儿没有把死人埋在自己记得的地方。

但他都不相信。他不是一个人住单间,尽管周围有以欺负他为乐的同伴,却没有一个人发觉过他睡着时候梦游。况且,如果死人没有埋在自己记得的地点,地上的坑就没有来由。这必须是他挖的,而且是他埋的,他没有记错。

如同鹊山中的许多事情,他都记得。曾通、新狱长、侯风到来之后,乌鸦和余学钧让大家在寻找老舜的同时,要求在上述三人面前演戏,凌超记得,当时有很多的反对声音。在大壮莫名死亡、新狱长没收枪支并枪杀刘削之后,凌超记得,反对的声音大了不少。凌超还记得,这些声音无一例外地化为一声声惨叫,回荡在甬道中,而后渐渐消逝,最后恍如从不曾存在一样。凌超还记得,他对鹊山上政治学既没有兴趣研究,也没有那个能力反对。他依旧扛着他的铁锹,在老大们吩咐之后前往事发地点进行善后。他记得他的善后方式各有不同,偏僻的地方他可以就地挖坑填埋,但如果实在太难处置的话,他会选择将尸体带回来,伙同煤球一起塞进炉子里烧掉。他甚至还记得,他曾经邪恶地想用一些就地取材的原料做成肉食给那些对他呼来唤去、呵斥打骂的大人物,但鹊山断肉食已经很久了,玩这一手似乎并不会有太多人中招。

如果他没有记错。

如果坑是他挖的,尸体是他埋的。

那么,这一切如何解释?

面前的尸体,不再是一个问号,而是一个感叹号。

他扔掉铁锹,转身就跑。

这一次,他感到自己脖子上的那根看不见的绳索,在越发地收紧了。

后记

《大地的谎言》，作于 2005 年，距今已经有六个年头了。

于是从 2005 到 2006 年，传到了起点、天涯等网站上。中间收到了不少网友的评论，其中一些非常深刻，甚至超过了我写作时候的思考。而六年来，网络转帖一直都在继续，直到今年，都还有新的网友阅读，并留下篇幅不小的感想。

在初稿完成的时候，确实是有心想出版的。但总有这样或那样的缘由，导致无缘成书。六年来的传阅，尚未泯没于浩如烟海的网文中，也许，说明了这个故事的生命力还是不错的。这也一直是我出版无望而能自我安慰的借口。

这一次出版之前，我一直在想，是否需要进行一次大改，至少让文章看上去好看些。对于一些我不满意的章节，进行大的手术，重新写过。因为在原来的叙述以及节奏上，尤其是第一章，现在回头来看，许多地方实在很难说是好的。

但最后我还是决定不做大改，仅做一些小小的调整了事。一个原因是没有时间，另一个更重要的原因，是我从内心不愿意。

六年前的时候，我刚从国外回来，带着的是一股热情。凭着《一封家书》等一系列口碑还算不错的中篇，立志要做一个职业的作家。所以，就有这篇《大地的谎言》。记得当时的我执念之强，以至于肄业也在所不惜，仿佛写书出版乃等闲小事，扬名立万信手拈来。自信到了自大，坚持到了顽固，旁人的善意劝解，一概置之不论。

接下来，自然是现实的板砖了。《大地的谎言》出版受挫，于是又写《天桥上的蚂蚁》；未能成功完成，又是《住院的病人》；依旧出版无望，于是写《谋杀》；再无希望，于是写《刹如意》……这么一晃，就是五年。

很多编辑认为《大地的谎言》那个路子，太过深沉，不适合出版。而我要想做职业作家，第一首要是谋求出版。既然生存不能保证，那么降低自己的思维水平，贴近当时网络上那些出版并卖得不错的作品,是唯一的选择了。

所以,就有了《刹如意》——干脆就是跟风作品了。

确实有一些朋友看出了这个情况,一个很委婉地说这种情况很可怕,另一个则直斥我是媚俗。对此,我尽管心里明白,但解释的话也无从出口。

最后,作品下降到了自己都不愿意看的地步,随着《刹如意》的出版,我也丧失掉了全部的热情和动力——成为职业作家的动力。于是我决定出去上班,老老实实打工挣钱养家糊口。那个要另开一处天地的理想,那支写出"蚂蚁你要学会飞翔"的笔,向现实投降了。

我想,这绝不能说是一种成功。

回头来看,这条迎合市场的路子,显然是种错误。

但如果我重新回到当年,我不认为我还有另一个选择,有生存才有一切。

另一方面,也是因为选择了生存,等来了《大地的谎言》出版的这一天。在梦想和热情都已随风而逝的时候,在我已经几乎不再把写东西当回事的时候。

我想,光是复杂二字,无法形容我的感受。但原谅我疏于写作,扔下笔已经一年有余,我已经无法准确形容现在的心情了。

几个杂志的编辑,还在不停地追问要我写的短篇;QQ 群上的朋友,还在不时留言问什么时候才有新作。我确实感到无言以对。

所以,当我在思考是否要修订《大地的谎言》一文的时候,最终决定不做大改,只补充了一篇番外。

因为那才是真实的"大地",那才是大家认识的小僧写出的大地。

在商业化的今天,这个世界毕竟仍有价值是无法用钱来衡量的,比如对他人的思想发自内心的尊敬和欣赏。

不做大改,是我能表达出的最真诚的敬意,以及歉意。

那么,就这样吧。

最后,向一直帮助和关心我出版此书的我的朋友大袖遮天致谢,向每一个喜欢此书和我的其他作品的网友致谢,向六年来每一个鼓励和帮助过我写作的人致谢。

小僧

二○一一年五月十五日,于公司办公室

"诡谜会"评论集

平生唯愿青山故人皆无恙！

——小僧

每个人心里都有一个"鬼"。

——海峰

小僧用剑走偏锋的故事杰出地阐释了一个富有哲学意味的命题,其驾驭语言的能力和讲故事的才华毫不逊色于主流文学作家。可以这么说,《大地的谎言》纠正了我对网络小说的偏见。

——《儿童文学》小说编辑 四十四次日落

我觉得可能是因为小僧在国外生活过的缘故,很多中文句子简直就像是英语翻译过来的,所以用英语展现出来得心应手。此外,我对英语里傲慢、讽刺、有敌意的语气比较熟悉,偏偏这本书里这种对话特别多。限于时间跟精力,我采用了缩写翻译,英文稿的长度相当于原作的三分之一,但保留了所有场景和主要对话。因为小僧自己说过狱长是按照福尔摩斯的形象塑造的,我在最后狱长的信里面引用了福尔摩斯在《三个大学生》里的一句话的原文:For once you have fallen low. Let us see in the future how high you can rise.

——刘巍(小说英译者)

比幽深的监牢更黑暗的是人心,比传说的老舜更神秘的是小僧。这是我见过的真正认认真真写"恐怖"小说,作者精通人格裂变、暗示等心理战术,为的是让你从噩梦中惊醒。

——尤达大师～

看了这么多年惊悚类型的小说,总算找到了自己喜欢的作者。小僧笔下的恐怖世界不仅仅是简单的血液喷飞、杀人如麻或者身世畸零,而是一种无名状的、单纯存在且有一套自我运行规律的异类世界。每个深陷其中的人物,都在世界中努力地挣扎求生,于是很好地勾勒出了他们的鲜活的生存轨迹和整个世界的轮廓。

但如果只是凭借着塑造一个另类的灵异世界,小僧的小说还不能算出类拔萃。作为一名男性作者,他很好地描摹了每一个书中人物的"真面目",非常真实、非常细致。这些活在绝境的角色们爆发出的巨大能量,无关好坏,都是让人回味不已的。

——太古麦

我一直遗憾国内尚没有如美剧那样完善的电视制作体系,如果有,小僧的这部《大地的谎言》一定能被拍摄成不输给《越狱》的精彩剧集:悬念迭起的情节递进,抽丝剥茧的线索分析,鲜明生动的人物形象,更难得的是,惊悚中还有对人性深刻的分析和感悟。这是一部心无旁骛的作品,它,值得被阅读,被拥有。

——印织夏

小说作者的整体结构组织和写作功力让我奇怪,曾经泡鬼话 N 年,我怎么才知道小僧～对本书最深刻的印象是,在艳阳高照的中午看得我后背冒凉气,已向朋友强烈推荐。

——nanako 75

在横扫各大电影网站的恐怖栏后,在看到一个恐怖小说开头就能猜到结局并了解可能用到的桥段后,我发现恐怖小说似乎不能提起我的兴趣了。但是看到《大地的谎言》,不仅从开头就用那种苍凉诡异的戈壁异域抓住我的好奇心,并不断用各种新奇的桥段把我心底恐惧重新一丝丝抽出来的时候,我知道,经典已经树立。

——卖锅的阿宝

过程惊险悬疑,侯风、狱长、曾通三人在怪异监狱演义一场天方怪谈,看完才忽然醒悟,原来鬼在心中,此书真为神作! 很发人思考学习!

——棍棍庸想骑着上帝流浪

看《大地》好似被抓在手里变魔术，排场不大却牵你最敏感那条神经，轻抚慢揉百般弹弄，时紧时松，总不得停歇。

眼看就要收场，还当总逃不出人为时。

竟遭出奇一弹而崩断物理底线，天外悬浮。

到得第二日夜半想起也能背后一凛。

才是恐怖精髓。

——高二村村长

命运让三个男人殊途同归在一座监狱，等待他们的是对往生的总结？抑或新生的开始……《大地的谎言》是近年少有的令我一宿不睡看到眼皮打架下床洗脸继续捧读的作品，引人入胜，跌宕起伏，小僧的节奏感和空间感拿捏的令人震撼，角色的代入感强烈的仿佛你就置身于其中，无助的看着，好奇的看着，紧张的看着。

这绝不是一部靠鬼怪玄幻惊悚的辞藻堆砌的哗众取宠的作品，但这的确是一部能让你脊背发冷却又酣畅淋漓的好书！

——曹珉

小僧的文笔很简练，有时候单单只是那么一句话，就会给我莫名的胆寒，全文是一环接着一环，而到最终，也只留下了一个令人无限遐想的结局，整篇文看下来，给人的感觉就是回味无穷。

——D.

看这本书是几年前的事情了，最喜欢作者用语言让读者进入身临其境的故事氛围。

——慕英

喜欢此文的文笔，喜欢此文描写的处境。

——胖胖洁

小僧以冷静理智的笔触带出了一段诡异的故事、一群鲜活的角色、一座让人沉迷的监狱！

——俯视的猫

真正的恐怖不一定是确实存在，对未知的恐惧才是我们一直需要去面对的。
小僧的书对前句贯彻得非常彻底。

——若知秋.

这本书有强烈的正义感。

——周明川

封闭的监狱里，囚犯们最后的哀嚎。
新来的狱长，是拯救羔羊的天使，抑或魔鬼张开血盆大口。
剥丝抽茧后浮出水面的完满逻辑。
几股力量交锋后，照亮的错综复杂的人心。
小僧出品，怎能错过。

——山奈　书友律师

如果你是猜结局派，你就不要来了，因为你肯定猜不到结局；如果你是感官刺激派，也不要来了，因为这里只有慢慢渗入骨髓的恐怖……作为悬疑恐怖类小说的狂热爱好者，阅文无数，毫不夸张地说国内无文能出《大地的谎言》之右，该书必然大卖！

——烂泥和碳火

感动于曾通对于狱长的信任，一种我们不曾见过的"绝对的信任"。

——夜/yl

第一看到如此精彩的惊悚小说。用文字描绘出一心二用的防监听方式简直精彩到了极点。

——风虎云龙

紧凑的情节与巧妙的设置,通过主角一步步的推理,解开了一个个困惑,使人回味无穷。印象最深的是狱长与曾通建立在信任基础上的友谊,在这部推理悬疑故事中加入了人文主义色彩,深化了故事的内涵。这也是使得曾通最终越出"心理"的监狱的关键,特别是狱长写下那句"很高兴认识你,曾通",感人至深。

——雨后的清晨

鬼其实上存在于每个人心里,它如同西方的恶魔,随人的邪念一起产生。对其的恐惧只是因为人对未知的本能恐惧,我们不了解我们内心实际的阴暗,又不愿承认其阴暗,故用鬼魂之称代之,而已。

至于文本,可以说是网络中文字的精品之精品,故事节奏合理,文字毫不拖拉点到为止,情景渲染到位,确实值得反复品味(我反复看了至少七遍)。

——云起·碧落

虽然第一次看这本书距离现在并不久,不过看的时候,一开始就被书里设定的令人感觉阴郁感觉黑暗的背景包裹住,书的情节也一直引人不断阅读下去,回想起来阅读过程就是在微微战栗有些不安却包含着期待与浓厚的兴趣,慢慢继续下去的。

书的最后曾通逃出生天(这里说出情节算不算剧透),给人一种冲破束缚豁然开朗的感觉,结尾给人震撼不小,为书画上令人满意的句号。

——澈子

诡藏在黑夜里的影子,皆是闪烁在幽幽巷道里的谜,死的气息在未知的恐怖盛会里绽放!

——诡秘会网友 Sagittarius

第一次阅读小僧作品《大地的谎言》是在 2005 年。时隔 6 年,那些故事中的人物和场景仿佛真实存在过一般,而至今他们仍在继续,令人回味无穷。

——无边落木

感动于曾通对于狱长的信任,一种我们不曾见过的"绝对的信任"。

——夜/yl

作者对整个场景,气氛的渲染,使人身临其境,代入感太强了! 是我至今为止见过能对场景和气氛操控得这么得心应手的唯一人。

——湄儿

恐惧被无法逃离恐惧无限放大。

——香野

诡藏在黑夜里的影子,皆是闪烁在幽幽巷道里的谜,死的气息在未知的恐怖盛会里绽放!

——sagittarius

一切都是大地的游戏,你进入了鹡山你就进入了大地的游戏中。想出去的人永远都不可能出去,反之,你就有可能逃出去。

——小纳.

鹡山监狱代表了黑暗、阴森、死亡、吞噬。
狱长和曾通的感情是亦师亦友亦兄。狱长很伟大。

——第四地平线

本文对鬼这一亘古流传下来的概念有了全新的诠释,并遵循善恶终有报这一真理为主题一气呵成。读之,发人深思、惧入骨髓!

——知秋一叶

曾通对狱长是一种无条件的相信。
曾通,绝对无条件地,相信那个男人。
就算他形迹可疑……就算他来历不明……就算侯风告诉他,狱长是假的。

他从来都没有怀疑过。

临别之前,黑暗里,沉默的狱长和曾通背上的字。

狱长在微笑……狱长在微笑……道别。

"你相信我么?"他点点头。

他相信他。

我们这个世界上,缺乏太多太多的狱长,缺乏太多太多的曾通,更缺乏太多太多的信任。

在这个充满谎言的世界里,让你爱的人为你点亮一盏油灯。而你,要勇敢地借着那油灯的光明,走出黑暗的鹊山。

——anael_k_ray

作者的主要目的便是描述这个小人物在亡灵深渊中的挣扎与重生。如果用两个词来概括曾通的话,是"蜕变"。

相对曾通,狱长是个精明强悍,更有力的存在。他有同侯风抗衡的智慧和力量,有统御狱中各派的魄力和手腕,但对于曾通而言,他是"信任"和"救赎"的存在。

曾通对狱长的信赖单纯到近乎盲目的地步,无需理由,无需判断……就是这样一个单纯的信念和一个白色的谎言组成这片死亡泥沼中唯一的净土,也是唯一的出路。

最后那几段曾通的挣扎和出逃还是让我感动了,还有那句:"记得问候一下那些我再也看不到的蓝天白云,那些我都快忘记的日月星辰,看看他们还是圆是方。"

——夏弥66

这个故事的伊始,就像是一个转动魔方的一角,一点点一面面一块块的把触角伸向了事情的核心,每个人的每一句话,都是偶然中的必然,都是事实面前的谎言,死亡,逃离,权力,谋杀,这个犯人的世界里,似乎人性早已被泯灭。想着侯风狂妄的笑着,指着手里的枪问曾通:什么是权力? 这个吗? 不对! 真正厉害的,是谎言!

——非典型事件

狱长,酷——冷酷残酷气质酷,缜密的思维自负的态度高超的杀人技术和对待曾通那最后手中的余温和黑暗中的顽皮笑容,构成了充满神秘感与魅力的综合体,他对于曾通既是上司与部下的关系，又是老师对学生的态度，他给了曾通唯一的温柔，他用自己的生命(可以这样说么?)来带领曾通走出最后的死路，以至于，只要他和曾通在一起，我便会忘记他杀人如麻的亡命本色，而只是一个看着天性愚钝的，不长进的弟子的老师。

——Sade

果然是果然是非常精彩的小说啊，非常惊悚啊 TAT。

看得我吓得要死还欲罢不能……这跟小时候听鬼故事时的情形是一样一样一样的。

——花·风中凌乱

小僧的所有作品充满了理性、冷静、男人和才华的气质，无论是选题角度，还是行文手法，都不同于其他鬼故事的一般特点，如危言耸听、怨怨相报/冤冤相报和故弄玄虚。

他对于整个事件的描述，踏实而又老练，冷静却又紧张，从头至尾，"鬼"虽然如影随形，却是为了衬托"人"的意志，智慧和生存能力，谁才是"鬼"，"鬼"长得什么样子，犹如整个事件一般讳莫如深。

——东愚

最近看的第一部是《大地的谎言》，一口气看完的。最大的优点是故事推进的节奏很好，气氛也布置得很好。监狱、犯人、秩序……各项元素的编排和描绘都丝丝入扣。

——轻阁

最吸引我的还是小僧写出了人类心中最隐秘的那部分黑暗吧……大部分人最刻意压抑的黑暗、邪恶，有些人却毫不在乎地恣意张扬。正义和邪恶的冲突，在扭曲了的那个世界——鹊山监狱——统治者就是正义。没有绝对意义上的善恶，只有权力，统治和被统治。而那种神秘的力量，似乎就是在挖掘着人们心里的黑暗。在那些囚犯中，本就被开掘出来的心魔，在神秘力量的指引下，最终吞噬了他们自己。

——Qindipipi

《大地的谎言》，这是极少的能让我在看的时候背上竖汗毛的小说。看的时候有一种被催眠的感觉，让人被牵着鼻子走。开始的时候就说有鬼，明显到让人无法不猜测是人为的阴谋，随着故事进展又觉得是不是有人出现了幻觉，但随着所有可能的排除，剩下的那个，无论看似多么不合情理，都是真相了，确实有鬼存在。但在黑暗和鬼怪的迷雾中，又时时暴露出阴谋的嘴脸。

——同袍

狱长和曾通之间的感情很打动人。一个舍命的付出，一个无条件的信任。

很萌狱长大人～这个角色塑造绝对出彩，手段、意志力、才智、气势都无可比拟（侯风那是疯子～）他也曾是黑暗残忍双手染血的杀手，但却是这疯狂压抑的监狱中唯一可靠明灯般的存在，文中那种诡异可怕的气息其实完全为了反衬出狱长的温暖可贵。

其实曾通、狱长、侯风这三人小组还是很互补的，一个遇灵体质、一个推理决断、一个给予行动力补足。很希望这样的三人行，能够构造出一部精彩而逻辑性强的推理小说啊。

——镜子的另一边

最开始吸引到偶的文是《大地的谎言》，看的时候真是吓得很厉害。文里没有把鬼的形象具体化，反而更让人觉得遍体通凉的阴森恐怖。面对那种没有理智无法沟通的存在，只有无法把握无能为力的无力感。对比一封家书里，那两只鬼生前为人而且还是背叛与被背叛的爱人关系，《大地的谎言》里这种无形的东西更加阴寒一些。

——起点书友 97155335

一章章看下来，写得确实不错，不知觉，自己似乎慢慢进入小说里那恐怖的氛围，我回头一看，发现天已经开始昏暗，看看屋里，有点暗，很安静，于是把灯打开。继续看，还是有点害怕，于是决定放点音乐，当音乐猛然响起的时候，我还是吓了一大跳。然后笑着摇摇头：其实就是自己吓自己。

——Xiaotutu

有种欲罢不能的感觉！文学功底很深厚。

非常不错的一个中篇小说,作为一篇悬疑＋恐怖小说,作者成功塑造了故事和气氛,结局出人意料又合情理,在最后真相揭露的时候还令人感动,很难得。

——Wind

从悬崖上的那棵树,到"并不存在"的狱友,再到只闻其声不见其人的沙沙沙,以及影子的视觉错乱,本文利用感觉矛盾营造的恐怖气氛层层递进,终于在黑暗中搭在肩膀上的那只手上达到了最高潮。这是心理恐怖的一次绝佳应用,确实让我学到了很好的一课。

——百里飞燕丹青

"看到的不一定是真的,听到的也不一定是真的,也许,在这里,根本就没有真假",《大地的谎言》所描述的故事似乎就是在这种哲学理念下展开的,其中的错综复杂,悬念环生,鬼魅惊悚只有看过的人才能领略。

——咬尾蛇老巢

我一直很排斥看灵异和恐怖小说,因为害怕。
不过这篇《大地的谎言》很喜欢,太有爱了。
当环境欺骗了你的时候,你会怎么办?
当别人欺骗了你的时候,你会怎么办?
在这个封闭的监狱里,面对谎言,三个男主角做了三种选择。

——云亦无痕

还有一点据说白天和晚上的效果会不一样,所以……

——Yzyzz

一部成功的恐怖小说,需要营造一个恐怖的气氛,而这样的气氛,多多来自于未知的悬疑。日常生活中出现了古怪,而这古怪非但难以解释,而且带来了更多的凶险……

——MyriadStars

如果要给天涯社区"莲蓬鬼话"上的写手们排一个座次的话,我想小僧应该排在前三——都说"文无第一,武无第二",之所以说前三而不是第一,是留一点余地。

《一封家书》的恐怖气氛是最强的。《小涛鬼话》是写得最自然最流畅的。《大地的谎言》是逻辑性最强的。

——圣火徽章

◎大袖遮天◎海峰◎Wings◎平安◎天公将军◎
鬼小六◎sagittarius◎stay◎. Leony◎Zjy's◎
岛屿 Lslands◎懒洋洋◎诺。◎慕英◎qwertyuion
◎rorschach◎安息香◎八大山人◎澈子◎山奈◎
太古麦◎团子◎玩血人◎潇冉◎痒痒◎自我意识
◎茶几小又◎Town◎lost◎Riay_汐◎～尤达大师～
◎L. L. L◎春卷◎风中追风◎刘◎深吻子眸，伴◎思堂
◎四十四次日落◎兔儿爷◎知秋一叶◎D◎
雪糕◎夜雨 24 重◎Joy◎＝v＝◎寶貝◎↖颖◎Anna◎
bb◎Carrielzy◎Celestial◎dawn◎DUDY◎
D 小 C◎Gourd、Doll◎GraceFox◎Hell's saron◎
mt◎pevwgm◎seven◎Vivien◎Whatever◎ZNT◎
阿土◎安哲◎北丧花◎蔡幻巧◎陈合理(掘墓人)
◎陈颖◎纯纯的小蝶◎大胡子◎第四地平线◎
尔后◎二 Inple 手◎风虎云龙◎风之使者◎枫兼彻
◎風嵐季節◎琈颈◎俯视的猫◎腐败之饭◎
好男孩◎囍牛奶囍◎九月夏秋◎君如陌上尘
◎开始◎可里昂◎辣椒若忆◎烂泥和碳火◎
绫云哀◎陆人甲◎路灯◎蛮蛮/dy◎貓兒◎湄儿
◎南十字守望者◎挪威的森林◎胖胖洁◎品花◎
乔越◎让爱无痕迹◎若知秋◎琈颈◎盛世招摇◎
师瑶◎士多啤梨◎四眼迦蓝◎删除……同意
◎唐代斯◎天一阁◎王曼◎我爱奶糖◎西北◎
纤芥時光、夢◎乡野◎想你的我◎萧狼◎小纳.
◎心静花香◎羊◎养生主◎夜/yl◎异乡人◎尹嫣
◎印织夏◎雨后的清晨◎狱长◎裕嫣◎月池◎云气·
碧落◎云胜雪◎韻吟◎曾通◎执著◎宗政◎青青◎海萍

"诡谜会"期待您的加入——
QQ：115182946

图书在版编目(CIP)数据

大地的谎言 / 小僧著. —上海:上海人民出版社,
2011

ISBN 978 - 7 - 208 - 10146 - 3

Ⅰ. ①大… Ⅱ. ①小… Ⅲ. ①长篇小说-中国-当代
Ⅳ. ①I247.5

中国版本图书馆 CIP 数据核字(2011)第 159444 号

出 品 人 邵 敏
责任编辑 邵 敏 赵海萍
封面装帧 八牛设计

大地的谎言

小僧 著

世纪出版集团
上海人民出版社出版
(200001 上海福建中路 193 号 www.ewen.cc)
世纪出版集团发行中心发行
上海商务联西印刷有限公司印刷
开本 720×1000 1/16 印张 16 插页 2 字数 260,000
2011 年 8 月第 1 版 2011 年 8 月第 1 次印刷
ISBN 978 - 7 - 208 - 10146 - 3/I · 921

www.ingramcontent.com/pod-product-compliance
Lightning Source LLC
Chambersburg PA
CBHW081326020726
47506CB00006B/1189